BASTEI
LÜBBE

Über die Autorin:

Eva Völler, Jahrgang 1956, war Richterin beim Landgericht Darmstadt. Heute arbeitet sie als selbstständige Rechtsanwältin – wenn sie nicht gerade Bücher oder Drehbücher schreibt. Ihr viel gelobter Roman *Wenn der Postmann nicht mehr klingelt* erhielt den FRAUENGESCHICHTENPREIS 1996.

Von Eva Völler sind in der Verlagsgruppe Lübbe u. a. *Neulich im Bett* (16205), *Vollweib sucht Halbtagsmann* (16211), *Beiß mich* (16216), *Das Chaosweib* (16221), *Hauptsache untreu* (16226), *Ich schnapp mir einen Mann* (16234), *Kurz und herzlos* (16243), *Wenn Frauen Männer buchen* (16250) und *Hände weg – oder wir heiraten* (15327) erschienen.

EVA VÖLLER

DER MONTAGSMANN

ROMAN

BASTEI LÜBBE

BASTEI LÜBBE TASCHENBUCH
Band 15567

1. Auflage: Oktober 2006
2. Auflage: Juli 2007
3. Auflage: Juni 2008

Die Namen der behandelten Personen sowie der Restaurants und Bars sind frei erfunden. Eventuelle Ähnlichkeiten mit real existierenden Menschen und Einrichtungen wären reiner Zufall.

Vollständige Taschenbuchausgabe

Bastei Lübbe Taschenbücher in der Verlagsgruppe Lübbe

Originalausgabe

Umschlaggestaltung: Binaca Sebastian
Titelbild: © getty-images/Felix Clinton
Satz: hanseatenSatz-bremen, Bremen
Druck und Verarbeitung: Nørhaven Paperback, Viborg
Printed in Denmark
ISBN 978-3-404-15567-5

Für Ute, die beste Nachbarin der Welt

»Entschuldigen Sie, können Sie mir vielleicht sagen, wie ich heiße?«

»Klar. Dein Name ist Isabel, und du bist meine Verlobte.«

Kaum zu glauben, aber es könnte was dran sein: Isabel hat ihr Gedächtnis verloren und keinen Schimmer, wer sie ist und woher sie kommt. Fabio, Eigentümer eines künftigen Sternelokals, sieht nicht nur aus wie ein Gott, sondern kocht auch so. Grund genug, sich über so einen tollen Verlobten zu freuen und nebenher zu hoffen, sich irgendwann wieder an ihn zu erinnern. Doch warum benimmt er sich ihr gegenüber wie die Axt im Walde und lässt seinen betörenden italienischen Charme nur bei seinen weiblichen Gästen spielen? Wieso kann sie, obwohl sie doch gelernte Köchin ist, nicht mal Zwiebeln schneiden? Was wollen die komischen Typen mit den Ausbuchtungen unter den Jacken?

Und wie kommt es, dass sie für diesen rüden Italo-Macho Töpfe schrubben und Kochschürzen bügeln muss, obwohl sie einen Dreikaräter am Finger und Schuhe von Manolo Blahnik an den Füßen hat?

Und wann, verdammt noch mal, geht er endlich mit ihr ins Bett …?

Rasant-vergnügliche Romanze zwischen einer Lady ohne Gedächtnis und einem Raubein zwischen Pasta, Pesto und Pistolen.

Sie möchten sich das Besondere gönnen?
Einen entspannten Abend,
allein, zu zweit oder
im Kreise von guten Freunden?

Sie legen nicht nur Wert auf exquisite Speisen und edle Weine, sondern auch auf eine Umgebung von gehobener Eleganz, mit einem Hauch von Luxus? Dann sind Sie bei uns gut aufgehoben! Treten Sie ein und genießen Sie eine Atmosphäre stilvoller Gastlichkeit …

»Das wäre der große Speisesaal«, sagte Fabio. Er zeigte mit ausholender Geste in den Raum und fragte sich, ob die Kundin wohl imstande war, das Ganze vom richtigen Blickwinkel aus zu betrachten. Richtig war der Blickwinkel dann, wenn es ihr möglich war, in die Zukunft zu sehen. Dazu müsste sie natürlich in der Lage sein, sich den ganzen Dreck wegzudenken, außerdem ganze Vorhänge von Spinnweben, zentimeterdicken Staub auf jedem einzelnen Möbelteil und den Müll, den vermutlich Generationen von Pennern hier hinterlassen hatten.

Isabel van Helsing blickte über den Rand der Werbebroschüre in die Runde und kniff die Augen zusammen.

»Ist der Saal schon mal benutzt worden?«

Klar, das letzte Mal vor fünfzig Jahren, dachte Fabio.

»Nein, natürlich nicht«, sagte er freundlich und, wie er hoffte, ohne jeden Unterton von Ärger. »Wir haben das Haus erst vor zwei Wochen übernommen und sind noch dabei, alles zu sichten. Und zu renovieren natürlich. Das Gebäude ist sehr groß«, setzte er hinzu.

»Das kann man von außen schon sehen. Groß und naturbelassen.« Isabel van Helsing schaute ihn an, als fände sie, dass diese Beschreibung auch auf ihn passte. Dann stöckelte sie auf ihren Pumps vorsichtig über die breiten Holzbohlen in den Saal und betrachtete schaudernd die Jagdtrophäen, die an den Wänden hingen, rettungslos verstaubte, teilweise verrottende Hirschköpfe und so viel Gehörn, dass Heerscharen von Waidleuten vermutlich Jahre gebraucht hatten, um die ganzen Viecher abzuschießen und hier aufzuhängen.

»Mein Gott«, sagte sie.

»Sie müssen sich das alles hier einfach nur sauber vorstellen«, sagte Fabio sofort. »Dieser ganze Kram kommt natürlich noch weg.« Er gab sich Mühe, nicht auf ihre Beine zu schauen, die in den hochhackigen Schuhen endlos lang wirkten. Und natürlich nicht auf ihren Hintern.

»Bis zu Ihrer Feier wäre hier alles wie aus dem Ei gepellt.«

Er fragte sich, ob der Ring an ihrer rechten Hand wohl ihr Verlobungsring war. Hatte die Welt je einen solchen Klunker gesehen? Drei Karat, eher dreieinhalb, hatte Natascha gesagt. Anders als sie verstand er nicht viel davon, aber er glaubte es ihr unbesehen.

Eine einzige große Hochzeit, so wie die von der neuen Kundin – *hoffentlich* neuen Kundin! –, und er könnte mindestens ein Dutzend Reinigungstrupps bezahlen. Und wenn sie ihn an ihre reichen Freundinnen weiterempfahl, vielleicht noch zwei oder drei

Hilfsköche, zwei Servierdamen, einen Patissier. Und sogar die vielen Handwerker, die hier noch wochenlang würden schuften müssen. Diese Lady brauchte nur eines zu tun: hier ihre Hochzeit zu feiern.

»Tja.« Sie unterbrach seine Tagträume und bedachte die Räumlichkeiten mit eindeutig ablehnenden Blicken. »Es ist so … Hm, ich weiß nicht.«

»Romantisch?«, schlug er vor. »Historisch?«

»Das Wort, das eher passen würde, wäre desolat«, sagte sie.

Wieso musste eine snobistische Zicke wie sie ausgerechnet so einen Hintern spazieren tragen? Und warum musste er höflich zu dieser Zicke sein?

Die Antwort auf die letzte Frage fiel ihm zum Glück rechtzeitig ein. Er brauchte dringend Gäste. Gut zahlende Gäste.

»Wir arbeiten daran«, sagte er. »Es wird renoviert. Und es wäre auf jeden Fall rechtzeitig fertig. Ein perfektes Ambiente. Es soll ja Ihre Hochzeitsfeier werden.«

»Mhm.« Sie schaute sich erneut um und machte dabei nicht den Eindruck, gleich in Jubel auszubrechen. »Kann ich bitte noch die Waschräume sehen?«

»Äh … Besser nicht. Das ist im Moment eine einzige Baustelle.« Der richtige Ausdruck war eigentlich *Katastrophe*, aber hätte er das vielleicht sagen sollen? Etwa in dem Stil: An schlechten Tagen quillt da unten ziemlich viel Scheiße aus den Rohren, aber der Klempner ist schon bestellt?

»Herr … ähm …?« Sie nestelte in ihrem Täschchen herum, offensichtlich auf der Suche nach der Visitenkarte, die er ihr vorhin gleich zur Begrüßung in die Hand gedrückt hatte.

»Santini«, sagte er. »Fabio Santini.«

Er hatte sich schon vorher namentlich vorgestellt, zwei Mal sogar. Einmal, als ihre Freundin angerufen und den Besichtigungstermin mit ihm ausgemacht hatte, und einmal vorhin, als sie angekommen war.

»Herr Santini, soll ich offen sein?«, fragte sie, während sie die Broschüre achtlos zerknüllte und fallen ließ.

»Wenn's sein muss.«

Sie umfasste den Raum mit einer Armbewegung. »Es ist total verdreckt, scheußlich vergammelt, und es stinkt. Die Tische und die Stühle sehen aus, als bestünden sie nur noch aus den Löchern, die der Holzwurm übrig gelassen hat. Es ist einfach ... Schrott.«

Fabio unterdrückte nur mühsam ein Zähneknirschen. Und den Drang, sie zu packen und durchzuschütteln. »Wie Sie meinen«, sagte er kalt.

Sie seufzte. »Sie fragen sich bestimmt, warum ich mich so spät erst nach Räumlichkeiten umschaue, obwohl ich doch schon nächsten Monat heiraten will, nicht wahr?«

Er nickte höflich, obwohl es ihn nicht die Spur interessierte. Jetzt nicht mehr, denn dass sie das Haus nicht buchen wollte, war so klar wie der Riesenbrilli an ihrer Hand.

»Weil ich an dem Tag Geburtstag habe. Wir dachten, es wäre eine nette Idee, gleichzeitig meinen Neunundzwanzigsten und meine Hochzeit zu feiern. Es wäre auch astrologisch sehr günstig gewesen, wenn Sie verstehen, was ich meine.«

»Natürlich«, sagte er, obwohl er keinen Schimmer hatte, was sie meinte.

»Nun, wir wollten die Feier zunächst in einer anderen Lokalität gestalten, einem alten Landsitz wie dieser, allerdings war er ein wenig …« Sie verstummte, offensichtlich auf der Suche nach einer passenden Beschreibung.

»Sauberer«, sagte er.

Sie nickte. »Nun, der ist leider abgebrannt. Es war das *Schwarze Lamm*.«

Fabio nickte, er wusste es nur zu gut.

»Na ja.« Sie blickte sich ein letztes Mal um, dann stöckelte sie zur Tür. Dummerweise beging sie den Fehler, den Knauf anzufassen. Die Tür, die ohnehin schon schief in den Angeln hing, löste sich knirschend aus der Aufhängung und krachte gleich darauf in einem Schauer aus zersplitterndem Holz zu Boden. Isabel van Helsing konnte gerade noch zur Seite springen.

»Nichts passiert?«, vergewisserte er sich.

»Meine Güte.« Sie klopfte sich den Holzstaub von ihrem teuer aussehenden Sommerkleidchen. »Das ist ja hier lebensgefährlich!« Sie hatte bei der Aktion einen ihrer Stöckelschuhe verloren, und als Fabio ihn aufhob und ihr reichte, sah er, wie klein sie ohne die hohen Hacken war. Ihr Scheitel reichte ihm höchstens bis zum Kinn. Sie sah aus wie eine zierliche kleine Elfe, die zufällig an den richtigen Stellen Kurven hatte. Im Grunde war sie überhaupt nicht sein Typ. Außerdem war sie ein richtiges Miststück. Es geschah ihr recht, dass ihr die Tür vor die Füße gedonnert war.

»Es tut mir Leid«, sagte er bedauernd. »Das war Pech. Wir hatten schon für gestern einen Schreiner bestellt, der das in Ordnung bringen sollte, aber er musste den Termin auf morgen verlegen.«

Sie nahm ihm den Schuh aus der Hand, ein zarter Riemchenpumps, an dem kaum mehr Leder sein konnte als am Armband seiner Uhr. Eher weniger.

Und der Absatz war fast so hoch, wie der ganze Schuh lang war. Dass sie mit diesen Dingern überhaupt laufen konnte, war ein anatomisches Wunder.

»Eine Ironie des Schicksals«, sagte sie, während sie sich die Sandalette überstreifte.

»Was?«, fragte er. »Das mit der Tür?«

Sie schüttelte den Kopf. »Dieser Brand. Da brennt ein bildschöner und mit spitzenmäßiger Küche ausgestatteter Gutshof bis auf die Grundmauern ab – und so ein Stall wie dieser hier, dem ein kleines Feuerchen nur gut täte, bleibt stehen.« Sie warf einen abschätzigen Blick in die Runde. »Wissen Sie, man muss nicht Innenarchitektur studiert haben – was ich übrigens getan habe, wenn auch nur ein paar Semester –, um zu sehen, dass das hier nicht viel taugt. Entschuldigen Sie meine Direktheit, aber das ist eine morsche Ruine. Hier fehlt nur eines: eine große, stabile Abrissbirne.«

Fabio starrte sie perplex an. Hatte diese Zicke gerade eben wirklich eine derart bodenlose Gemeinheit von sich gegeben?

Sie stöckelte davon, und wider Willen fixierte er ihre Rückseite, die beinahe so viel hermachte wie ihre Vorderfront. Sie war ein Biest, aber ihr Hintern war eine Klasse für sich, genau wie ihre Beine.

Als hätte sie seine Blicke gespürt, warf sie einen Blick über ihre Schulter. »Sie wissen nicht zufällig, wo Erik und Daphne sind, oder?«

»Wenn Sie Ihren Verlobten und Ihre Freundin meinen – ich glaube, sie sind nach oben gegangen, um die Hochzeitssuite zu besichtigen.«

»Das hat sich jetzt ja wohl erledigt.«

»Ich nehme mal an, Sie finden alleine raus«, sagte er mit frostiger Stimme. »Wiedersehen.«

Ohne sich noch einmal umzuschauen, ging Fabio an Isabel van Helsing vorbei, in Richtung Wirtschaftsräume. Sein letztes Wort war nur eine Floskel. Wenn es nach ihm ging, brauchte ihm diese eingebildete Schnepfe nie wieder unter die Augen zu treten.

Frustriert schaute Isabel ihm nach. Sein durchgedrückter Rücken und sein wütend erhobener Kopf ließen darauf schließen, dass sie nicht gerade Punkte bei ihm gesammelt hatte. Vielleicht hätte sie ihm das Haus nicht ganz so madig machen sollen. Es war nicht zu übersehen, wie viel ihm an dem alten Gemäuer lag.

Trotzdem konnte auch die Begeisterung des Besitzers nicht darüber hinwegtäuschen, dass es hier stank wie aus einer offenen Kloake. Als sie vorhin hergekommen waren, hatten sie es schon von weitem gerochen, doch Daphne hatte gemeint, sie müssten es sich wenigstens anschauen.

»Es sieht so wahnsinnig authentisch aus«, hatte sie gemeint. »So, als wäre es mindestens zweihundert Jahre alt.«

Nach Isabels eigener Einschätzung hatte der Landsitz mindestens drei-, vielleicht sogar vierhundert Jahre auf dem Buckel, und das Mobiliar, das in den verdreckten Zimmerfluchten noch herumstand, konnte auch nicht viel neuer sein.

Für die Feier war dieses Loch völlig inakzeptabel, doch möglicherweise hätte sie es dem stolzen Eigentümer ein bisschen diplomatischer beibringen sollen. Er hatte ziemlich beleidigt dreingeschaut, als er vorhin verschwunden war. Vielleicht lag es daran, dass er Italiener war. Die konnten es am allerwenigsten leiden, wenn man ihr Lieblingshobby schlecht machte.

Und mehr als ein Hobby konnte dieses heruntergekommene Anwesen wirklich für niemanden sein. Falls er sich trotzdem ernsthaft einbildete, daraus in vier Wochen einen Gourmettempel machen zu können, litt er an maßloser Selbstüberschätzung. Nein, an einer Wahnvorstellung.

Von daher hätte sie noch so höflich sein können, er hätte es auf jeden Fall in den falschen Hals gekriegt.

Davon abgesehen war es nicht ihre Schuld, dass ihre Laune auf dem Tiefpunkt war. Nicht nur, dass dieser italienische Obermacho ihr ständig auf den Hintern und die Beine geglotzt hatte – sie wusste einfach nicht, was mit ihr los war. Seit Tagen war sie so nervös, dass sie bei der leisesten Irritation aus der Haut fuhr. Es ging um diesen Hochzeitstermin. Es ging … um die Hochzeit überhaupt.

Nicht nur um die Feier oder die Örtlichkeit. Sondern das Heiraten an sich.

Woher kam es eigentlich, dass immer wieder die Szene vor ihrem geistigen Auge ablief, in der Erik sie fragte, ob sie ihn heiraten wollte? Sie hörte sich jedes Mal *Ja* sagen. Aber manchmal kam in der Szene auch eine andere Antwort vor.

Zum Beispiel *Ich weiß nicht.* Oder *Warum so plötzlich?* Oder *Wozu denn heiraten?*

Und einmal auch ganz einfach *Nein*.

Sie fand eine von Staubmäusen besiedelte Treppe, die nach oben führte.

»Erik?«, rief sie, als sie sich dem ersten Obergeschoss näherte. »Daphne? Wo seid ihr?«

Hier oben roch es nicht ganz so stark nach Latrine

wie unten, aber dafür gab es ungleich mehr Staub und Spinnweben. Isabel wischte sich eine Hand voll der hauchfeinen Schlieren vom Gesicht und spuckte angewidert aus. Ob dieser Fabio Dingsbums überhaupt Personal hatte? Bis jetzt hatte sie hier keine Menschenseele gesehen außer ihm selbst.

Sie fischte die Visitenkarte aus ihrer Tasche, weil sie schon wieder vergessen hatte, wie er hieß. Santini. Fabio Santini. Netter Name, richtig italienisch. Aus Neapel, hatte Daphne gesagt, und dass er in Paris bei einem Fünf-Sterne-Guru gekocht hatte, bevor er sein eigenes Restaurant aufgemacht hatte.

Ein halbwegs breiter Gang führte zwischen steinernen Wänden hindurch, die bis auf Kopfhöhe mit dicken alten Eichenpaneelen beschlagen waren. Immerhin, das machte was her, wie Isabel sich selbst gegenüber einräumen musste. So ganz Unrecht hatte Daphne sicher nicht, es war wirklich authentisch. Und wenn man nur genug Geld und Zeit übrig hatte, ließ sich vielleicht tatsächlich was aus dem Objekt machen, möglicherweise sogar ein angesagtes Restaurant. Aber wenn, dann höchstens in ein paar Monaten, auf keinen Fall in ein paar Wochen. Vielleicht sollte sie die Hochzeit einfach verschieben. Wer musste schon gleichzeitig heiraten und Geburtstag feiern! Oder noch besser: Sie konnten noch ein Jahr warten, dann würde sie dreißig werden. Ein runder Geburtstag war viel eher ein Grund zum Feiern als ein popeliger neunundzwanzigster.

»Erik, bist du hier oben? Daphne? Huhu!«

Isabel spitzte die Ohren, als sie Stimmen hörte. Rechts von ihr befand sich in dem dicken Mauerwerk eine schmale Tür, und als sie dort vorbeikam, wurden die Stimmen deutlicher. Ohne zu zögern, drückte sie die Tür nach innen auf. Sie öffnete sich knarrend und quietschend in einen dunklen, modrig riechenden Raum, der ebenso wie die Wände des Gangs mit Eichenholz getäfelt war. Falls es in dem Zimmer ein Fenster gab, so war es jedenfalls gut verrammelt, denn es fiel, außer der spärlichen Helligkeit des Gangs, kein Lichtstrahl in den Raum.

Die Stimmen waren bei geöffneter Tür noch besser zu hören. Isabel meinte sie als die von Erik und Daphne zu erkennen, sie konnte sogar einzelne Wortfetzen verstehen. Einmal war sie sicher, ihren eigenen Namen gehört zu haben.

Trotzdem bestand kein Zweifel daran, dass sich in diesem Zimmer außer ihr keine Menschenseele aufhielt. Überall hingen dichte Spinnweben, und die Staubschicht, die trotz des Dämmerlichts gleich hinter der Türschwelle zu erkennen war, sah aus, als hätte sich seit Jahrzehnten kein Mensch mehr hierher verirrt.

Die Stimmen klangen seltsam hohl und weit entfernt, wie von Gespenstern, die in den Wänden hausten.

In den Wänden ... Isabel wartete ein paar Sekunden, bis sich ihre Augen den dürftigen Lichtverhältnissen angepasst hatten, dann trat sie in das dunkle Zimmer.

Fabio schliff das Filetiermesser mit dem Wetzstein und betrachtete es dann gegen das Licht, um die Schärfe der Klinge zu überprüfen. Hauchfein, so wie es richtig war.

»Wen willst du damit umbringen?«, fragte Natascha. »Du siehst aus, als wärst du sehr, sehr wütend.«

»Das liegt vielleicht daran, dass ich wütend *bin.*« Er packte den Edelfisch, den es heute zum Dinner geben würde, am Schwanz und klatschte ihn auf die blitzende Edelstahlanrichte, wo er ihn der Länge nach aufschlitzte.

Natascha, die am Herd stand und Fond für die Sauce einkochte, hob den Kochlöffel. »Du bist sauer auf die blonde Prinzessin. Wie hieß sie gleich?«

»Isabel van Dingsbums. Weiß nicht mehr.«

»Sie fand es wohl nicht so toll hier, oder?«

Er zuckte nur mit den Achseln.

»Ich hab's dir ja gleich gesagt. Das Gesetz der Serie ist gegen uns.«

»Du mit deinen Würfeltheorien«, sagte er. Bevor Natascha sich aufs Kochen verlegt hatte und fett geworden war, war sie als Showgirl in einem Casino in Las Vegas aufgetreten.

»Wieso? Es stimmt doch. Eine Pechsträhne ist eine Pechsträhne.« Natascha stellte die Temperatur des Gasherdes eine Idee niedriger und wedelte mit ihrer vielfach beringten Hand. »Zuerst der Hammer mit den undichten Gästeklos«, zählte sie auf. »Dann die Sache mit dem feuchten Keller. Ach ja, und der Typ von der Baubehörde, der uns ständig die Hölle heiß macht.« Sie dachte nach. »Hab ich was vergessen?«

Er hätte sie auf das Desaster mit dem Schreiner hinweisen können oder auf den Ärger mit den Installationen und auf Harrys Grippe, doch das wusste sie alles schon selbst.

Er nahm die Innereien aus dem Fisch, filetierte ihn fachgerecht und legte ihn zur Seite. Anschließend schob er sich ein Brett zurecht und packte ein paar fertig geputzte Möhren darauf. Ein anderes Messer trat in Aktion, ebenso scharf geschliffen wie das, was er vorhin für den Fisch benutzt hatte. Das gleichmäßige Klacken der Schneide auf dem Brett war ein tröstliches Geräusch in seinen Ohren, eine jener Konstanten in seinem Leben, auf die er sich immer verlassen konnte. Wenn er sich auf eine Sache wirklich gut verstand, so war es das Kochen.

»Mann, wenn ich es nicht mit eigenen Augen sehen würde, könnte ich es nicht glauben«, sagte eine Männerstimme von der Tür her.

Fabio hörte mit dem Möhrenschneiden auf und widerstand nur mühsam dem Drang, herumzufahren und dem Besucher zur Begrüßung das Messer entgegenzuschleudern.

Stattdessen drehte er sich langsam um und setzte eine unbeteiligte Miene auf.

»Hallo, Nero.«

»Fabio.« Nero Foscarini, der von sich behauptete, der größte italienische Feinschmecker diesseits der Alpen zu sein, stand im Türrahmen, das Gesicht zu einem wohlwollenden Lächeln verzogen.

»Du bist und bleibst der Großmeister«, sagte Nero. »Kein anderer hackt Möhren wie du.«

»Sie sollten ihn mal Zwiebeln schneiden sehen«, sagte Natascha. »Schnell wie ein Maschinengewehr.«

Nero warf ihr einen drohenden Blick zu, den sie unerschrocken erwiderte. Sie erzählte gern davon, dass sie seit ihrer Las-Vegas-Zeit per Du mit allen möglichen amerikanischen Mafiabossen war und dass ein paar dämliche neapolitanische Möchtegern-Paten schon früher aufstehen müssten, um solchen Typen wie denen, die sie im Casino kennen gelernt hatte, das Wasser zu reichen.

Leider nützten Fabio Nataschas Kontakte, ob sie nun echt oder eingebildet waren, nicht das Geringste.

»Hat sich viel getan, seit ich das letzte Mal hier war.« Nero warf einen anerkennenden Blick in die Runde. Er musterte mit Kennerblick die blinkenden Flächen der Anrichten und Kochfelder, fuhr mit dem Finger über die auf Hochglanz polierten Türen der Edelstahlschränke und der hohen Regale.

»Profi-Kochgeschirr vom Feinsten«, urteilte er anerkennend. »Diese Messer da – sind die aus Japan?« Er schüttelte den Kopf und schnalzte mit der Zunge, um seine Frage sofort selbst zu beantworten. »Natürlich sind sie das. Sieht man doch.«

»Wenn man das sieht, braucht man nicht so blöd zu fragen«, warf Natascha beiläufig ein. »Damit ruft man nämlich nur den Eindruck hervor, zurückgeblieben zu sein.«

Nero reckte seine hagere, knapp einssechzig kurze Gestalt, sodass seine Hosenschläge hochrutschten und nicht nur seine mageren Knöchel, sondern auch seine mindestens zehn Zentimeter hohen Absätze zum Vorschein kamen.

»Du solltest diesem Weibsstück bessere Manieren beibringen«, sagte er. »Ich kann Frauen mit großer Klappe nicht ausstehen.«

»Frag mich mal, wen ich alles nicht ausstehen kann«, erklärte Natascha.

»Natascha, vielleicht lässt du uns einen Moment allein«, sagte Fabio. »Ich kümmere mich um den Fond.«

Sie zuckte die breiten Schultern, bedachte Nero mit

einem giftigen Blick und murmelte was von Murphys Gesetz, bevor sie die Kochmütze von ihrer rot gefärbten Lockenpracht zog und hoch erhobenen Hauptes aus der Küche rauschte.

»Sie redet zu viel«, sagte Nero mit einem bewundernden Blick auf ihren gewaltigen Hintern. »Aber ihr Arsch – der ist klasse. Glaub mir, ich finde ihn klasse.«

»Ich glaube es.«

»Hätte sie nicht so einen Arsch, hätte ich sie vielleicht schon umgelegt.«

»Das würde ich mir an deiner Stelle gut überlegen. Sie ist eine erstklassige Sous-Chefin. Wenn ich sie nicht hätte, könnte ich den Laden sofort dichtmachen.«

»Dann bring ihr bei, das Maul zu halten, wenn Männer über Geschäfte reden.« Nero war ins Italienische gefallen. Er nahm den Kochlöffel, den Natascha neben den Herd gelegt hatte, und rührte die köchelnde Flüssigkeit um. »Riecht prima. Was soll das werden, Fischsuppe? Für wen kochst du heute?«

»Für ein paar Freunde.«

»Interessant. Hast du noch welche?«

Fabio sagte nichts. Er wartete lieber, bis Nero seine üblichen Sprüche losgeworden war. Warten und aussitzen, das war derzeit seine Devise im Umgang mit Nero und Giulio.

»Und wann kochst du für zahlende Gäste?«

»Die kommen schon noch.«

»Vielleicht die Leute, die mit dem Edelschlitten gekommen sind, der draußen steht?«

»Kann sein. Sie haben sich noch nicht entschieden.«

»Was wollen sie haben, ein Abendessen?«
»Eine Hochzeit mit dreihundert Gästen.«
Nero war beeindruckt. »Vielleicht solltest du dafür sorgen, dass sie sich entscheiden. Für dich, meine ich.«
»Sie besichtigen noch die Räumlichkeiten.«
»Sie sollten lieber die Küche besichtigen. Alles andere hier ist doch Schrott.«
»Um es sich fertig vorzustellen, braucht man nur ein bisschen Fantasie. Die Leute, die diesen Laden buchen, haben genug davon.«
»Hauptsache, sie haben genug Geld.«
»Sonst könnten sie mich nicht bezahlen.«
Nero grinste und ließ seine spitzen Eckzähne sehen. »Und du nicht den Boss.«
Fabio hätte hundert Jahre damit zubringen können, Nero zu erklären, dass Giulio kein Geld von ihm zu kriegen hatte, aber er würde es sowieso nie begreifen. Giulios Wort war für ihn Gesetz, und daran würde sich bis zu seinem Tod nichts ändern.
»Der Boss würde es übrigens gerne sehen, wenn du dir Raphaela endlich aus dem Kopf schlägst.«
»Ich *habe* mir Raphaela aus dem Kopf geschlagen.«
Nero wiegte zweifelnd den Kopf. »Er glaubt es nicht. Er ist davon überzeugt, dass du versuchst, sie zurückzukriegen.«
»Ich will sie nicht mehr.«
»Du lügst. Eine Frau wie Raphaela nicht wollen – das geht nicht.«
Unter normalen Umständen hätte Fabio ihm Recht gegeben, aber die Umstände waren alles andere als normal.

»Glaub mir einfach, dass ich kein Interesse mehr an Raphaela habe.«

»Auch wenn ich es dir glaube – Giulio hat seine eigene Meinung.«

Das stimmte natürlich, und Giulios Meinung war alles, was zählte. Wenn er sagte, dass Fabio ihm Geld schuldete, dann war es auch so, und wenn er der Meinung war, dass der Ex seiner neuen Braut noch hinter ihr her war, nützten Einsprüche wenig.

»Sie ist mit ihm zusammen, das ist doch wohl Beweis genug«, sagte er.

»Giulio empfindet es als Zumutung, dass du eine Affäre mit ihr hattest.«

»Sie hatte auch andere Affären, nicht nur mit mir.«

»Aber von dir redet sie immer noch.«

Fabio unterdrückte die Bemerkung, die ihm auf der Zunge lag. Er begann sich ernsthaft zu fragen, welche Konsequenzen es wohl hatte, wenn er den Kerl doch noch tranchierte und seine Überreste im Keller versteckte. Aber dann würde Giulio einfach jemand anderen, noch Unangenehmeren schicken.

»Nun, vielleicht erzählst du ihm einfach, ich hätte eine Neue kennen gelernt.«

Nero seufzte. »Das könnte ich, aber du kennst ihn. Er kann eine Lüge auf drei Meilen gegen den Wind riechen.«

»Nun, in dem Fall ist es aber zufällig die Wahrheit«, hörte Fabio sich zu seiner eigenen Überraschung sagen. »Um genau zu sein: Ich hab mich sogar mit ihr verlobt.«

Nero starrte ihn an. »Das glaub ich nicht.«

»Ist aber so. Ich schwöre beim Grab meiner Mutter.«

»Die lebt doch noch.«

»Aber wenn sie mal tot ist, wird sie begraben. Und wenn ich dann einen Meineid auf ihr Grab geleistet habe, brate ich auf ewig im Fegefeuer.«

Nero war gläubiger Katholik und entsprechend beeindruckt. »Du hast wirklich eine Neue? Wie heißt sie?«

»Isabel«, sagte Fabio wie aus der Pistole geschossen. Gleich darauf hätte er sich am liebsten die Zunge abgebissen. Wieso hatte er ausgerechnet diesen Namen gesagt? Hätte es ein anderer nicht ebenso getan? Zum Beispiel Janine oder Sandra, immerhin waren das zwei Frauen, die er wirklich gut kannte. Warum musste es unbedingt der Vorname der arrogantesten Zicke im Umkreis von tausend Kilometern sein?

»Wie sieht sie aus?«, wollte Nero wissen.

»Gut. Sehr, sehr gut. Nicht besonders groß, aber spitzenmäßige Figur.«

»Blond?«

»Hellblonde Locken. Natur.«

»Titten?«

»Bombastisch. Beine und Hintern auch. Außerdem teilt sie meine Interessen. Sie ist eine richtige Küchenfee.«

»Das könnte Raphaela ärgern«, gab Nero zu bedenken.

»Dass sie eine Küchenfee ist?«

»Nein, die Sache mit den Titten und dem Hintern.«

»Was denn? Hätte ich mir eine Vogelscheuche als Lebenspartnerin suchen sollen?«

Nero seufzte. »Ein Kerl wie du? Wohl kaum. Umso eher wird Giulio sich freuen, davon zu erfahren.« Er betrachtete Fabio lauernd. »Kann man sie kennen lernen? Wohnt sie hier?«

»Sie ist im Begriff, hier einzuziehen.«

»Wann?«

»Bald. Aber sie soll so wenig wie möglich über meine Verwandten erfahren«, sagte Fabio fromm.

»Klar.« Nero nickte. »Das versteh ich. Versteh ich voll und ganz.« Nero dachte nach. »Das sind gute Nachrichten, oder? Ich meine, *richtig* gute.«

»Wenn du es sagst.«

»Jetzt müsstest du nur noch irgendwie die Kohle auftreiben, dann wäre alles im grünen Bereich und der Boss so zufrieden wie noch nie.«

»Ich gebe mein Bestes, hier auf die Beine zu kommen, aber ich schaffe es bestimmt nicht, wenn mir dauernd Knüppel dazwischengeworfen werden.«

Nero war beleidigt. »Wer wirft denn hier Knüppel? Ich etwa?«

»Du hältst mich vom Kochen ab. Und von der Akquisition.«

Nero kniff misstrauisch die Augen zusammen. »Wovon?«

»Davon, Gäste für den Laden hier aufzutreiben.«

Nero wirkte verärgert. »Immer noch derselbe Besserwisser, was? Musst es ständig raushängen lassen, dass du länger zur Schule gegangen bist als ich und die anderen.«

Fabio seufzte unhörbar. »Haben wir noch was zu besprechen, oder war es das für heute?«

Nero furchte die Stirn, ihm war anzusehen, dass er vorgehabt hatte, ein bisschen mehr Druck zu machen als beim letzten Mal, aber anscheinend hatte die gute Nachricht über die Verlobung ihm den Wind aus den Segeln genommen.

»Gut, dann geh ich jetzt«, sagte er. »Aber ich komme

wieder.« Er ging zur Tür und drehte sich um. »Um deine Verlobte kennen zu lernen. Nur, damit ich Giulio erzählen kann, dass er sich wegen dir und Raphaela keine Gedanken mehr machen muss.« Plötzlich grinste er breit und zeigte mit dem Finger auf Fabio. »Kann aber auch sein, dass du es ihm selbst erzählen kannst.«

»Was meinst du damit?«

»Er ist für ein paar Wochen in der Stadt.«

»Wer?«, fragte Fabio, während er blitzschnell versuchte, seine konfusen Gedanken zu ordnen.

»Wer wohl?«

»Giulio?«

»Genau der.«

»Was will er hier?«

Nero zuckte mit den Achseln. »Geschäfte machen, nehme ich an.«

Fabio hatte den deutlichen und ziemlich unangenehmen Eindruck, dass Giulio möglicherweise nicht nur Geschäfte hier in der Gegend machen wollte. Wie es aussah, würde ihm bald höllischer Ärger ins Haus stehen.

Isabel zuckte erschrocken zusammen, als die Tür hinter ihr ins Schloss fiel. Sie ging sofort die drei Schritte zurück und suchte nach der Klinke, doch zu ihrem Erstaunen fand sie keine, nur einen metallischen Beschlag, wo vielleicht vor hundert Jahren ein Türknauf gesessen hatte.

Sie verbrachte eine halbe Ewigkeit damit, den Lichtschalter zu suchen. Nach einer Weile fand sie sogar einen, ein altertümliches Ding, das man drehen statt knipsen musste. Sie betätigte es, aber außer einem durchdringenden Knacken passierte nichts. Wahrscheinlich lag es daran, dass diese komischen Schalter ebenfalls vor hundert Jahren modern gewesen waren. Die dazugehörige Stromleitung war bestimmt schon seit Jahrzehnten verrottet.

Isabel tastete sich in die Richtung, wo sie ein Fenster vermutete, und tatsächlich stießen ihre ausgestreckten Hände gegen eine Glasscheibe. Eine Vorrichtung zum Öffnen von Rollläden suchte sie jedoch vergebens, folglich konnte es sich hier nur um Klappläden handeln. Um die zu öffnen, hätte sie zuerst das Fenster aufkriegen müssen, doch der Griff war allem Anschein nach zugerostet. Sosehr sie auch rüttelte – es tat sich nichts.

Sie überlegte kurz, woran diese Situation sie erinnerte. Richtig, an irgendwelche blöden Filmtitel. Sie waren umso blöder, als sie die Filme nie gesehen hatte. Aber dafür waren die Titel sehr aussagekräftig. *Lebendig begraben. Die Nacht der lebenden Toten.*

Doch so schnell gab sie nicht auf. Aus der Dunkelheit kamen immer noch Erics und Daphnes Stimmen, das war nicht zu überhören. Isabel drehte sich lauschend einmal um die eigene Achse und stolperte anschließend über ihre Füße, während sie sich seitlich nach rechts auf die Wand zubewegte, von der sie meinte, dass hier die Stimmen deutlicher zu hören waren.

Sie drückte gegen die Paneele und japste überrascht, als sich in der scheinbar türlosen Wand eine Öffnung vor ihr auftat. Als sie hindurchgehen wollte, stieß die Spitze ihres Pumps gegen eine steinerne Stufe.

»Aha«, murmelte sie. »Eine Geheimtür mit einer Treppe. Ein richtiges Gruselschloss. Wie im Film.«

Ohne zu zögern, stieg sie die Treppe hoch und stützte sich dabei an den Wänden ab. Die Stufen waren merkwürdig hoch und schmal, eher wie bei einer Leiter als einer vernünftigen Treppe. Hier hatte sich eindeutig ein Stümper von Maurer ausgetobt.

Isabel stieg in der muffigen, von Spinnweben durchsetzten Finsternis aufwärts, bis ihre Hände gegen ein hölzernes Hindernis stießen.

Sie gab einen unterdrückten Fluch von sich, als sie hängen blieb und sich einen Nagel einriss. Wozu gab sie eigentlich so viel Geld im Nagelstudio aus, wenn die Verlängerungen nicht die kleinste Erschütterung aushielten?

»War da was?«, hörte sie plötzlich Daphnes Stimme in aller Deutlichkeit sagen.

»Nein, das bildest du dir ein«, erwiderte Erik.

»Ich habe aber was gehört. So ein Rascheln und Schaben, ein komisches Geräusch. Es kam, glaube ich, aus dem Schrank da drüben. Oder meinst du, es gibt hier Ratten?«

Isabel öffnete den Mund, um *Überraschung!* oder etwas ähnlich Geistreiches zu rufen, doch dann brachte ein Impuls sie dazu, lieber zu schweigen.

»Ratten?«, meinte Erik zweifelnd. »Na ja, so wie es in diesem alten Stall überall aussieht, würde mich das nicht mehr wundern. Es war eine Schnapsidee, diesen Kasten für die Hochzeit überhaupt in Betracht zu ziehen.«

»Du hast Recht. Unten sieht es schaurig aus. Nur die Küche ist vom Feinsten, die hat er anscheinend als Erstes sanieren lassen. Aber der Rest … Wahrscheinlich macht dieser Italiener alles etappenweise. Einen Raum nach dem anderen.«

»Kann sein. Aber dann braucht er Jahre, bis alles fertig ist.«

»Das Zimmer hier ist schon ganz nett«, meinte Daphne. »So richtig lauschig. Mit diesen schönen Truhen und dem Bauernschrank und den Butzenscheiben. Und dem alten Himmelbett. Mhm, sieht aus, als wäre es sogar frisch bezogen. Riech mal an dem Vorhang. Und die Bettwäsche – ich würde sagen, die ist von Ikea. Und wenn ich die Truhen so ansehe, kommt es mir vor, als wären die auch daher. Oder meinst du, die sind alt?«

»Ich würde sagen, ja.«

»Egal. Also, ich find's toll. Als Hochzeitssuite macht es was her. Die Bettwäsche gefällt mir am besten. Ich mag Ikea.«

»Seit wann findest du Ikea toll?«

»Die haben spitzenmäßige Designer«, sagte Daphne. »Dieses schwedische Ambiente macht mich an. Wollen wir vögeln?«

Isabel schnappte nach Luft.

»Hier?«

»Klar.«

»Aber sie ist doch hier irgendwo im Haus!«

»Eben. Das macht mich richtig geil. Hm, lass mal fühlen …«

»Nicht doch. Ich weiß nicht … Aaah, was machst du da?«

»Was du am liebsten hast.«

»Eigentlich ist es nicht fair, sie jetzt noch zu heiraten. Ich komme mir ziemlich abgebrüht vor.«

»Was heißt hier abgebrüht? Du wolltest sie heiraten,

oder nicht? Und es war dir die ganze Zeit völlig ernst damit.«

»Da wusste ich noch nicht, dass du wieder zu haben warst. Ich habe kein gutes Gefühl, diese Sache mit dem Heiraten trotzdem durchzuziehen.«

»Du wirst es schon überstehen. Denk immer an das viele Geld, so schwer kann das doch nicht sein.«

»Wir können auch ohne die paar Hunderttausend aus dem Zugewinnausgleich ein schönes Leben führen. Es wird sicher bald wieder besser klappen an der Börse.«

»Träum weiter«, sagte Daphne.

»Aber Daphne … Liebes … Aaah!«

Isabel starrte in das Dunkel. Es kam ihr vor, als hätte ihr jemand einen Tritt gegen die Brust verpasst und damit gleichzeitig die Atmung und den Herzschlag außer Funktion gesetzt. Sie bekam keine Luft mehr, und ihr Herz hatte aufgehört zu schlagen. Es *konnte* nicht mehr schlagen, denn es fühlte sich an, als läge es wie ein kalter, toter Stein in ihrer Brust. Sie geriet ins Wanken und versuchte, sich an der Wand festzuhalten.

»Jetzt habe ich aber wirklich was gehört«, sagte Daphne.

»Das hast du dir nur eingebildet. In diesem Gemäuer knackt und raschelt es andauernd, deswegen glauben ja auch so viele Leute, dass es in alten Burgen oder Schlössern spukt. He, was machst du da. O Herr im Himmel, Daphne! Was ist, wenn sie jetzt kommt?«

»Dann musst du eben schneller kommen. Mach schon. Ich weiß doch, wie superschnell du sein kannst.«

»Was willst du damit sagen?«

»Nichts.«

»Oooh … Aber …«

»Halt die Klappe«, sagte Daphne. »Hier spielt die Musik.«

Isabel hörte Bettfedern quietschen und merkte, wie sie endgültig das Gleichgewicht verlor. Ob es nun an ihren hohen Hacken lag oder an der dumpfen Luft oder daran, dass der Mann, den sie liebte und in ein paar Wochen heiraten wollte, mit ihrer besten Freundin ins Bett ging – sie konnte sich nicht länger auf den Füßen halten. Dummerweise gab es weit und breit keine Sitzgelegenheit, es sei denn, man zählte das Bett mit, das sicher keine zehn Schritte von ihr entfernt war. Aber das hätte ebenso gut auf dem Mond sein können, so weit war es weg. *Alles* war mit einem Mal sehr weit weg, sogar die Holztür, an der sie sich eben noch hatte festhalten wollen. Es war, als wäre sie mitten im lichtlosen Raum eingefroren, während um sie herum alles ins Trudeln geriet.

Da es stockfinster war, konnte Isabel nicht sehen, wie die Steintreppe unter ihren Füßen auf sie zugerast kam. Aber sie konnte es fühlen, vor allem den Moment, als sie ihr Kinn erreicht hatte. Es knirschte und tat einen dumpfen Schlag, sie merkte, wie sie ein Stück weit vorwärts auf Kinn und Knien die Treppen runterrutschte, und sie fand die Haltung für einen Sturz ebenso absurd wie schmerzhaft. Dann wurde sie schneller, und ihre Arme und Beine breiteten sich wie die Glieder eines Kraken nach allen vier Seiten aus, als könnte sie so wieder Halt gewinnen.

Das ist aber wirklich ein Sturz, dachte sie. Muss

bescheuert aussehen. Wenn das jetzt einer mitkriegt, würde er sich schief lachen.

Dann knallte ihr Hinterkopf gegen eine der Stufen, und es dröhnte, als hätte jemand mit einem Gummihammer auf eine leere Holzkiste geschlagen.

Oje, jetzt hat es mich aber richtig erwischt, schoss es ihr durch den Kopf.

Das war der letzte Gedanke, bevor alle Wahrnehmungen in der Dunkelheit versanken.

Harry, ich habe den Arzt bestellt«, sagte Fabio.

Harry richtete sich hustend im Bett auf. »Du liebe Zeit! Wieso das denn?«

»Natascha hat gesagt, dass du hohes Fieber hast.«

»Woher will die das wissen?«

»Sie hat gesagt, sie hat gemessen, und du hast mindestens vierzig Grad Fieber.«

»Blödsinn, Alter«, krächzte Harry. »Sie hat versucht, meinen Bauch anzufassen und mir so ein bescheuertes Thermometer ins Ohr zu schieben, aber ich habe sie rausgeschmissen. Es geht mir super.«

Harry schaute Fabio aus Augen an, die so trüb waren, als würde er auf dem Grund eines metertiefen Teichs liegen.

»Du hast definitiv Fieber, dazu brauche ich nicht mal deinen Bauch anzufassen. Du bist so krank, dass du aussiehst wie dein eigener Opa.«

»Meine Opas sind beide tot.«

»Sag ich doch. Besser, der Arzt schaut nach dir.«

»Alter, ich hasse Ärzte.«

»Zu spät. Er ist bestellt, und es wird nicht lange dauern, bis er hier ist.«

»Schick ihn weg. Oder noch besser, mach ihm gar nicht erst auf.«

»Das sehen wir dann. Hm, dir ist heiß, oder?«

»Heiß ist kein Ausdruck«, sagte Harry, der rot war wie ein Hummer und vor Schweiß nur so triefte. »Ich koche sozusagen. Aber es ist kein Fieber, klar?«

Fabio blickte unschlüssig auf das Fenster in der schmalen Kammer. Er überlegte, ob er es öffnen sollte, denn die Luft hier drin war zum Schneiden dick und so abgestanden, dass auch der Gesündeste bald in Ohnmacht fallen würde. Andererseits war es eines von den Fenstern – den *vielen* Fenstern! –, die noch nicht erneuert worden waren. Jeder Versuch, es aufzumachen, konnte dazu führen, dass es schlicht aus den Angeln gerissen wurde. Dann war es zwar offen und die Luft wunderbar frisch, aber das Zimmer hatte kein Fenster mehr. Jedenfalls keines, das man wieder schließen konnte, falls es einem hier drin zu kalt wurde.

Er beschloss, die Tür zum Gang offen zu lassen, das würde für ausreichend Frischluftzufuhr sorgen. Die Fensterfirma hatte für nächsten Mittwoch ihr Kommen zugesagt, er würde sich einfach darauf verlassen, dass sie den Termin einhielten. Bisher hatte das noch keine Firma geschafft, nicht mal der Küchenmonteur, obwohl der sich eine goldene Nase an ihm verdient hatte, aber Fabio gab die Hoffnung nicht auf. Bald würde dieser Laden stehen wie eine Eins, sämtliche Handwerker und Lieferanten würden spuren, und alle Welt würde sich drum reißen, in seinem Restaurant einen Platz zu kriegen.

»Kann ich dir was holen, bevor der Arzt kommt? Vielleicht einen O-Saft oder ein paar Zwiebäcke?«

Harry nieste, dann nickte er. »Vergiss den Zwieback, aber O-Saft klingt gut. Nimm ein großes Glas. Zwei Fingerbreit Saft und dann Wodka bis oben hin.«

»Ich denke nicht, dass sich das gut für jemanden eignet, der Grippe hat.«

»Du kannst ja eine Scheibe Zitrone reinlegen, das sind zusätzliche Vitamine.«

Von nebenan kamen ein Rumpeln, ein rhythmisches Quietschen und dann ein weibliches Stöhnen.

»Was war das denn?«, fragte Fabio. »Kam das nicht eben aus der Hochzeitssuite?«

»Oh, ich bilde es mir nicht nur ein?«, meinte Harry. »Ich dachte, es wäre meine Fieberfantasie, dass sich neben mir zwei Leute das Hirn aus dem Kopf vögeln.«

»Du hast doch gesagt, du hättest kein Fieber.« Fabio ging zur Tür und schob seinen Kopf hinaus in den Gang.

»Stimmt. Aber Fantasie.«

»Das da nebenan ist so eindeutig, dafür braucht man nicht viel Fantasie.«

Harry hustete. »Haben wir etwa Gäste?«

»Falls ja, dann sind es welche, die sich selbst eingeladen haben.«

Fabio horchte kurz, dann trat er in den Flur und ging ein paar Meter weiter, bis er vor der Hochzeitssuite stand. Hier war der Lärm nicht mehr zu überhören.

Er versuchte, die Tür zu öffnen, und war nicht überrascht, sie verriegelt zu finden.

Mit der Faust gegen die Türfüllung hämmernd, verlieh er dem gesamten Frust, der sich in den letzten Stunden in ihm angestaut hatte, auf brachiale Art Ausdruck.

»Hallo?«, brüllte er. »Ist da jemand drin?«

Das Quietschen und Stöhnen hörte abrupt auf. In der Suite herrschte Totenstille.

»Ich habe gute Ohren«, rief Fabio drohend. »Und außerdem ein geladenes Gewehr gegen Einbrecher!«

Er ahnte das Getuschel in dem Zimmer mehr, als dass er es hören konnte, doch die Schritte, die kurz darauf zu vernehmen waren, bildete er sich nicht ein.

Die Tür ging auf, und er blickte in das hochrote Gesicht des Verlobten.

»Wir sind es nur«, sagte Erik.

Fabio versuchte, an ihm vorbei ins Zimmer zu blicken, doch der blond gelockte Muskelprotz schob sich direkt vor ihn.

»Was sollte das hier werden?«, fragte Fabio.

»Wir ... ähm, wir haben uns die Hochzeitssuite näher angesehen.«

»Wieso?«

»Nun ja ... Für den Fall, dass wir das Anwesen für unsere Feier in Betracht ziehen, müssen wir doch wissen ...« Eriks Stimme erstarb, während neben ihm die Freundin der Braut auftauchte, Daphne. Mit ihren glitzernden grünen Augen und der wallenden roten Mähne sah sie aus wie eine exotische Katze. Eine *satte* Katze. Sie war vollständig angezogen, aber um ihren Hals hing ein unsichtbares Schild mit der Aufschrift *Ich hatte eben tollen Sex.* Wenn sie es nicht gerade mit dem Verlobten ihrer Freundin bis zum Gehtnichtmehr getrieben hatte, wollte Fabio nicht mehr Santini heißen.

»Klar, dass Sie das Bett ausprobieren wollten«, sagte Fabio. »Interessant ist nur, dass die Braut weit und breit nicht zu sehen ist. Und dabei ist sie vorhin nach oben gegangen, um Sie beide zu suchen. Oder ist sie vielleicht noch in der Suite?« Er schob sich an dem blonden Männermodel vorbei in die Suite und sah, dass das Bett auf eindeutige Weise zerwühlt war, aber die kleine Prinzessin war nicht da.

»Sie ist … raufgekommen?« Die rothaarige Freundin schaute leicht verstört drein. »Wieso denn? Sie wollte sich doch noch alles unten mit Ihnen ansehen!«

»Ihr hat der Speisesaal schon gereicht.«

»Hören Sie … Signor …« An den blonden Wikinger gewandt, fügte Daphne hinzu: »Wie war gleich sein Name?«

»Warum fragen Sie mich nicht?«, fragte Fabio. »Ich stehe direkt hier. Und ich kann es nicht ausstehen, wenn man in meiner Anwesenheit über mich quatscht, als wäre ich nicht da.«

»Santini«, sagte Erik. »Er heißt Santini.«

»Ich glaube, ich gehe jetzt mein Gewehr holen.«

»Nicht doch, Signor Santini!«, rief Daphne. »Sie … ähm, Sie werden doch Isabel nichts davon sagen, oder? Wo ist sie überhaupt?«

»Keine Ahnung«, sagte Fabio wahrheitsgemäß. »Aber man konnte Sie beide prima hier draußen auf dem Gang hören. Sogar noch im Nachbarzimmer.«

Daphne rannte zum Fenster und schaute hinaus. »Dein Wagen steht noch da.«

»Logisch«, sagte Erik. »Ich hab ja auch die Schlüssel.«

»Ob sie noch hier im Haus ist?« An Fabio gewandt, fügte sie hinzu: »Wo könnte sie sein?«

»Wenn Sie mich fragen, ist sie abgehauen.«

»Mit *den* Schuhen?«, fragte Daphne zweifelnd. »Sie

hatte Manolo Blahniks an. Zu Fuß kommt man damit nicht weit.«

»Es gibt Taxis.«

»Das würde ihr ähnlich sehen«, sagte Erik.

»Du hast Recht. Das ist ihre Art. Sie haut immer ab, wenn ihr was gegen den Strich geht. Wahrscheinlich ist sie schon auf dem Weg nach Sylt. Oder in die Toskana.« Daphne hatte einiges von ihrer Überheblichkeit eingebüßt. Doch dann hob sie kämpferisch den Kopf. »Erik, wir müssen sie finden, und dann musst du ihr klar machen, dass es nichts mit deinen Gefühlen für sie zu tun hat.«

»Ich verstehe nicht, wie ich ihr das begreiflich machen soll!«

»Ich auch nicht«, warf Fabio ein.

»Halten Sie die Klappe!«, fuhr Daphne ihn an. Zu Erik sagte sie: »Du hattest schon mal eine andere, und sie hat es mit Fassung getragen.«

»Das war aber nichts Ernstes, nur ein Urlaubsflirt. Und sie war vor allen Dingen nicht mit Isabel befreundet.«

»Egal. Es wäre Schwachsinn, so kurz vor der Hochzeit alles in die Binsen gehen zu lassen.«

Sie fasste Erik beim Arm und zog ihn aus der Suite auf den Gang. »Vielleicht erwischst du sie noch, bevor sie weg ist.«

»Ich sehe nicht, was das bringen soll«, protestierte Erik. »Nimm es doch einfach als Fingerzeig des Schicksals, dass sie uns belauscht hat und dass nun aus der Hochzeit nichts werden soll!«

»Halt die Klappe.« Daphne blieb stehen und drehte sich zu Fabio um. »Können wir auf Ihre Loyalität zählen?«

»In welcher Beziehung?«

»Sagen wir, in der einzig nur möglichen. Eine schöne große Hochzeit mit allen Schikanen, hier in diesem Haus. Ich sorge dafür, dass die Einladungen diese Woche noch rausgehen, und Sie sputen sich, bis dahin hier alles auf Vordermann zu kriegen.«

»Meinetwegen«, sagte Fabio, der keinen Moment lang glaubte, dass es zu dieser Feier kommen würde. Schließlich hatte die Braut auch noch ein Wörtchen mitzureden. Aber man konnte ja nie wissen. Nächsten Monat konnte alles schon ganz anders aussehen.

Schon am selben Abend war er völlig anderer Meinung. Er zweifelte ernsthaft, dass er hier überhaupt noch einen Fingerschlag würde tun können. Während des Dinners tauchte Giulio Caprini auf, und er sah aus, als wäre er zum Töten aufgelegt.

»Hallo, Fabio«, sagte er, als er mit Nero im Schlepptau in die Küche marschiert kam.

»Hallo, Giulio.« Fabio legte rasch das Messer weg, mit dem er gerade die Poularde tranchieren wollte. Giulio mochte es nicht, wenn Leute, die sich in einem Raum mit ihm aufhielten, bewaffnet waren.

Giulio war ein Jahr älter als er und kompakt gebaut. Obwohl er ein paar Kilo zu viel auf den Rippen hatte, sah er auf derbe Art gut aus mit seinen schwarzen, mit Gel gestriegelten Haaren und seinem kantigen Kinn. Fabio suchte manchmal nach Zeichen von Familienähnlichkeit zwischen sich und Giulio, doch bisher hatte er keine entdecken können. Das erfüllte ihn regelmäßig mit Erleichterung. Es musste ja nicht jeder gleich sehen, dass Giulio sein Cousin war.

»Je später der Abend, desto mieser die Gäste«, meinte Natascha. Sie saß mit Harry am Tisch und wartete darauf, dass Fabio die Poularde auftrug.

»Boss, ich würde ihr gern das Maul stopfen«, sagte Nero.

»Kommt vielleicht noch«, sagte Giulio.

»Ich kenne Johnny die Schlange«, erklärte Natascha.

»Ich nicht. Also halt dich lieber zurück.«

»Der Braten riecht gut«, sagte Nero schnuppernd. »Neues Rezept? Ich dachte, es gibt Fisch.«

»Das war der erste Gang«, erklärte Natascha. »Ist leider alles weg.«

Giulio kam zur Anrichte und trat dicht an Fabio heran. Von überflüssigen Erwägungen wie dem Bedürfnis seiner Mitmenschen nach einem Minimum an sozialer Distanz hatte er sich noch nie beeinflussen lassen. Ob er es absichtlich tat oder aus fehlgeleiteten Instinkten heraus – er ging stets auf Tuchfühlung. Es war so lästig, dass Fabio einen Schritt zur Seite trat. Giulio folgte ihm sofort, also musste es Absicht sein.

Fabios Blicke wechselten zwischen dem Tranchiermesser und den aus dieser Nähe gut sichtbaren Mitessern auf Giulios Nase hin und her.

»Versuch es doch«, sagte Giulio lauernd.

Fabio ergriff das Messer, und Nero fuhr mit der Hand unter den Aufschlag seines Sakkos. Er förderte ein Schießeisen zu Tage, das fast so groß war wie er selbst, und als er damit auf Fabio anlegte, verstummten schlagartig alle Geräusche in der Restaurantküche.

Fabio sah, wie Nero die Waffe entsicherte, und sein Inneres fühlte sich so schockgefrostet an wie das Filet von dem tropischen Fisch, bevor er den ersten Gang daraus gemacht hatte. »Aber, aber«, sagte Giulio. »Übertreib nicht so, Nero. Er will nur diese Poularde tranchieren, der gute Junge.«

Fabio ließ sich von dem leutseligen Tonfall nicht täuschen. Er sah das hasserfüllte Funkeln in Giulios Augen. Der Kerl wartete nur auf ein paar gute Gründe, ihn zu erledigen. Sobald ihm genug Argumente eingefallen wären, mit denen er es der Verwandtschaft erklären konnte, würde er es bestimmt tun.

Fabio tranchierte den Braten und wünschte sich, mit Giulio dasselbe zu machen. Er trug die Fleischplatte zum Tisch und tat Harry, Natascha und sich selbst jeweils ein Stück auf.

»Nehmt euch von dem Salat«, sagte er.

»Sieht gut aus, diese Kräuterfüllung«, sagte Natascha. »Schade, dass es nur für uns drei reicht. Wenn ich gewusst hätte, dass diese netten Burschen aus Neapel heute kommen, hätte ich einen Vogel mehr gekauft.«

»Sie können meine Portion haben«, sagte Harry hustend. »Mir reicht noch ein Glas von dem Aperitif. Aber diesmal mit mehr Wodka drin.«

»Mir kannst du auch einen geben«, sagte Giulio. Er ließ sich mit einer für seine Masse überraschenden Wendigkeit auf einem der freien Stühle nieder und legte beide Hände mit gespreizten Fingern vor sich auf die Tischplatte. Schau her, ich habe nichts Böses im Sinn, schien die Geste zu besagen. Doch darauf gab Fabio nicht viel. Nero hatte zwar die Waffe wieder weggesteckt, aber seine Finger zupften ständig nervös an den Aufschlägen seines Jacketts herum.

»Ich habe gehört, du hast hier schon die erste große Feier eingeplant«, sagte Giulio. »Eine Hochzeit mit zig Personen. Das muss ordentlich Geld in die Kasse spülen.«

»Im Moment kann ich dir nichts geben. Du siehst ja, wie viel hier noch zu tun ist. Komm in drei Monaten wieder.« Fabio setzte sich so weit weg von Giulio wie möglich an den großen runden Tisch und fing an zu essen. Die Poularde schmeckte wie Sägemehl mit Plastikfüllung, obwohl sie vorhin beim Kosten noch auf der Zunge zergangen war.

»Komm besser in sechs Monaten«, sagte Natascha.

Giulio warf Nero von der Seite einen Blick zu, und als wäre es die selbstverständlichste Sache von der Welt, nahm Nero eine der Gabeln vom Tisch, packte eine Hand voll von Nataschas Haar und hielt ihr die Zinken dicht vor das linke Auge.

»He, diese Gabel könnte meine Wimpern ruinieren! Was glaubst du, was für Geld ich dafür ausgegeben habe? Die sind aus echtem Nerz!«

»Wenn du weiter so rumquatschst, brauchst du keine Wimpern mehr«, sagte Giulio. »Weil du dann nämlich keine Augen mehr hast.«

Fabio hatte sich halb von seinem Stuhl erhoben und schätzte die Entfernung zu Nero ab.

»Verkneif es dir lieber«, sagte Giulio salbungsvoll. »Ich bin heute nicht hier, um wegen Geld Druck zu machen. Natürlich kriege ich es noch, und du hast es nur deiner Mutter zu verdanken, dass ich dir mit der Rückzahlung so viel Zeit lasse. Sie war schon immer meine Lieblingstante. Aber heute geht es ausnahmsweise mal nicht um deine Schulden.«

Fabio versagte sich die Erwiderung, dass die Schulden ohnehin nur in Giulios Einbildung existierten, denn er ahnte, dass sich das nur negativ auf die Laune seines Cousins auswirken konnte. Und je schlechter Giulios Laune war, desto nervöser wurde Nero. Der neigte dazu, herumzuhampeln, wenn er nervös war, und dafür war dieser Zeitpunkt denkbar ungünstig, jedenfalls solange er mit der Gabel vor Nataschas Gesicht herumfuchtelte.

»Wenn es dir nicht ums Geld geht, was willst du dann?«

»Deine Verlobte kennen lernen. Die reizende Isabel. Nero hat mir von ihr erzählt. Na, und da war es doch wohl klar, dass ich mich mit eigenen Augen davon überzeugen muss, dass du dir meine süße kleine Maus wirklich aus dem Kopf geschlagen hast.«

Harry nieste und schaute überrascht drein. »Ich wusste gar nicht …«

»Gesundheit«, fiel Natascha ihm laut ins Wort.

Fabio fragte sich, wie Giulio auf die Idee kam, Raphaela als süße kleine Maus zu bezeichnen. Sie war einen halben Kopf größer als er, sogar ohne Schuhe.

»Also, wo ist sie? Nero hat gesagt, heute kochst du für deine Freunde, also sollte sie auch hier sein.«

Fabio starrte seinen Cousin an. »Wolltest du nicht einen Wodka?«

»Lieber Grappa«, sagte Giulio.

»Ich nehme auch einen«, sagte Nero.

»Nein, du musst fahren«, sagte Giulio.

»Wirklich?«, fragte Nero mit leuchtenden Augen. »Den Ferrari?«

»Nein, natürlich nicht, du Blödmann. Ich fahre selbst. Du sollst nichts trinken, weil ich es hasse, wenn du nach Schnaps stinkst.«

»Was für ein ungewöhnlicher Zufall«, sagte Fabio, während er Giulio Grappa einschenkte. »Raphaela findet das auch absolut widerwärtig. Da habt ihr direkt was gemeinsam.«

Giulio verschüttete ein paar Tropfen aus seinem Glas und betrachtete es dann, als könnte es ihm in die Hand beißen. »Wirklich? Mag sie keinen Grappa?«

»Doch, natürlich. Aber nur, wenn sie ihn selber trinkt. Nicht, wenn andere danach riechen.«

»Ah«, meinte Giulio unverbindlich. Er schob das Glas beiläufig zu Harry rüber und verschränkte die Arme vor der Brust. Seine Laune schien sich dem absoluten Gefrierpunkt zu nähern. »Hol sie her. Oder Nero macht dir Beine.«

»Wenn du meinst, dass er mich erschießt – lass es ihn doch tun. Dann haben wir wenigstens das Thema durch.«

»Dann müsste er auch deine Angestellten erschießen. Schon deswegen, weil sie Zeugen wären.« Giulio betrachtete ihn lauernd. »Also, wo ist sie?«

Fabio öffnete den Mund, um eine glaubhafte Ausrede anzubringen, etwa: *Sie ist verreist* oder *Sie besucht ihre kranke Mutter*, als sein Handy klingelte.

Er zog es aus der Hosentasche und meldete sich.

»Na so was«, meinte er. »Isabel! Wie geht es dir?«

»Hier ist Frau Hasenkemper«, sagte seine Putzhilfe am anderen Ende.

»Ach nein, was du nicht sagst!«

»Seit wann duzen wir uns?«, fragte Frau Hasenkemper.

»Ist es wirklich so schlimm?«, wollte Fabio mit scheinheiliger Besorgnis wissen.

»Nein, aber es kommt für mich unerwartet. Wir kennen uns schließlich erst seit zwei Wochen. Außerdem bin ich mindestens zwanzig Jahre älter als Sie. Da hätte ich es höflich gefunden, vorher gefragt zu werden. Weshalb ich anrufe ... Ich fühle mich nicht so gut heute. Es ist wieder mein ...«

»Na gut, dann wird eben heute Abend nichts mehr aus unserem gemeinsamen Essen«, sagte Fabio.

»Wieso? Hatten Sie mich denn eingeladen?«

»Nein, aber das macht nichts. Ich liebe dich. Bis dann.«

Er legte auf, bevor Frau Hasenkemper Einspruch erheben konnte. Wahrscheinlich hätte sie sich sowieso wieder nur krank melden wollen. Von drei Arbeitstagen in der Woche war sie höchstens an einem gesund genug zum Putzen. Entweder war es ihr Kreuz oder ihre Bandscheibe oder beides. Sogar als Teilzeitkraft war sie ein Totalausfall.

»War sie das?«, fragte Giulio mit zusammengekniffenen Augen.

Fabio nickte und stand auf. »Sie fühlt sich nicht gut.«

»Ich dachte mir heute Nachmittag schon, dass bei ihr eine Migräne im Anzug ist«, warf Natascha ein.

»Oder eine Grippe«, sagte Harry hustend. »Die Grippe grassiert zurzeit. Sehen Sie nur mich an. Ich habe sogar Fieber. Sie sollten besser gehen, bevor Sie sich am Ende noch anstecken.«

Giulio achtete nicht auf die beiden. Er fixierte Fabio mit tödlichem Blick.

»Willst du damit sagen, sie kommt überhaupt nicht zum Essen? Nicht mal zum Nachtisch?«

»Sie hat wahnsinniges Kopfweh.«

Giulio lief dunkelrot an. Dann stand er ebenfalls

auf – und fing an, unter der Achsel rumzufummeln, wo er sein eigenes Schießeisen stecken hatte. »Du lügst«, rief er mit wutbebender Stimme. »Ich rieche Lügen hundert Kilometer gegen den Wind, vor allem deine. Es gibt sie gar nicht, diese Verlobte. Du bist immer noch scharf auf Raphaela!«

Fabio wollte etwas sagen, aber die Worte erstarben ihm auf den Lippen.

Giulio zog seine Pistole.

Eine Dampflok war über sie hinweggerast. Oder eher ein ganzer ICE. Sie würgte, als sie in der Dunkelheit zu sich kam, und sie versuchte, ihre Befindlichkeiten so weit zu sortieren, dass sie sich wenigstens wieder bewegen konnte.

Schlimmer als das hämmernde Kopfweh war das diffuse Gefühl, dass etwas Schreckliches passiert war. Die völlige Desorientierung, die sie daran hinderte, auch nur einen einzigen klaren Gedanken zu fassen.

Sie merkte, dass sie auf einem kahlen Steinboden lag, dass sie sich erbrochen hatte und dass ihr alle Knochen wehtaten. Am schlimmsten schmerzte ihr Kopf.

Dann, mit einer Verzögerung von mehreren Atemzügen, wurde ihr klar, dass das alles nichts war im Vergleich zu der furchtbaren Tatsache, dass sie keine Ahnung hatte, wo sie war. Und das wiederum war völlig harmlos angesichts der wirklich Grauen erregenden Gewissheit, dass sie nicht wusste, *wer* sie war.

»Das glaub ich nicht«, murmelte sie. »Das ist ein Hangover. Ich habe zu viel getrunken.«

Manchmal trank sie einen über den Durst, das fiel

ihr in diesem Moment wieder ein. Vor allem, wenn es guten Champagner oder leckere Cocktails gab. Aber das half ihr in der Situation auch nicht weiter, zumal es für Champagner ganz offensichtlich momentan weder die richtige Zeit noch der richtige Ort war.

»Was, zum Teufel, ist hier los?«, sagte sie laut. Immerhin, sie konnte sprechen. Leicht verwaschen und krächzend, aber ansonsten deutlich und fehlerfrei. Das war wenigstens etwas, auch wenn alles andere immer noch so bestürzend war, dass sie es nicht fassen konnte.

Sie schaffte es sogar, sich auf Hände und Knie hochzurappeln und ein Stück weit vorwärts zu kriechen. Wer kriechen konnte, war noch lange nicht tot, so einfach war das.

Trotzdem schaffte sie es kaum, ihre Panik unter Kontrolle zu bringen, während sie sich durch die Dunkelheit bewegte.

»Ich bin eine Frau und kann denken«, erklärte sie. Das klang nicht schlecht für den Anfang. Aber es war noch nicht genug.

»Du armes besoffenes Ding musst nur wieder richtig nüchtern werden«, befahl sie sich laut, während sie spürte, wie auf dem kratzigen Steinfußboden ihre Strumpfhosen zerrissen.

Dieses Umherrobben konnte ihrer Kleidung nicht gut tun. Sie hatte den deutlichen Eindruck, dass vor allem ihre Schuhe für diese Art der Fortbewegung nicht gemacht waren, obwohl sie nicht wusste, woher diese Erkenntnis kam.

Sie erreichte eine Wand und stemmte sich hoch – und hielt sich mit beiden Händen den Kopf, weil sie fürchtete, dass er sonst platzen würde. Oder einfach von ihren Schultern herabfiel.

»Lieber Himmel«, stöhnte sie. »Das ist vielleicht ein Kater!«

Auf einer tieferen Ebene ahnte sie, dass es kein Kater war, sondern etwas Schlimmeres. Doch darüber wollte sie nicht nachdenken, denn wenn sie erst anfing, sich damit auseinander zu setzen, würde ihr aufgehen, dass ihr nicht einfiel, wer sie war.

»Ich muss mir nur etwas Zeit geben«, beschwor sie sich selbst, während sie mit ausgestreckten Händen an der Wand entlang weitertappte, bis ihre Hände gegen den hölzernen Rahmen einer Tür stießen. »Es wird mir gleich wieder einfallen, dann ist alles klar!«

Ihre Finger fanden einen Türknauf, und sie rüttelte daran und versuchte, ihn zu drehen. Es tat sich nichts. Eine dumpfe Gewissheit breitete sich in ihr aus, dass sie schon mal versucht hatte, hier rauszukommen, wo immer sie sich auch befand, doch sie war sicher, dass sie es auch diesmal nicht schaffen würde. Man hatte sie eingesperrt! Aber wer war *man?* Außerirdische? Natürlich! Was sonst!

Surreale, klaustrophobische Ängste wallten in ihr auf, und sie versuchte gar nicht erst, dem Drang zu widerstehen, ihrer Furcht Luft zu machen.

»Hilfe!«, brüllte sie. »Hört mich hier jemand? Ihr kleinen miesen Aliens, wenn ihr glaubt, ihr könnt mir Implantate ins Hirn bauen, müsst ihr früher aufstehen!«

Die Außerirdischen ließen sich nicht blicken.

Sie zog an dem Türknauf und drehte ihn, diesmal in die andere Richtung. Zu ihrer Überraschung gab er widerstandslos nach, und die Tür schwang auf.

Sie fand sich in einem Gang wieder, der mit schmutzigen Holzbohlen ausgelegt war und in dem es sogar das eine oder andere Fenster gab. Das war ein deutlicher Fortschritt. Sie war nicht eingesperrt. Fenster konnte man aufreißen und sich bemerkbar machen. Ein Sondereinsatzkommando würde anrücken und sie aus den Krallen ihrer Entführer befreien.

»Hilfe!«, schrie sie aus voller Kehle. »Hil-fe! Hiiilfeee!«

Fabio hob lauschend den Kopf. »War da nicht gerade was?«

Giulio zögerte, aber er hatte die Pistole immer noch in der Hand. »Willst du mich ablenken?«, fragte er auf Italienisch. »Mach lieber dein Testament, das ist sinnvoller!«

»Da hat gerade jemand um Hilfe gerufen.«

»Klar, das war dein Unterbewusstsein.«

Natascha starrte auf die Pistole. »Ich habe es auch gehört.«

»Ich auch«, sagte Harry unaufgefordert. »Obwohl ich wegen der Grippe ziemliche Ohrenschmerzen habe.«

»Ähm, Boss …« Nero hob dezent die Hand. »Also, die Sache ist die: Ich habe auch was gehört. Klang wie eine Frau, die um Hilfe gerufen hat.«

»Ich gehe rasch nachsehen«, sagte Fabio.

Giulios Blick war kälter als Polareis. »Wenn du abhaust, sind deine Leute hier tot.«

»Das habe ich gerade verstanden«, sagte Natascha. »Ich kann ein bisschen Italienisch. Wie gesagt, ich kenne Johnny die Schlange. Und der stammt aus Sizilien. Jedenfalls seine Vorfahren.«

»Das stört mich nicht die Bohne«, sagte Giulio.

Fabio verließ stirnrunzelnd die Küche und ging durch den gefliesten Gang des Wirtschaftstraktes zur Haupttreppe. Wenn ihn nicht alles täuschte, waren die Schreie vorhin von oben gekommen.

»Hallo?«, rief er.

»Hallo!«, kam es schrill zurück. »Hilfe! Ich bin hier! Holt mich hier raus!«

Er raste förmlich die Treppe hoch, immer zwei Stufen auf einmal nehmend.

Isabel van Helsing kam ihm entgegen, unsicher staksend auf ihren hohen Absätzen und so bleich wie der wandelnde Tod. Sie klammerte sich mit beiden Händen am Geländer fest. Ihr Haar war zerrauft, und ihre Augen blutunterlaufen. Sie roch nach Erbrochenem, und ihre Augen waren auf unnatürliche Weise geweitet.

»Mir ist schlecht«, sagte sie.

Er war bestürzt. »Das sehe ich. Was ist los?«

»Ich … ähm, ich weiß nicht.«

»Was ist passiert?«

Sie drückte sich die Hand gegen die Stirn. »Wenn ich das wüsste. Bin ich in einem Irrenhaus oder so was?«

»Das ist Auslegungssache, aber bei objektiver Betrachtung kann ich die Frage verneinen.«

»Dann müssen es Aliens gewesen sein. Sie haben mir Sonden ins Gehirn geschoben und alles ausgelöscht. Eine Gehirnwäsche.«

»Was?«, fragte er konsterniert.

Sie torkelte an ihm vorbei die Treppe runter und dann den Gang entlang. Er folgte ihr hastig, denn sie war so wacklig auf den Beinen, dass sie sich kaum aufrecht halten konnte.

»Es gibt keine andere Möglichkeit«, sagte sie mit wachsender Verzweiflung in der Stimme. »Außer, dass ich verrückt geworden bin.« Sie blieb stehen, drehte sich zu ihm um und holte tief Luft. »Bin ich verrückt?«

»Na ja, ich ... Hm, keine Ahnung. Wieso?«

»Ich habe einen komischen, völlig absurden Filmriss. Ich weiß, das hört sich jetzt vielleicht blöd an. Aber ... Entschuldigen Sie, können Sie mir vielleicht sagen, wie ich heiße?«

Fabio sah, wie sich weiter vorn die Küchentür öffnete und wie Giulio im Rahmen erschien, Mordlust im Blick und die Pistole immer noch in der Hand.

Fabio räusperte sich. »Klar. Dein Name ist Isabel, und du bist meine Verlobte.«

Sie legte den Kopf schräg und schaute ihn an. Ein Ausdruck von Erleichterung trat auf ihr Gesicht. »Ja«, sagte sie dankbar. »Isabel. Ich glaube, so heiße ich. Und ich bin verlobt. Das weiß ich. Das ist korrekt.« Sie ging weiter und schlingerte dabei wie ein Schiff in Seenot. »Danke vielmals. Geht's hier raus? Ich glaube, ich brauche frische Luft. Mein Kopf tut wahnsinnig weh. Ähm, ich glaube, mir wird wieder schlecht. *Richtig* schlecht.«

Und dann brach sie direkt vor Giulios Füßen zusammen.

Der Arzt schaute besorgt drein. Jedenfalls vermutete Fabio hinter dem Gesichtsausdruck Besorgnis, so ganz genau konnte man sich in dem Punkt nicht festlegen, weil der Arzt sich ständig mit den Fingern im Gesicht herumfuhr und die Haut hin und her zog, was einige Verzerrungen im Mienenspiel bewirkte.

»Die Röntgendiagnose hat ergeben, dass sie keine Schädelfraktur erlitten hat, wie wir zunächst befürchtet hatten. Aber es liegen alle klassischen Symptome eines schweren Schädel-Hirn-Traumas vor. Damit hätten wir die Erklärung für die Amnesie.«

»Das arme Ding!« Giulio warf Fabio einen verärgerten Blick zu. »Es ist alles deine Schuld! Du hast mit ihr telefoniert, da hatte sie schon Kopfweh! Wenn du dich sofort um sie gekümmert hättest, wäre sie nicht hingefallen!«

»Also, ich …« Fabio überlegte krampfhaft, wie er es anstellen konnte, diesen Irrtum richtig zu stellen. Aber wie es aussah, ließ er davon fürs Erste die Finger. Jedenfalls so lange, bis Giulio seine Aufwallung von Hilfsbereitschaft überwunden hatte und von hier verschwunden war.

»Sie wird sich aber wieder an alles erinnern können, oder?« Giulios Stimme nahm einen drohenden Tonfall an, und Fabio meinte erkennen zu können, wie der Neurologe unter den Blicken seines Cousins ein Stück schrumpfte. »Schließlich ist sie seine Verlobte. Angenommen, sie hat es vergessen – was dann?«

Der Arzt versuchte, die Haut an seinem Kinn bis zur Stirn hochzuschieben, mit der Folge, dass seine Nase wie ein Knopf von lauter Hautfalten zusammengedrückt wurde.

»Nun ja, die Sache ist: Die Patientin leidet unter einer so genannten retrograden Amnesie, bei der die im Gedächtnis gespeicherten Bilder und Zusammenhänge, die vor dem schädigenden Ereignis liegen, nicht mehr abgerufen werden können.«

Giulio starrte den Arzt an. »Wieso machen Sie das?«

»Was?«

»So in Ihrem Gesicht rumzerren. Das ist krank, Mann. Sind Sie auch mal auf den Kopf gefallen?«

Der Neurologe steckte hastig beide Hände in die Taschen seines Kittels und schaute so hochnäsig drein, als hätte er gerade einen Hörsaal voller unfähiger Studenten betreten. »Um auf die retrograde Amnesie zurückzukommen …«

»Ich habe gesagt, dass das krank ist!«, sagte Giulio leise und drohend.

Der Arzt warf einen Blick auf seine Armbanduhr, dann winkte er eine vorbeieilende Schwester heran. Sie blieb stehen und zückte ihr Klemmbrett. »Herr Doktor. Es ist alles vorbereitet.«

»Ich muss zu einer Notoperation«, sagte der Arzt zu Fabio. Giulio würdigte er keines Blickes. »Ich bin schon spät dran. Bitte erledigen Sie noch unten in der zentralen Aufnahme die Formalitäten für Ihre Verlobte.« Noch bevor er den Satz zu Ende gebracht hatte, war er schon mit flatterndem Kittel um die nächste Ecke verschwunden.

»Den kaufe ich mir noch«, erklärte Giulio. »Oder meinst du, hier sind alle Ärzte so, weil es eine Art Irrenabteilung ist?«

»Es ist die neurologische Abteilung«, sagte Fabio.

»Scheiße, das ist doch genau dasselbe. Guck dir die Hirnis an, die hier im Bademantel rumschlurfen.« Er warf einen bezeichnenden Blick auf einen triefäugigen Patienten, der sich an der Wand entlangdrückte, dabei nickend den Kopf bewegte und etwas murmelte, das sich anhörte wie *abserviert*. Vielleicht hatte er auch *abgeschmiert* oder *abgeführt* gesagt, so genau war es nicht zu verstehen, weil der arme Kerl ohne Gebiss war.

Ein Physiotherapeut führte einen anderen Patienten an ihnen vorbei, der selig vor sich hinkicherte.

»Das muss irgendwie ansteckend sein«, befand Giulio angewidert. »Du solltest zusehen, dass du dein Goldschätzchen so schnell wie möglich wieder hier rausholst.« Er bedachte Fabio mit einem beinahe kameradschaftlichen Grinsen. »Übrigens, sie ist wirklich niedlich. Natürlich kein Vergleich mit Raphaela. Die ist eine wirkliche Rassefrau, so eine kriegst du nie wieder!«

Fabio blieb vor dem Aufzug stehen. Er drückte auf den Knopf fürs Erdgeschoss und spekulierte während der Fahrt nach unten darauf, dass Giulio endlich verschwand. Er selbst hätte dann noch ein paar Minuten in der Halle gewartet, am besten hinter einer der dort wuchernden Kübelpalmen, um dann ebenfalls unauffällig das Feld zu räumen.

»Heute ist dein Glückstag«, sagte Giulio. »Ich gehe noch mit zur Verwaltung wegen der Aufnahme.«

»Nicht nötig. Du hast schon genug getan. Ich meine, weil du geholfen hast, sie herzubringen.«

»Einer musste ihr doch den Kopf halten. Sie gehört quasi zur Verwandtschaft, denn du wirst sie ja demnächst heiraten. Ich weiß, was ich der Familie schuldig bin.«

Daran hatte Fabio keine Zweifel, nur dass sich das, was Giulio unter familiären Verpflichtungen verstand, grundlegend von dem unterschied, was der Rest der Welt darüber dachte.

»Name?«, fragte die Frau in der Aufnahmeabteilung.

»Santini«, sagte Giulio. »Fabio Santini.«

»Sind Sie der Patient?«

»Nein.« Giulio zeigte auf Fabio. »Er ist es. Oder vielmehr seine Verlobte. Isabel.«

»Name?«

»Sind Sie schwer von Begriff?«, fragte Giulio. »Santini!«

Die Frau stach mit dem Kugelschreiber in die Luft, in Giulios Richtung, bevor er sich wieder aufblähen konnte. »Der Name der Verlobten, klar?«

»Isabel«, sagte Fabio seufzend. »Van Helsing.«

»Anschrift?«

»Na, sag sie ihr doch«, forderte Giulio ihn auf. »Sie wohnt doch bei dir.«

Fabio machte sich widerstrebend klar, dass er keine Wahl hatte. Später würde er noch genug Zeit haben, das ganze Missverständnis aufzuklären. Sobald Giulio seiner Wege gegangen wäre.

»Versicherung?«, fragte die Frau.

Fabio starrte sie an. Sie trug einen weißen Kittel, wog ungefähr dreißig Pfund zu viel, hatte neckische braune Löckchen, eine rosa geränderte Brille und sah genauso aus wie seine Erdkundelehrerin aus der dritten Klasse. Die hatte auch immer Dinge von ihm wissen wollen, von denen er keine Ahnung hatte.

»Die Krankenversicherung«, wiederholte die Erdkundelehrerin.

»Privat«, meinte er aufs Geratewohl. Jemand, der solche Ringe und solche Schuhe trug wie seine angebliche Verlobte, konnte nur privat versichert sein.

»Gut.« Die Angestellte machte sich Notizen. »Das hätten wir dann.«

»Wir können noch einen zusammen trinken gehen«, sagte Giulio großmütig, als sie anschließend zum Parkplatz gingen.

»Danke für das Angebot, aber ich fahre lieber nach Hause. Es ist schon spät.«

»Ich komme dieser Tage noch mal vorbei«, sagte Giulio. »Mich interessiert natürlich, wie es deiner kleinen Verlobten geht. Und ob ihr glücklich seid ...« Er ließ das Ende des Satzes viel sagend in der Luft hängen, doch Fabio wusste auch so, was Giulio nicht ausgesprochen, aber gedacht hatte. *Vielleicht lasse ich dich dann am Leben.*

Im Laufe der Woche ließen die Schmerzen nach und hörten schließlich ganz auf, aber sie erinnerte sich nicht an ihr Leben. Es war wie ausgelöscht. Der große, düstere Italiener, der nach ihrem Aufwachen zu ihr gesagt hatte, dass er mit ihr verlobt wäre, kam am dritten Tag, um sich nach ihrem Befinden zu erkundigen. Er setzte sich an ihr Bett und starrte sie an. Sie fühlte sich unbehaglich unter seinen Blicken und fragte sich, ob sie in dem Krankenhausnachthemd sehr schräg aussah. Oder ob es an der riesigen blaugrünen Beule lag, die mitten auf ihrer Stirn prangte. Sie hatte noch genug andere Beulen, doch die waren wenigstens unter ihren Haaren verborgen.

»Ich sehe wohl ziemlich schlecht aus, oder?«, fragte sie.

Er ging nicht darauf ein, sondern sah sich sorgenvoll im Zimmer um.

Sie betrachtete ihn verstohlen. Ob sie schon lange verlobt waren? Was war er überhaupt für ein Mensch? Die Vorstellung, mit jemandem verlobt zu sein, den sie nicht kannte, jagte ihr einen Schauer der Angst über den Rücken. Angst ... Das war etwas, woran sie sich in den letzten Tagen gewöhnt hatte. Der Arzt hatte ihr gesagt, es würde vielleicht alles wiederkommen, und daran klammerte sie sich. An dieses *vielleicht*.

»Du erinnerst dich wohl immer noch an nichts, oder?«

»Doch. Ich weiß das meiste wieder.«

Er machte einen erleichterten Eindruck, und es tat ihr beinahe Leid, dass sie ihre Auskunft sofort revidieren musste. Sie zeigte auf den Fernseher, der oben an der Wand gegenüber vom Bett angebracht war. »Ich schaue den ganzen Tag fern, so ziemlich alles, was sie bringen. Politik, Sport, Filme – jede Menge Dinge, die ich kenne und worüber ich Bescheid weiß. Es ist im Grunde alles wieder da. Alles, außer meinem persönlichen Leben.«

»Wie ist das möglich?«, fragte er mit gerunzelter Stirn.

»Keine Ahnung.« Sie zuckte die Achseln. »Der Arzt hat gesagt, dass bei Amnesien dieser Art das autobiografische Gedächtnis besonders betroffen ist. Dass es aber wieder in Ordnung kommen kann.« Sie holte Luft. »Meinst du, du könntest mir vielleicht einen kleinen Gefallen tun?«

»Welchen?«

»Na ja, sie haben mir hier gesagt, ich wohne bei dir. Wäre es eventuell möglich, wenn du mir eines von meinen Nachthemden und ein bisschen Schminkzeug mitbringst?« Sie schaute zum Nachbarbett hinüber, in dem ihre Zimmernachbarin mit offenem Mund vor sich hin schnarchte. »Sie hat mir schon was von ihren Sachen angeboten, aber sie hat Größe vierundvierzig.«

»Ich schaue, ob ich was finde. Wenn nicht, besorge ich was.« Dann zögerte er. »Ich hätte da noch eine kleine Frage.«

»Frag nur.«

»Wäre es für dich sehr schlimm, wenn wir gar nicht verlobt wären?«

Sie schluckte und merkte, dass sie absurderweise zugleich Erleichterung und Panik verspürte. Erleichterung, weil dieser Fremde kein wie auch immer geartetes Recht auf sie geltend machen konnte, und Panik, weil mit ihm auch der letzte Bezugspunkt aus ihrem Leben verschwinden würde.

»Ich weiß nicht«, sagte sie wahrheitsgemäß. »Haben wir uns denn gestritten?«

»Irgendwie schon«, sagte er.

»Wollten wir uns trennen?«

»Also … Na ja, irgendwie schon.« Mehr als diese Wiederholung brachte er nicht heraus. Sie sah fasziniert, wie seine Ohren rosa anliefen. Er wirkte so verzweifelt, dass sie am liebsten die Hand ausgestreckt und ihm über den Kopf gestrichen hätte. Zu ihrer eigenen Überraschung gab sie dem Impuls nach und tat es. Er fuhr ein wenig zusammen, hielt aber still. Seine dunklen Locken fühlten sich weich und elastisch unter ihren Fingerspitzen an, und sie konnte der Versuchung nicht widerstehen, kurz seine Ohren zu berühren.

Er drehte den Kopf zur Seite, und sie riss die Hand weg, als hätte sie sich verbrannt. »Entschuldige. Wenn wir uns trennen wollten, habe ich kein Problem damit. Eigentlich ist es sogar ziemlich praktisch, denn ich kenne dich ja überhaupt nicht.« Sie dachte nach. »Du sagst mir einfach, zu wem ich gehen kann. Bestimmt habe ich eine Familie. Eltern, Geschwister. Oder Freunde.« Sie würde sich erinnern, das hatte sie sich geschworen. Einen Verlobten konnte man vielleicht vergessen, aber nicht die eigenen Eltern. Der

Arzt hatte ihr gesagt, dass das sehr wohl möglich war, aber sie glaubte ihm nicht.

Sie würde sich ihr früheres Leben wiederholen.

Der Installateur wischte sich den Schweiß von der Stirn. »Tut mir echt Leid.«

»Oh, Scheiße«, sagte Harry.

»Da sprichst du ein wahres Wort gelassen aus«, meinte Natascha. Sie zerrte sich einen Zipfel ihrer Bluse aus dem Rockbund und drückte ihn sich vor die Nase. »Mann, das stinkt vielleicht!«

Der Installateur stieg über die zäh fließende Pfütze, die rund um das Abflussrohr aus den geborstenen Fliesen quoll. »Ich habe mein Bestes gegeben, aber was nicht geht, geht nicht.«

»Wenn Ihr Bestes ein See von Scheiße ist, wirft das kein gutes Licht auf Ihren Berufsstand«, sagte Natascha.

Er grinste sie an und musterte bewundernd ihre Rubensfigur und ihre knallroten Haare. »Das bringt mein Job eben manchmal so mit sich.«

»Ich wette, wenn Sie abends sauber aus der Dusche steigen, merkt Ihre Frau davon kein bisschen.«

»Ach, ich bin seit fünf Jahren geschieden.«

»Tatsächlich? Ein Mann wie Sie? Kaum zu glauben! Welche Frau kann so blöd sein?«

Fabio stand in der Eingangstür der Restauranttoilette, die Hände in den Hosentaschen versenkt und dunkle Gedanken im Kopf. Er wünschte sich, diese Pfütze da vorn und die kaputten Rohre wären seine einzigen Probleme. In dem Fall würde er in die Kirche gehen und zum Dank eine Kerze anzünden.

Was hatte er eigentlich erwartet? Dass der Sanitärbereich so bleiben konnte?

»Tja«, sagte er. »Damit läuft es wohl darauf hinaus, dass es mit der Reparatur nicht klappt, oder sehe ich das falsch?«

»Das sehen Sie durchaus richtig«, sagte der Installateur. Er kniete sich neben die Pfütze. »Ich werde dann die Spirale mal wieder rausholen. Das Rohr ist nicht verstopft, sondern kaputt.«

»Mit anderen Worten, Sie würden für neue Sanitärinstallationen plädieren?«

»Plädieren?« Der Spengler runzelte die Stirn. »Nee, ich würd's reinbauen. Meiner Meinung nach ist dieses Klo an die fünfzig Jahre alt, und wenn Sie mich fragen, haben da schon ein paar Millionen Menschen reingeschissen.«

»Der Landsitz war früher mal ein Ausflugslokal«, sagte Fabio.

Der Spengler betrachtete die eingerosteten Armaturen an den vorsintflutlichen Waschbecken und die blinden Spiegel. »Muss lange her sein.«

»Mehr als fünfzig Jahre«, bestätigte Fabio.

»Höchste Zeit, alles zu erneuern.«

»Ein Mann, ein Wort«, sagte Natascha. Sie drehte sich ein bisschen in Positur, damit der Handwerker sie besser betrachten konnte. Er machte ausgiebig Gebrauch davon und ließ dabei einen Schraubenzieher fallen.

Fabio überschlug im Geiste die anfallenden Kosten für eine komplett neue Gästetoilette mitsamt allen dazugehörigen neuen Rohren und zog rasch den Schluss, dass es darauf auch nicht mehr ankam. Er hatte sowieso kaum noch Bargeld, und wenn er davon noch die angeblichen Schulden bei Giulio abzog, steckte er so tief im Minus, dass er sogar für einen Konkurs noch zu arm wäre.

»Fangen Sie am besten gleich morgen an«, sagte er.

Das wird teuer«, sagte Harry. Er blieb mit Fabio zurück, während Natascha den Handwerker nach draußen begleitete.

»Ich *weiß*, dass es teuer wird. Aber ich habe keine Wahl, wenn ich den Eröffnungstermin einhalten will. Wie würde es aussehen, wenn wir alle Gäste, die sich schon angemeldet haben, wieder ausladen?«

»Schlecht«, sagte Harry düster. »Ich hätte auf der Website vielleicht weniger retuschieren und in der Broschüre nicht so viel angeben sollen.«

»Zu spät. Jetzt bleibt uns nur, alles schnellstmöglich so hinzukriegen, dass dieser Landsitz rechtzeitig den Bildern auf unserer Homepage halbwegs ähnlich sieht.« Fabio schaute nachdenklich in den Gang, der von den Gästetoiletten hinüber zu den Gasträumen im Haupttrakt führte. »Ich hatte vorhin den Eindruck, als würde uns der Installateur vielleicht einen Freundschaftspreis machen. Dieses Gefühl hatte ich noch nicht, als er uns oben die Bäder eingebaut hat.«

»Bedank dich bei Natascha dafür, sie hat ein Händchen für Handwerker-Rabatte. Wird nicht lange dauern, bis er sie ins Kino einlädt. Nur blöd, dass sie dort letzte Woche schon mit dem Dachdecker war und davor die Woche mit dem Malermeister. Irgendwann wird sie die Burschen durcheinander bringen, und dann werden sie alle miteinander auf sofortigen Abschlagszahlungen bestehen.« Harrys Nase war immer noch rot, aber die Erkältung war fast abgeklungen. In der Küche war er wieder voll einsatzfähig, und er würde auch seine wichtigste Aufgabe vor der Eröffnung endlich angehen können: die Bestückung des Weinkellers.

»Du siehst so geknickt aus«, sagte Harry.

»Ich habe Gründe, so auszusehen.«

»Hängt es zufällig mit dieser Sache zusammen?«

Diese Sache war das Synonym für Isabel van Helsing. Fabio sparte sich eine Antwort, es war ohnehin offensichtlich, dass es um *diese Sache* ging.

Vorgestern war die erste fette Krankenhausrechnung gekommen, und wenn man die ganze Behandlung hochrechnete – inzwischen war sie seit zwei Wochen in der neurologischen Abteilung der Klinik – dürfte gut und gern eine Summe zusammenkommen, die für die Totalsanierung des Außengeländes inklusive Bepflanzung gereicht hätte.

Heute Morgen hatte jemand aus der Krankenhausverwaltung angerufen. »Es wäre durchaus angebracht, wenn Sie die junge Dame zeitnah nach Hause holen. Die weitere Behandlung kann problemlos ambulant durchgeführt werden.«

Mit anderen Worten: Wer das Gedächtnis verloren hatte, musste deswegen noch lange kein Krankenhausbett blockieren.

Als wäre das nicht genug, meldete sich mindestens alle zwei Tage Giulio, um sich nach dem Stand der Dinge zu erkundigen. Die Stimme seines Cousins klang von Mal zu Mal drohender, soweit das überhaupt möglich war.

Fabio wandte sich zu Harry um. »Bist du bei deiner Suche weitergekommen?« Er musste die Frage einfach stellen, obwohl er wusste, wie die Antwort ausfallen würde.

Harry schaute bedauernd drein. »Ich hab mein Bestes gegeben, Alter. Entweder existiert diese Frau nicht, oder sie benutzt ein Pseudonym, das ebenfalls kein Mensch kennt.«

Fabio hatte selbst schon nach dem Namen im Internet gesucht, aber das hätte er sich ebenso gut schenken können. Sämtliche Online-Telefonbücher: Fehlanzeige. Dasselbe bei den Suchmaschinen. Gab man *Van Helsing* ein, erschienen mehr als zweieinhalb Millionen Fundstellen. Eine unübersichtliche Anzahl davon bezog sich auf den gleichnamigen Vampirjäger. Es gab auch eine Menge tatsächlich existierender Van Helsings, aber keiner der vorhandenen Links führte zu jemandem, der auch nur entfernt mit Isabel in Zusammenhang zu stehen schien.

Von ihrer Freundin und ihrem Verlobten wusste er außer deren Vornamen so gut wie nichts. Nur dass die beiden es miteinander trieben und dass sie, ebenso wie Isabel, von außerhalb kamen. *Außerhalb* wiederum konnte ebenso gut die nächstgrößere Stadt sein wie ein Kaff am anderen Ende des Landes.

Er hatte die überregionalen Vermisstenmeldungen durchforstet, aber ihren Namen nirgends entdeckt. Falls sie jemandem fehlte, hatte der Betreffende es nicht gemeldet. Ihr Verlobter und ihre Freundin suchten sie auf Sylt oder sonst wo – wenn überhaupt. Der Verlobte hatte eher den Eindruck gemacht, als sei er nicht mehr sonderlich versessen auf die Hochzeit. Möglicherweise hatten die beiden längst beschlossen,

Isabel in ihrem vermeintlichen Schmollwinkel versauern zu lassen.

Fabio hatte ihr Täschchen auf der Treppe hinter der Geheimtür gefunden, aber in dem lächerlich winzigen Ding hatte nicht mal eine Geldbörse Platz gehabt. Es gab keinen Ausweis, keine Kreditkarten, keinen Führerschein, nichts außer einem Hausschlüssel an einem wertvollen silbernen Anhänger in Form eines stilisierten I, dem Anfangsbuchstaben ihres Vornamens. Das war der persönlichste Gegenstand in der Tasche. Außerdem war noch eine Puderdose von einer sündhaft teuren Marke drin gewesen. Dass das Ding teuer war, wusste er auch nur von Natascha, die ihn davon in Kenntnis gesetzt hatte, dass eine Dose Puder dieser Firma so viel kostete wie fünfzig Stück von der günstigen Sorte. Natascha hatte gemeint, dass es für Frauen vom Schlage Isabels nicht ungewöhnlich war, ohne Brieftasche loszuziehen, weil es für sie ganz normal war, sich chauffieren zu lassen und ansonsten immer und überall die Gold Card ihres Begleiters zu benutzen.

»Da bist du wohl ganz schön angeschmiert, Alter.« Harry schaute über die Schulter zurück zu den Sanitäranlagen. Der Geruch war seit dem Rückzug des Installateurs nicht besser geworden. Es stank wie aus einer offenen Jauchegrube. »Was findest du schlimmer – das mit dem Klo oder diese Sache?«

»Fragst du mich das ernsthaft?«

Harry warf ihm einen Blick von der Seite zu. »Hm. Ich würde sagen, du hast ein echtes Problem. Und damit meine ich nicht das Klo.«

Fabio war derselben Meinung, als er sich am Nachmittag endlich dazu durchrang, zum Krankenhaus zu fahren. Er musste mit ihr sprechen, unbedingt. Es hatte keinen Sinn, den Kopf in den Sand zu stecken. Er musste ihr die Wahrheit sagen.

An der Eingangstür der Station traf er auf den Chefarzt.

»Ah, der Verlobte von unserer Amnesie«, sagte der Neurologe.

»Gut, dass Sie es erwähnen, ich wollte eigentlich schon längst …«

»Sie hat während der Therapie davon gesprochen, dass Sie beide vorgehabt hätten, sich zu trennen«, sagte der Arzt. »Das halte ich unter den gegebenen Umständen für ganz schlecht. Es könnte sämtliche bisher erzielten Fortschritte schlagartig wieder über den Haufen werfen.« Er griff sich ins Gesicht und zerrte eine Hand voll Haut von der Nase in Richtung rechtes Ohr. »Wussten Sie, dass manchmal schwerer Stress allein ausreicht, um zu einer spontanen Amnesie zu führen? Es muss nicht immer ein körperliches Trauma vorliegen.«

»Ähm … Aber hier lag doch eines vor, oder?«

Der Arzt musterte ihn, als hätte er zwei Köpfe. »Das ist ausgeheilt, doch die psychischen Folgen sind noch nicht abzusehen. Wir haben ein fragiles Gleichgewicht erreicht, ihr Gemütszustand kann als halbwegs stabil bezeichnet werden. Eine Heilung scheint mir nicht ausgeschlossen. Aber alle nur infrage kommenden Stressoren müssen dringend vermieden werden. Eine Trennung wäre beispielsweise ein extremer Stressor.«

Fabio schluckte und suchte krampfhaft nach Argumenten, warum die Trennung eigentlich keine war, doch ihm fielen keine passenden Worte ein. Was hätte er auch sagen sollen? *Übrigens, ich bin überhaupt nicht mit ihr verlobt, und ich war es auch nie. Dass ich das bei der Einlieferung nicht richtig gestellt habe, liegt daran, dass mein Cousin rasend eifersüchtig ist und immer eine Achtunddreißiger in der Jacke hat. Schussbereit, Sie verstehen?*

Ja, logisch. Das klang für jeden unvoreingenommenen Nervenarzt absolut einleuchtend.

»Ich nehme an, Sie sind bereits zu derselben Annahme gekommen«, meinte der Arzt. Er bekam eine Hautfalte auf seiner Stirn zu fassen und versuchte, sie in den Haaransatz zu schieben. »Die Patientin sagte, sie hätten noch keine anderen Angehörigen informiert, die sie hätten abholen können. Folglich gehen wir davon aus, dass eine Trennung derzeit nicht mehr zur Debatte steht.«

Er ließ sein Gesicht in Ruhe und schaute auf seine Armbanduhr. »Gleich ist Visite. Wenn Sie vorher noch mit ihr sprechen wollen …«

Bitte nicht, dachte Fabio, während er hinter dem Arzt hertrottete, der ihm fürsorglich die Tür zu ihrem Zimmer öffnete.

Der Neurologe wandte sich zu ihm um und schob sich den kleinen Finger bis zum zweiten Glied ins Ohr. »Nicht vergessen. Keine Stressoren.« Ins Zimmer gewandt, fügte er strahlend hinzu: »Lieber Besuch ist gekommen!« Er fasste Fabio beim Arm und schob ihn vorwärts.

Isabel saß aufrecht im Bett und schaute von einer Illustrierten auf, als er das Zimmer betrat.

»Na so was«, sagte sie erfreut. »Ein bekanntes Gesicht!«

Fabio hätte sich am liebsten entmaterialisiert, als er das glückliche Leuchten in ihren Augen sah. Auf der Stelle fühlte er sich wie das größte Schwein im Universum. Er versuchte, diese Selbsteinschätzung zu verbessern, indem er ihr Lächeln erwiderte, aber er merkte, wie künstlich es war.

Ihr schien nichts aufzufallen. »Endlich bist du da!«, sagte sie aufgeregt. »Ich habe schon die ganze Zeit gewartet, dass du wieder herkommst!«

»Ach«, meinte er überrumpelt.

»Ja, um mir Nachthemden zu bringen. Eine von den Schwestern hat mir dann welche besorgt, ich nehme an, du hattest keine Zeit oder hast es vergessen.«

»Äh … ich fürchte, ja«, sagte er peinlich berührt.

»Ich habe angerufen, aber es ging immer nur ein Typ namens Harry dran. Er sagte, du hättest wahnsinnig viel zu tun, weil du ein altes Landhaus sanieren und ein Restaurant eröffnen musst. Stimmt das?«

»Ja«, sagte Fabio, erleichtert, weil er nicht lügen musste. »Ja, alt ist es wirklich! Aber die Arbeiten machen Fortschritte!«

»Habe ich da mit dir zusammen gelebt?«

»Äh … Also, in Wahrheit ist es so …« Er verstummte und überlegte, was wohl passierte, wenn er jetzt einfach mit allen Fakten herausrückte. Ob er damit die Chance, dass sie ihr Gedächtnis zurückgewann, ruinierte? Darüber hatte der Arzt sich nicht ausgelassen. Doch er hatte unmissverständlich klargestellt, dass man sie auf keinen Fall aufregen durfte.

Erschrocken sah Fabio, wie sich ihre Miene verfinsterte.

»Ich war schon ausgezogen, stimmt's?«, stieß sie hervor. »Dieser Harry – er hat es gesagt.«

»Was hat er gesagt?«

»Ich habe ihn gefragt, ob ich bei dir wohne, und da sagte er: *nicht wirklich*.«

»Äh – tatsächlich?«

»Ist es so? Ich meine, hatten wir die Trennung schon hinter uns, und war ich schon ausgezogen?«

Fabio wand sich und starrte auf das Nachbarbett. Es war leer; die alte Frau von neulich war entweder verlegt oder entlassen worden. »Na ja … sozusagen.«

»Wohin?«

»Keine Ahnung.«

Bestürzt sah er, wie sich ihre Augen mit Tränen füllten.

»Dann bin ich nirgends mehr zu Hause«, flüsterte sie.

»Nicht doch!«, rief er. »Du bist … äh, du bist natürlich jederzeit herzlich willkommen …« Er brach ab, durchdrungen von dem heftigen Bedürfnis, sich selbst in den Hintern zu treten. Was, zum Teufel, tat er hier eigentlich? Er merkte, wie er von widerstreitenden Gefühlen durchflutet wurde. Er wusste nicht, welches Bedürfnis stärker war: einfach rasch zu verschwinden oder sie zu trösten. Nach kurzem Überlegen entschied er sich für das Verschwinden, aber das trug nicht dazu bei, dass er sich besser fühlte. Hinzu kam, dass er es ohnehin nicht fertig brachte. Er konnte nicht einfach aufstehen und gehen, aber ebenso wenig konnte er sie in den Arm nehmen oder ihre Hand tätscheln oder ähnlich plump reagieren. Er konnte nur weiter hier hocken und an ihr vorbeistarren, weil er es nicht schaffte, ihr in die Augen zu blicken. Und noch weniger schaffte er es, ihr die Wahrheit zu sagen, während sie hier im Bett saß und so erbarmungswürdig verloren aussah wie ein kleines Mädchen, das jemand im Wald ausgesetzt hatte.

Er kam sich vor wie ein Monster, und je länger er hier neben ihrem Bett saß, umso schlimmer wurde es.

Unruhig rutschte er auf dem Besucherstuhl herum und fragte sich, was er als Nächstes sagen sollte. Ihm fiel nichts ein.

»Ich würde ja zu meinen Eltern gehen«, sagte sie leise. »Oder zu meiner Oma.«

»Deine Oma? Hast du eine?«

»Jeder Mensch hat zufällig zwei davon«, sagte sie spitz.

»Lebt sie noch?«

»Wenn ich das wüsste, wäre ich jetzt bei ihr!«, fauchte sie ihn an. »Oder bei meinem Bruder oder meiner Schwester!«

»Du hast einen Bruder und eine Schwester?«, fragte er hoffnungsvoll.

»Woher soll ich das wissen?«, gab sie verärgert zurück. Sie hielt inne. »Habe ich?«

»Keine Ahnung.«

Sie starrte ihn an. »Wir sind verlobt, und du weißt nicht, ob ich Geschwister habe?«

Er überlegte wie rasend, welche stressfreie Wendung er diesem Gespräch geben konnte.

»Du hast mir so gut wie nichts über dich erzählt, als wir uns kennen lernten«, improvisierte er schließlich hastig. »Mit privaten Informationen warst du sehr zurückhaltend. Ich weiß praktisch überhaupt nichts von dir.«

»Du meinst, ich wollte nicht über mein Leben sprechen, als wir uns begegnet sind?«

Er nickte und ließ langsam den angehaltenen Atem entweichen.

Sie erschauerte. »Ich muss eine schreckliche Vergangenheit haben!«

»Tja, das soll's geben«, meinte er lahm.

»Und du hast dich trotzdem sofort in mich verliebt, obwohl du gar nichts von mir wusstest?«

Er zuckte zusammen. »Na ja … nicht sofort.«

Sie wurde rot. »Ich verstehe.« Sie holte Luft. »Unsere Trennung – war sie endgültig? Oder wollten wir nur eine Auszeit?«

Die Tür ging auf, und der Chefarzt segelte wie ein Flaggschiff ins Zimmer, mit spitzem Finger in seinem rechten Auge herumpolkend und umgeben von einem Geschwader weiß bekittelter Assistenzärzte und Schwestern.

»Ich geh dann mal wieder!«, sagte Fabio, während er Haken schlagend die Weißkittel umrundete, wie ein Hase auf der Flucht.

»Warten Sie draußen, Sie können Ihre Verlobte nachher gleich mitnehmen!«, rief ihm der Chefarzt nach.

Fabio warf die Tür hinter sich zu und tat so, als hätte er ihn nicht mehr gehört. *Jetzt* konnte er endlich verschwinden.

Der junge Oberarzt hieß Tobias Mozart. Er lächelte sie schüchtern an, als er das Zimmer betrat. Vorhin bei der Visite war er auch schon dabei gewesen, und Isabel hatte längst bemerkt, dass er mehr in ihr sah als nur einen interessanten Fall. Er nutzte jede Gelegenheit, außer der Reihe zu ihr ins Zimmer zu kommen und sich nach ihrem Befinden zu erkundigen.

Er hatte sie auf ihre Bitte hin mit Fachliteratur über Amnesie versorgt und war jederzeit für sie ansprechbar. Gleich in der ersten Woche hatte er ihr seine private Telefonnummer gegeben.

»Falls Sie mal eine dringende Frage haben. Oder sich nicht so gut fühlen.«

Bis jetzt hatte sie ihn nicht angerufen, obwohl ihr ganzes Leben eine einzige dringende Frage war und sie genau deswegen meilenweit davon entfernt war, sich gut zu fühlen.

Als Isabel seinen Vornamen noch nicht kannte, hatte sie ihn gefragt, ob er Wolfgang hieß. Es war eine der ersten Fragen gewesen, die sie nach ihrem Aufwachen hier im Krankenhaus gestellt hatte. Die Frage war spontan gekommen, weil sie das Schildchen an seiner Brusttasche gesehen hatte – Dr. Mozart.

Er hatte grinsend den Kopf geschüttelt, und sie war darüber so erleichtert gewesen, dass ihr die Tränen in die Augen gestiegen waren. Nicht, weil sein Vorname Tobias war, wie er ihr später erzählte, sondern weil sie sich daran erinnern konnte, dass es einen berühmten Komponisten gegeben hatte, der Wolfgang Amadeus Mozart hieß. Wenn sie die Augen schloss und sich konzentrierte, konnte sie sogar im Geiste die Musik hören, die von ihm stammte. Die Zauberflöte. Cosi fan tutte. Den Figaro. Und schließlich seine Klavier- und Violinkonzerte. Sie wusste, dass sie Mozart mochte, und wenn sie an ihn dachte, bewegten sich ihre Finger. Dabei war ihr klar geworden, dass sie Klavier spielen konnte.

Auf diese Weise konnte sie sich an vieles erinnern, einfach, indem sie es auf sich einströmen ließ. Fast alles kam wieder.

Im Krankenhaus gab es ein Zentrum für Physiotherapie, und dort war auch ein kleines Schwimmbad, wo sie zuerst zögernd, dann immer sicherer einen Schwimmzug nach dem anderen getan hatte, bis sie schließlich zügig kraulend durchs Becken geschossen war. Ihre Physiotherapeutin hatte begeistert und ungläubig gelacht und gefragt, ob sie in einem früheren Leben ein Delphin gewesen wäre.

Nach dieser flapsigen Bemerkung hätte Isabel sich am liebsten auf den Grund des Beckens sinken lassen, um nie mehr aufzutauchen. Was nützte ihr das Wissen, schwimmen und Klavier spielen zu können, wenn sie keine Ahnung hatte, wo und bei wem sie es gelernt hatte?

Wissen über das öffentliche Leben und Prominente war leicht abzurufen. Es kam wieder, sobald sie eines der Hochglanzmagazine aufschlug, mit denen die Schwestern sie täglich versorgten, oder wenn sie durch die Fernsehprogramme zappte. Sie erinnerte sich an Filmstars und Rockmusiker ebenso wie an Politiker, und sie wusste jeweils sofort instinktiv, wen sie mochte oder nicht ausstehen konnte. Sie kannte die Filme, in denen die Schauspieler mitgewirkt hatten, und sie konnte die Lieder mitsummen, die im Radio oder in den Musikkanälen des Fernsehens gespielt wurden. Sie roch die Parfums und Deos der Schwestern und wusste jedes Mal, welche Duftnote sie mochte und welche sie verabscheute. Sie spürte, dass ihre eigene Duftnote nicht dabei war.

Das Kleid, in dem sie eingeliefert worden war, stammte von einem japanischen Designer. Die eingenähten Schildchen hatten eine englische Aufschrift, folglich hatte sie es vermutlich im Ausland gekauft.

Ihre Schuhe, das hatte sie sofort erkannt, waren von Manolo Blahnik. Er war ihr liebster Schuhdesigner. Die Unterwäsche war von Victoria's Secret, dem berühmten amerikanischen Dessoushersteller.

Überhaupt schien sie nicht vergessen zu haben, welche persönlichen Vorlieben sie hatte. Sie mochte kein Schweinefleisch, liebte aber Fisch, und trotz ihrer Amnesie war ihr binnen kürzester Zeit klar geworden, dass die Krankenhausküche so erbärmlich schlecht war, dass nur der nagende Hunger sie dazu brachte, hin und wieder wenigstens einen Teil der Gerichte zu essen.

In den Zeitschriften las sie Artikel über teuren Wein, Haute Cuisine und prominente Köche, und sie war kaum überrascht, als sie erkannte, dass das gesamte Vokabular ihr vertraut war. Ihr Kleid war ebenso teuer gewesen wie ihre Schuhe, Wohlstand konnte ihr nicht fremd sein. Schließlich war da noch der Ring, ein wahres Prachtexemplar in Sachen Größe und Reinheit.

Immerhin waren ihr durch ihre Kleidung und den Ring gleich mehrere wichtige Informationen über ihr früheres Leben zuteil geworden. Sie hatte Geschmack, und sie hatte Geld. Ganz so übel konnte ihre Vergangenheit demnach doch nicht gewesen sein.

Aber warum hatte sie dann nicht mit diesem Italiener darüber gesprochen?

Es fiel ihr immer noch schwer, ihn sich als ihren Verlobten vorzustellen, was auch der Hauptgrund dafür war, warum sie eher zögerlich darangegangen war, Kontakt zu ihm aufzunehmen. Aber was war ihr übrig geblieben? Wenn sie mehr über die Zeit vor dem Unfall herausfinden wollte, war er der einzige kompetente Ansprechpartner, daran gab es nichts zu deuteln. Die Oberschwester hatte sich bei der Klinikverwaltung seine Adresse geben lassen und ihr die Telefonnummer besorgt. Dass er nicht erreichbar gewesen war, hatte sie einerseits mit Erleichterung, andererseits aber auch mit Unruhe erfüllt. Sie wusste genau, dass sie nicht ewig hier im Krankenhaus bleiben konnte, und je eher sie zu diesem alten Landhaus zurückkehrte, umso besser standen ihre Chancen, sich vielleicht an ihr Leben zu erinnern, denn das war der Ort, an dem ihre Vergangenheit aufgehört hatte.

»Trübe Gedanken?«, fragte Doktor Mozart.

»Was sonst?«, gab sie zurück. »Wie würden Sie sich fühlen, wenn Sie eines Tages aufwachen und keine Ahnung haben, wer Sie sind? Wenn Sie sich selbst nicht mal im Spiegel wiedererkennen?«

Er hob die Schultern. »Ich würde zumindest sagen: He, was ist das da im Spiegel für eine super aussehende junge Frau!«

Sie musste lachen. »Ja, ich gebe zu, wenigstens damit habe ich nach Lage der Dinge Glück gehabt. Ich hätte ja auch irgendwo zwischen siebzig und achtzig und ohne eigene Zähne aufwachen können, das wäre ganz schön gemein gewesen.«

Sie wusste, dass sie hübsch war. Auf eine unerklärliche Art hatte sie es schon gespürt, bevor eine der Schwestern ihr das erste Mal auf ihren Wunsch hin einen Handspiegel ans Bett gebracht hatte. Doch was nützte es ihr, wenn sie in ihren eigenen Augen so ungewohnt und unvertraut aussah, dass ihr Gesicht ebenso gut einem beliebigen Model in einem Frauenmagazin hätte gehören können? Was hatte sie von einem Äußeren, das anderen zwar gefiel, ihr selbst jedoch absolut fremd war?

»Die Sache mit Ihrem Verlobten«, begann er.

Sie hob die Hand, bevor er weiterreden konnte. »Ich weiß schon, was Sie sagen wollen: Er ist wieder weg.«

»Eigentlich sollte er Sie mitnehmen.«

»Wie es aussieht, hatten wir vor dem Unfall vor, uns zu trennen. Ich glaube, er ist jetzt deswegen immer noch hin und her gerissen.« Sie runzelte die Stirn. »Dasselbe gilt ehrlich gesagt auch für mich. Die Vorstellung, mich einem Menschen anzuvertrauen, von dem ich noch weniger weiß als von Ihnen, ängstigt mich ziemlich.«

»Sie könnten sich mir anvertrauen. Von mir wissen Sie immerhin, dass ich kurzsichtig, überarbeitet und aufdringlich bin.«

Isabel lachte. »Sie sind nett! Und Sie haben keinen einzigen Tick!«

Er grinste sie an. »Sie meinen, solche Dinge wie an den Ohren zu reißen und mit dem Finger Löcher ins Gesicht zu bohren?«

»So ungefähr.«

Er setzte sich zu ihr auf die Bettkante. »In Anbetracht Ihrer besonderen Situation möchte ich Ihnen einen Vorschlag machen. Unsere Klinik betreut einige beschützende Wohngemeinschaften. Dort leben Menschen, die … na ja, sie sind geistig ein wenig beeinträchtigt.«

Isabel schluckte. »Sie meinen, da würde ich gut reinpassen?«

»Nein, das meinte ich nicht. Sie könnten für sich sein. Falls Sie Wert darauf legen. Niemand kann Sie zwingen, sich in die Gesellschaft von Menschen zu begeben, bei denen Sie sich unerwünscht oder fehl am Platze vorkommen.«

Isabel seufzte. »Ich kenne mich ja nicht mal selber. Wenn ich mich überhaupt irgendwo sicher fühlen kann, dann eigentlich nur bei Leuten, die wenigstens *mich* kennen. Und mich halbwegs mögen.« Sie dachte kurz nach, dann setzte sie hinzu: »Hoffe ich jedenfalls.«

»Eine Frau wie Sie? Wer sollte Sie *nicht* mögen!«

»Keine Ahnung«, sagte sie vage, erschrocken über die Gefühle, die unvermittelt in ihr aufwallten und ihr Unbehagen einflößten. Etwas sagte ihr, dass es sehr wohl Leute gab, die sie nicht ausstehen konnten. Woher jedoch diese plötzliche Erkenntnis kam, vermochte sie nicht einzugrenzen. Sie konzentrierte sich und versuchte, dem nachzuspüren, was sich gerade eben wie ein kleiner Zipfel der Vergangenheit angefühlt hatte, doch je mehr sie danach strebte, es zu ergründen, umso rascher versank es im Dunkel ihres verlorenen Gedächtnisses.

Doktor Mozart stand auf und ging zur Tür. »Wenn Sie mich brauchen …«

»Dann rufe ich Sie«, beendete sie gewohnheitsmäßig den Satz, mit dem er jedes Mal das Zimmer verließ.

Er war kaum verschwunden, als sich neuer Besuch ankündigte.

»Hier kommen gute Freunde!«, meinte eine leutselige Stimme von der Tür her.

Isabel bezwang ihr aufgeregtes Herzklopfen, als sie den italienischen Akzent hörte und gleich darauf den Mann sah, zu dem die Stimme gehörte. Im ersten

Moment war sie davon überzeugt, jemand aus ihrer Vergangenheit sei aufgetaucht, ein Mensch, den sie von früher kannte und der jetzt einen Wiedersehenseffekt in ihr auslöste – vielleicht der erste Schritt auf dem Weg zur Heilung!

Doch gleich im nächsten Moment erkannte sie ihren Irrtum. Sie *hatte* den Mann schon gesehen – aber nach ihrem Unfall.

»Hallo«, sagte sie schlecht gelaunt, als der Typ näher kam. Er trug sein Haar mit Gel an den Kopf geklatscht, und der Maßanzug aus feiner grauer Seide konnte nicht kaschieren, dass er leicht übergewichtig war. Die Frau, die hinter ihm ins Zimmer kam, war etwa einen halben Kopf größer als er. Sie hatte stufig geschnittene brünette Locken und war umwerfend schön. Auch bei ihr glaubte Isabel für einen Moment, sie von früher zu kennen, doch dann merkte sie, dass der Effekt einen anderen Grund hatte: Die Frau sah haargenau so aus wie Gina Lollobrigida in *Der Glöckner von Notre Dame*, nicht nur, weil sie einen schwingenden, weit ausgestellten Rock und eine extrem tief ausgeschnittene Bluse trug, sondern weil sie dieselben schmollenden Lippen und dunklen, dicht bewimperten Augen hatte.

Der Typ, mit dem sie gekommen war, hätte einen guten Glöckner abgegeben, von der Größe her stimmte es, nur der Buckel fehlte.

»Wie hieß er noch gleich?«, murmelte Isabel, frustriert, weil der Name ihr nicht sofort einfiel.

»Giulio Caprini«, sagte der Typ.

»Nein, Quasimodo«, widersprach Isabel, die sich soeben wieder erinnert hatte. »Sie wissen schon – Anthony Quinn. In dem Film.«

Giulio blieb in der Mitte des Zimmers stehen. »Sekunde mal. Ich kenne den Film. Soll das eine Beleidigung sein?«

Die Frau schwebte an ihm vorbei ans Bett. »Hören Sie nicht auf ihn. Ich weiß, dass ich wie die Lollo in ihrer Jugend aussehe, und er zieht immer die falschen Schlüsse daraus, wenn ich die Leute an die Esmeralda aus dem *Glöckner* erinnere.« Sie reichte Isabel die Hand.

»Tut mir Leid, aber ich habe mein Gedächtnis verloren«, sagte Isabel höflich. »Falls ich Sie von früher kennen sollte, ist das leider weg.«

»Wir kennen uns nicht. Deswegen bin ich ja mit Giulio hergekommen. Um das zu ändern.«

Sie lächelte mit schneeweißen Zähnen. »Hallo. Ich bin Raphaela.«

Sie musterte Isabel mit neugierigen Blicken. »Tatsächlich. Ganz anders als sein üblicher Geschmack. Blond, blass, klein und so klapprig, dass der Wind Sie wegwehen könnte.«

»Danke für die Blumen«, sagte Isabel.

»Wir wollen Sie nach Hause bringen«, sagte Giulio. »Zu Ihrem Verlobten.« Er dachte kurz nach. »Wir sollten uns duzen. Er ist mein Cousin. Und ihr seid verlobt. Also sind wir praktisch schon verwandt.«

»Eigentlich glaube ich nicht, dass er noch mein Verlobter ist. Wir wollten uns trennen.«

»Trennen?«, rief Giulio aus. Er blähte sich auf wie ein Blasebalg, und in seinem Gesicht breitete sich ungesunde Röte aus. »Davon hat dieser Scheißkerl nichts gesagt!« Er starrte Isabel bohrend in die Augen. »Warum?«

»Keine Ahnung. Vielleicht, weil es eine Privatangelegenheit ist. Solche Dinge erzählt man nicht gerne überall rum.«

»Ich glaube, Giulio will nicht wissen, warum Fabio ihm nichts davon gesagt hat, sondern er möchte gern erfahren, warum ihr euch trennen wolltet«, sagte Raphaela.

»Das finde ich genauso privat. Außerdem weiß ich es nicht. Schließlich habe ich eine Amnesie.«

Giulio wirkte verblüfft, dann grinste er. »Dann ist ja alles in Ordnung. Ihr fangt noch mal von vorne an. Bei null sozusagen.« Er brach in Gelächter aus. »Das war gerade gut, oder? Bei null! Bei *null*!«, wiederholte er trompetend, als müsste er den Witz einer Versammlung vertrottelter Schwerhöriger begreiflich machen. Raphaela begleitete sein Getröte mit ihrem Kichern. Offenbar amüsierten die beiden sich prächtig zusammen.

»Na schön«, sagte Isabel, der es allmählich reichte. »Was kann ich sonst noch für Sie beide tun, außer, Sie zum Lachen zu bringen?«

»Aber ich dachte, das wäre klar.« Giulio stellte sein Wiehern ein und wischte sich die Lachtränen aus den Augen. »Steh auf und pack dein Täschchen. Und dann geht es los. Auf nach Hause.«

Zuhause? War es das wirklich? Isabel saß im Fond von Giulios Protzlimousine und starrte das Gebäude an, als könnte es beißen, wenn man ihm zu nahe kam.

Das Ding sah aus wie eine Filmkulisse, aber nicht für einen Film wie *Die Guldenburgs*, sondern eher für einen Gruselschocker aus der Reihe *Outer Limits*.

Es gab im rückwärtigen Bereich sogar noch Reste einer Wehrmauer, die an einem kleinen Turm endete. Der wiederum war kaum mehr als eine Ruine, mit bröckelnden Fensteröffnungen und eingefallenen Rändern. Das große Hauptgebäude mit seinen spitzgiebeligen Erkern und Ecktürmchen schien etwas besser in Schuss zu sein, jedenfalls besaß es Fenster und eine Dacheindeckung, die aussah, als wäre sie weniger als zweihundert Jahre alt.

Über die Mauern wuchsen Geißblatt und wilder Wein, der sich malerisch an der Fassade emporrankte und vermutlich das Schlimmste überdeckte.

»Na ja, ich hatte schon gehört, dass es ziemlich runtergekommen ist«, sagte Raphaela. Sie saß auf dem Beifahrersitz und beschattete die Augen mit der Hand. »Aber dass es so schlimm ist … Dieses Ding hat nicht viel Ähnlichkeit mit dem *Schwarzen Lamm*. Da hat er sich ja wirklich was vor die Brust genommen!«

»Das Schwarze Lamm?«, fragte Isabel. »Kommt mir irgendwie bekannt vor.«

»Das war das Restaurant, das er davor hatte«, erklärte Raphaela. »Als er noch mit mir zusammen war.«

»Ich will nicht, dass du davon redest.« Giulio brachte den Wagen abrupt zum Stehen. »Du musst deine Vergangenheit hinter dir lassen! Mach es wie sie! Vergiss ihn einfach!« Er wandte sich mit wutverzerrter Miene zu Raphaela um, die ihn sonnig anlächelte und ihm die Wange tätschelte. »Du bist so süß, wenn du böse bist!«

Isabel fand ihn nicht süß, sondern unheimlich, und sie fragte sich nicht zum ersten Mal, seit sie die beiden kennen gelernt hatte, was für eine schräge Nummer hier ablief.

Sie stieg aus, obwohl ein Impuls sie dazu zwingen wollte, sitzen zu bleiben. Sie überlegte, woher diese merkwürdige Anwandlung kam, aber erst, als sie sah, wie Raphaela sitzen blieb und lässig darauf wartete, dass Giulio ihr die Tür aufriss, erkannte sie, was es damit auf sich hatte. Sie war ebenfalls daran gewöhnt, dass andere Leute ihr die Wagentür aufhielten oder ihr sogar aus dem Auto heraushalfen. Männer natürlich.

Ein Handy klingelte, und Giulio zog ein Telefon aus der Hosentasche seines Anzugs.

»*Pronto*«, sagte er. Er lauschte kurz, und dann gab er einen italienischen Wortschwall von sich. Isabel horchte kurz auf – und merkte, dass sie außer vereinzelten Wortfetzen nichts verstand. Sie wusste zwar, dass es Italienisch war, aber sie war mit der Sprache nicht vertraut. Französisch konnte sie ziemlich gut, Englisch ebenfalls, das hatte sie vorgestern in einem Dialog mit einer Krankenschwester ausprobiert, die beide Sprachen beherrschte. Aber Italienisch gehörte nicht zu ihrem Repertoire.

Sie verlor das Interesse an dieser Thematik und konzentrierte sich wieder auf den Gedankengang, der vorhin durch das Handyklingeln unterbrochen worden war.

Der Wunsch, sich aus dem Auto helfen zu lassen. Die Schuhe, das Kleid, der Ring. Und der sofortige emotionale Zugang zu allem, was die Reichen und Schönen dieser Welt zu tun und zu lassen pflegten. Natürlich gab es für all das nur eine Erklärung.

»Ich bin reich und verwöhnt«, sagte sie halblaut.

Raphaela drehte sich zu ihr um. »Das habe ich sofort gesehen, schon an dem Ring und den Schuhen.

Aber sag das lieber nicht, wenn Giulio es hören kann. Dann will er sofort Geld sehen.«

»Was hast du gesagt, mein Engel?« Giulio hatte sein Telefonat beendet und steckte das Handy wieder ein.

»Nur, dass wir uns hier mal ein bisschen umsehen wollen. Sieht doch schon ganz gut aus, oder?«

Dem mochte Isabel nicht zustimmen. Der Platz vor dem alten Landsitz war zwar weiträumig, aber insgesamt rief er den Eindruck hervor, als würde zur Vervollständigung der Optik nur noch eine Horde von Häftlingen fehlen, die man zum Hofgang rausließ.

Mit grobem, teilweise geborstenem Kopfsteinpflaster belegt und von hervorsprießendem Unkraut überwuchert, war er zudem nicht gerade der geeignete Untergrund für einen Fußmarsch auf hohen Absätzen.

Isabel schloss kurz, aber konzentriert die Augen und öffnete sie dann wieder, als könnte sie auf diese Weise die ausgefallenen Synapsen in ihrem Gehirn reaktivieren. Doch es tat sich nichts. Sie hatte nicht den Hauch einer Erinnerung an das, was sie um sich herum sah.

»Da bin ich ja direkt gespannt, wie es drinnen ist«, meinte Raphaela in süffisantem Ton.

Ich nicht, dachte Isabel. Sie begann sich zu fragen, wie genau sie sich diese beschützende Wohngemeinschaft, von der Doktor Mozart gesprochen hatte, wohl vorzustellen hatte. Auf keinen Fall so fragwürdig wie dieses Ambiente hier. Sie hätte die Idee nicht so voreilig abtun sollen.

Raphaela ging mit schwingenden Hüften auf den Haupteingang zu, und Giulio folgte ihr wie ein treuer Dackel. Der Eindruck hündischer Ergebenheit wurde nur ein bisschen dadurch beeinträchtigt, dass er hin und wieder ihren Hintern tätschelte.

Isabel stöckelte notgedrungen auf ihren hohen Schuhen hinter den beiden her, darauf bedacht, nicht mit ihren Absätzen in jeder Ritze hängen zu bleiben.

Der Eingang bestand aus einem gewaltigen Holztor, das zu Isabels Überraschung bereits restauriert war, das erste Anzeichen von Erneuerung, das sie seit ihrer Ankunft hier wahrnehmen konnte. Die Löcher im Holz waren ausgebessert, und es glänzte vor frischer Politur.

Auch in der Halle, die sich dahinter auftat, waren deutliche Anzeichen einer Modernisierung zu erkennen. Die Mauern waren frisch verputzt und geweißt, die Holzbohlen an den hohen Decken und Wänden abgezogen und die Granitplatten des Bodens sorgfältig gereinigt.

Weitere Arbeiten waren offensichtlich in vollem Gange, denn Hämmern, Bohren und das Heulen von Schwingschleifern erfüllten die Halle bis in den letzten Winkel. Zur Rechten stand eine zweiflügelige Tür offen und gab den Blick auf einen großen, holzgetäfelten Saal frei, in dem einige Handwerker mit Schreinerarbeiten beschäftigt waren. Ein Dutzend Schritte voraus führte eine breite Treppe mit geschwungenen Geländern nach oben. Auf den Stufen hockten drei weitere Männer in Overalls und bearbeiteten das Geländer. Der Radau, den sie mit ihren Maschinen veranstalteten, war ohrenbetäubend. Es roch durchdringend nach frisch gesägtem Holz und Politur.

Rechts und links neben dem Eingangstor sowie an der gegenüberliegenden Wand zu beiden Seiten der Treppe waren hohe, spitzbogige Fenster in das

Mauerwerk eingelassen, die mit bleigefassten Butzenscheiben im mittelalterlichen Stil ebenfalls erneuert worden waren. Auf einer Leiter, die vor einem der Fenster aufgeklappt war, stand ein Mann und fugte Ritzen im Mauerwerk unterhalb des Spitzbogens mit Spachtelmasse aus.

»Wo ist mein Cousin Fabio, dieser Schweinehund?«, brüllte Giulio niemanden im Besonderen an.

Der Handwerker auf der Leiter blickte über die Schulter zu ihnen herunter. »Sind alle hinten!«

Er deutete mit dem Spachtel in einen Gang, der in einen anderen Trakt des Gebäudes führte, aus dem Gitarrenmusik zu hören war. Giulio marschierte ohne zu zögern los, und Raphaela blieb an seiner Seite und kraulte ab und zu mit spitzen Fingern sein Ohr, wobei er jedes Mal erschauerte – ob vor Wohlgefühl oder vor Schreck, war allerdings schwer zu sagen.

Durch den hohen, gewölbten Gang gelangten sie in den Wirtschaftstrakt des Gebäudes, und jetzt war auch zu erkennen, dass das Ganze mal ein Restaurantbetrieb werden sollte. Vor ihnen tat sich der Blick auf eine riesige, vor Edelstahl nur so blitzende Küche auf, in der eine passende Mannschaft sicherlich ohne weiteres für ein paar hundert Gäste kochen konnte.

Die Musik hörte auf, und ein junger Mann kam aus einem Nebenraum in die Küche. Er war mittelgroß und so dünn wie seine elektrische Gitarre, die er in der Hand hielt. Isabel schätzte ihn auf Mitte bis Ende zwanzig. Er hatte zerzaustes dunkelblondes Haar und ein Kindergesicht mit Lachgrübchen, die allerdings sofort verschwanden, als er der Besucher ansichtig wurde.

»Ach du Scheiße«, sagte er. Es klang alles andere als kindlich.

»Hallo, Harry«, sagte Raphaela.

»Hallo, Raphaela.«

»Willst du mich nicht auch begrüßen?«, fragte Giulio drohend.

»Hallo, Signor Caprini. *Come sta?*«

»Tu nicht so, als könntest du Italienisch, du verkorkster Minnesänger. Wo ist mein Cousin?«

»Er ist nicht da.«

»Ich habe dir eine Frage gestellt, oder nicht? Eine sehr einfache Frage.«

Es klang so aggressiv, dass Isabel unwillkürlich zusammenfuhr. Meine Güte, dachte sie besorgt, was ist das eigentlich für ein Typ? Er benahm sich, als würde er schon zum Frühstück eine Vendetta anfangen!

»Er ist in der Stadt, Zutaten fürs Essen kaufen.«

»Das kann Stunden dauern«, sagte Raphaela. Mit kenntnisreicher Miene schaute sie sich um und begutachtete die blitzenden Anrichten, die vielen kupfernen Kasserollen und Pfannen, die Hightechherde mit den großen Abzugshauben, die Kühlschränke und die Borde mit den Gewürzbehältern.

Ihr entwich ein schwacher Seufzer der Bewunderung. »Er hat es drauf«, sagte sie schlicht. »Immer noch und immer wieder!«

Giulio plusterte sich erbost auf. »Wieso sagst du das jetzt?«

Raphaela schaute ihn streng an. »Meine Güte, Schatz, jetzt mach aber mal halblang! Haben wir einen Hochzeitstermin oder nicht?« Sie blickte sich prüfend um. »Ich könnte mir vorstellen …«

»Dass er unser Hochzeitsessen kocht? Nein, lieber

nicht.« Giulio hielt inne und krauste die Stirn. »Obwohl … Der Gedanke hat was.« Er schüttelte den Kopf. »Trotzdem. Ich hasse ihn. Mir wäre lieber, er wäre tot. Dann müsste ich mich nie mehr über ihn ärgern.«

»Schau«, sagte Raphaela. »Jetzt bin ich extra mitgekommen, weil du wolltest, dass ich seine neue Freundin kennen lerne. Ich *habe* sie kennen gelernt …« – sie warf Isabel einen gelangweilten Blick zu – »… und ich bin nicht eifersüchtig. Sie kann ihn haben. Ich will nur dich.«

Giulio grinste sie an. »Beweis es mir.«

Raphaela kicherte. »Du Schlimmer!« Sie wandte sich an Harry. »Wir ziehen dann mal wieder los. Das Wichtigste habe ich ja jetzt gesehen. Grüß ihn schön von mir und sag ihm, er soll das arme kleine Ding gut behandeln, sonst geht sie noch ein wie eine Primel, so ganz ohne Gedächtnis. Ach, was mich noch interessiert: Wie haben die beiden sich eigentlich kennen gelernt?«

»Sie war … irgendwie war sie auf einmal da«, stammelte Harry errötend.

»Aha.« Raphaelas Blick wurde scharf. »Wann war das?«

»Uh … Ja, wann?« Harry wandte sich Hilfe suchend an Isabel. »Wann war es gleich?«

Sie starrte ihn erzürnt an. »Soll das jetzt eine ernsthafte Frage sein, oder was?«

»Oh, sorry, ich hab's vergessen. Ich meine, ich hab nicht mehr dran gedacht, dass *du* es vergessen hast.« Er dachte nach und legte den Finger an die Nase. »Ich hab's. Es war auf jeden Fall nach Ostern.«

»Das ist noch nicht so lange her«, stellte Raphaela

fest. »Ostern war vor vier Monaten. Wieso wollte er sich so schnell schon wieder von ihr trennen?«

»Vielleicht wollte *ich* mich ja trennen!«, sagte Isabel patzig. Sie hatte das Gefühl, unbedingt widersprechen zu müssen.

Harry starrte zuerst sie, dann Raphaela an. »Ähm – ehrlich gesagt, so genau weiß ich das auch nicht. Mit mir hat niemand drüber gesprochen.«

»Ich weiß es«, sagte eine Frauenstimme hinter Isabel.

Sie drehte sich um und sah eine dralle, kunstvoll geschminkte Rothaarige in der Tür zum Gang stehen. Sie trug ein paillettenbesetztes T-Shirt zu engen Jeans und war um die vierzig. Ihr hübsches rundes Puppengesicht war zu einem fröhlichen Lächeln verzogen.

»Hallo, Liebes«, sagte sie freundlich zu Isabel.

»Tut mir Leid, aber ich kenne Sie nicht.«

»Ich weiß, du armes Ding. Du kennst ja niemanden mehr. Aber das ändern wir ganz schnell, verlass dich darauf. Dafür werde ich persönlich sorgen. Das mache ich mir zur Aufgabe. Und wenn ich mir erst etwas zur Aufgabe gemacht habe, dann können wir sicher sein, dass bald wieder alles im Lack ist. Ich bin übrigens Natascha. Das ist zwar mein Künstlername, aber der tut's für alle Gelegenheiten.«

»Warum wollte ich mich von Fabio trennen?«, fragte Isabel mit angehaltenem Atem. Sie blickte nervös in die Runde.

»Ich geh dann mal wieder, ich muss noch die Vorräte einräumen.« Harry verschwand hastig im Nebenraum.

»Nur ein kleiner Streit unter Liebenden«, sagte Natascha. »Nichts, was sich nicht wieder geradebiegen lässt.«

»Na, seht ihr«, meinte Giulio. »Ich wusste doch, dass es absolut harmlos war. Komm, wir gehen.« Giulio packte Raphaela beim Arm, und diesmal ließ seine Miene keinen Zweifel daran, dass er nicht zum Nachgeben bereit war.

Beim Verlassen der Küche warf er Natascha einen Blick zu, der so tödlich kalt war, dass ein sensiblerer Mensch vermutlich zu Eis erstarrt wäre, doch Natascha zuckte nur mit den Achseln und wandte sich ab.

Isabel ließ den angehaltenen Atem entweichen. »Mein Gott, was für ein unheimlicher Typ!«

»Das kannst du laut sagen, Kindchen.«

»So, wie er aussieht und wie er redet … Mir kommt er vor wie so eine Art Pate. Sie wissen schon.«

»Klar weiß ich's.«

Isabel war entsetzt. »Sie meinen – er ist einer? Ein richtiger Verbrecher?«

»So sieht es aus.«

»Und diese … Raphaela … Wie kann sie nur …?«

»Wo die Liebe hinfällt«, sagte Natascha.

»Vielleicht hat er Qualitäten, die nicht jedem sofort ins Auge fallen«, stimmte Isabel beklommen zu. Sie wollte sich nicht länger mit diesem italienischen Paten befassen, sondern endlich ihrer Vergangenheit auf die Spur kommen.

»Sie scheinen einiges über mich zu wissen«, begann sie.

Natascha schien noch nicht bereit, ein Frage- und Antwort-Spiel zu beginnen. »Nenn mich Natascha und sag *du* zu mir. Wieso haben die beiden dich eigentlich hergebracht?«

»Weil Fabio schon wieder weg war. Eigentlich sollte er mich vom Krankenhaus abholen und mit … nach Hause nehmen. Das haben dann die zwei erledigt. Und da bin ich.«

»Ach so.« Natascha senkte die Lider. »Was haben sie denn so gesagt?«

»Nicht viel.«

»Was denn genau?«

Isabel dachte nach. »Dass Giulio Geld sehen will. Von Fabio?«

»Das kann man so oder so sehen«, meinte Natascha zerstreut. »Komm mit, ich zeige dir dein Zimmer.«

Isabel sah sich stirnrunzelnd um. Das Zimmer war einigermaßen geräumig und komplett renoviert. Es begeisterte sie nicht gerade, aber es war auch nicht so schlimm, dass es Fluchtinstinkte in ihr auslöste. Es war … nett. Ja, *nett* war die richtige Beschreibung.

Vor den Fenstern hingen cremefarbene Vorhänge mit einem dezenten Muster, das sich in den Tapeten wiederholte. In der Mitte des Raums stand ein gewaltiges Himmelbett mit freundlich geblümter Bettwäsche, die vom Stil her zu den liebevoll restaurierten Bauernmöbeln passte, mit denen das Zimmer eingerichtet war.

»Nett hier«, sagte Isabel. Sie versuchte, sich ihre Enttäuschung nicht anmerken zu lassen. Hier gab es nichts, das auch nur den Hauch einer Erinnerung in ihr wachgerufen hätte. Sie ging zu dem geschwungenen Bauernschrank und öffnete ihn. Er war leer.

Natascha zeigte in die Runde. »Deine persönlichen Sachen hattest du natürlich alle mitgenommen.«

»Natürlich«, sagte Isabel entnervt. »Hatte ich zufällig mal erwähnt, wo ich nach ... nach meinem Streit mit Fabio hingezogen bin?

»Kein Sterbenswörtchen.«

»Und warum war ich danach noch einmal hier?«

»Keine Ahnung. Vielleicht, weil du dich mit ihm versöhnen wolltest.«

»Dieser Streit – war er sehr schlimm?«

»Fabio war schon ganz schön sauer auf dich«, sagte Natascha.

Isabel schluckte und weigerte sich, darüber nachzudenken, was ihr in dem Fall leicht fiel, da sie sich sowieso an nichts erinnern konnte.

Im Moment, so fand sie, gab es wichtigere Dinge, über die sie sich den Kopf zerbrechen musste.

»Ich habe überhaupt nichts anzuziehen.«

Natascha musterte die Manolo Blahniks. »Stimmt, das ist so gut wie nichts.«

Isabel trat von einem Fuß auf den anderen und zupfte an ihrem Kleid. »Im Krankenhaus haben sie es gereinigt, aber die Blutflecken sind nicht rausgegangen, und die Löcher natürlich auch nicht.«

»Keine Sorge, ich kümmere mich darum. Dieses Zeug kannst du bei der Arbeit sowieso nicht tragen.«

Konsterniert blickte Isabel auf. »Bei der Arbeit? Bei welcher Arbeit?«

»Ach ja, du erinnerst dich natürlich nicht mehr dran, dass du quasi hier der gute Geist warst. Aber das macht nichts. Es gibt Dinge, die der Mensch niemals verlernt. Vor allem nicht die einfachen.«

Isabel spürte eine grässliche Vorahnung. »Welche Dinge meinst du genau?«

»Schätzchen, ich meine deinen Beruf.«

»Was habe ich denn beruflich gemacht?«

»Na, kochen, putzen, Staub saugen, bügeln – nur um mal ein paar Beispiele zu nennen.«

»Ich habe … *was?*«, stotterte Isabel. »Du meinst, das ist mein …«

»Dein Job, ganz recht. Du bist eine ganz erstklassige Haushaltshilfe.«

Du hast komplett den Verstand verloren«, sagte Fabio. »Falls du vorher überhaupt welchen hattest.«

»Aber hallo«, sagte Natascha beleidigt. »Was glaubst du wohl, für wen ich das gemacht habe? Wir wollen in ein paar Wochen eröffnen, und uns fehlt Hilfe an allen Ecken und Enden! Sie ist gesund und kräftig und hat zwei Hände, mit denen sie anpacken kann. Jedenfalls so lange, bis sie sich wieder erinnert. Warum sollen wir wichtige Ressourcen brachliegen lassen?«

»Ressourcen? Woher hast du das Wort schon wieder?«

»Aus *Wer wird Millionär*«, sagte Harry.

Natascha warf ihm einen giftigen Blick zu, doch er hob nur die Schultern und grinste.

Er saß auf einem Hocker vor der alten Harfe, die sie beim Renovieren in irgendeinem Winkel gefunden hatten, und zupfte daran herum. Das Ding war ziemlich morsch, und soweit Fabio es überblicken konnte, fehlten etliche Saiten, und einige der vorhandenen waren locker, aber denen, die festsaßen, entlockte Harry überraschend melodische Klänge.

»Wir tun nur ein gutes Werk«, sagte Natascha. »Erstens weiß das arme Ding doch gar nicht, wo es hin soll. Und zweitens würde sie nur Trübsal blasen, wenn sie tatenlos rumhängen müsste. Das täte sie garantiert, wenn wir ihr nichts zu tun geben. Und du musst zugeben, dass sie sich wirklich nicht allzu blöd anstellt.«

Fabio unterdrückte ein Schnauben. »Das kann nicht dein Ernst sein! Und das Größte ist, dass du ihr außerdem noch erzählt hast, sie wäre Köchin!«

»Hilfsköchin«, korrigierte Natascha. »Zugegeben, das Gemüseputzen muss sie noch üben. Aber Wein dekantiert sie wie keine Zweite.« Sie hob ihr Rotweinglas und prostete Fabio zu. »Jetzt mach nicht so ein griesgrämiges Gesicht, sondern freu dich lieber, dass du vorläufig Ruhe vor der Mafia hast!«

Damit hatte sie einen Punkt angesprochen, gegen den er nicht viel sagen konnte. Fabio trank einen Schluck aus seinem eigenen Glas und überlegte hin und her, doch es gab nichts daran zu deuteln, dass die Erleichterung über Giulios momentane friedliche Phase eine Menge Unannehmlichkeiten aufwog. Er war bereit, deswegen alles Mögliche auf sich zu nehmen, vielleicht sogar diese dämliche Scharade, die Natascha eingefädelt hatte.

Fabio seufzte und streckte die Beine von sich. Sie saßen zu dritt in einem weitläufigen Zimmer innerhalb des Wirtschaftstraktes, das er für sich und die Belegschaft als eine Art kombinierten Wohn- und Arbeitsbereich hergerichtet hatte. Hier hatte er seinen PC und die Akten stehen, seine Bücherregale und seine Hantelbank. Außerdem gab es ein breites Sofa, auf dem man sich auch mal ausstrecken konnte, ein paar Sessel, eine Musikanlage und einen Fernseher. Und er hatte es nicht weit bis zu seinem Arbeitsplatz, denn es waren nur wenige Schritte bis zur Hauptküche, die mit dem Aufenthaltsraum durch einen kurzen Gang verbunden war.

In den Anfangsjahren des Hauses war hier wohl eine Art Sammelraum für Vieh und Gesinde gewesen, wobei damals die Kühe, Ziegen und Schweine für die nötige Wärme gesorgt hatten. Auch im einundzwanzigsten Jahrhundert und ohne Tiere, dafür aber mit einer modernen Heizung, eignete sich der Raum sehr gut zum Ausspannen. Die Heizung brauchten sie zwar jetzt im Sommer nicht, aber es war ein gutes Gefühl, dass sie mittlerweile eingebaut war. Gemessen an den übrigen Sanierungsinvestitionen war das so ziemlich der größte Batzen gewesen, den er hatte lockermachen müssen.

Inzwischen hatte es sich für ihn zu einer lieben Gewohnheit entwickelt, abends mit Natascha und Harry hier noch eine Stunde zusammenzusitzen, bevor sich jeder in sein Zimmer zurückzog. Sie alle hatten ihre privaten Räume im zweiten Obergeschoss, wo die Renovierung – abgesehen vom Wirtschaftstrakt – am weitesten fortgeschritten war. Dort oben hatte er auch ein paar der Kammern für Übernachtungsgäste herrichten lassen. Es würde hier zwar vorläufig keinen Hotelbetrieb im engeren Sinne geben – erst in etwa zwei Jahren, sobald das Restaurant sich amortisierte, wollte er zusätzlich ein kleines Tagungshotel einrichten –, aber hin und wieder gab es Gäste, die von weither kamen, nur um eine exquisite Küche zu genießen, und die wussten es manchmal zu schätzen, nach dem letzten Absacker zum Schlafen bloß eine oder zwei

Treppen hochsteigen zu müssen, um in ein frisch bezogenes Bett sinken zu können. Diesen Service hatte er auch schon im alten *Schwarzen Lamm* angeboten. Es reichte, dafür zwei oder drei gepflegte Schlafräume mit Bad bereitzuhalten und morgens ein Frühstück à la Carte anzubieten, denn fast alle Gäste, die übernachten wollten, meldeten sich lange genug vorher an.

Für Hochzeitsgäste hatte er sogar ein Zimmer mit Himmelbett und Bauernmöbeln ausgestattet, eine Idee von Natascha, die gemeint hatte, dass das nicht schaden könnte. Höchstwahrscheinlich hatte sie zu viele typische Las-Vegas-Hochzeiten aus nächster Nähe miterlebt, aber Fabio hatte ihr freie Hand gelassen. Meist kam bei dem, was sie in Angriff nahm, etwas Gescheites heraus.

Blieb nur die Frage, ob das auch für ihren heutigen Coup galt.

Unterm Strich konnte er bisher nur als reichlich absurdes Ergebnis festhalten, dass er eine neue Haushaltshilfe hatte, die in der Hochzeitssuite schlief.

Weiß Gott, er hatte schon genug über sinnvolle Alternativen nachgedacht, doch ihm war nichts eingefallen. Jedenfalls nichts, was halbwegs praktikabel gewesen wäre.

Natürlich hätte er eine Anzeige mit ihrem Foto schalten können, darunter die Kopfzeile: *Wer kennt diese Frau?*

Nur würde das vermutlich augenblicklich Giulio auf den Plan rufen, und was dann passierte, wagte Fabio sich gar nicht erst auszumalen. Sein Cousin stand zu dicht vorm Überschnappen. Natürlich war das in erster Linie Raphaelas Schuld, aber das änderte nichts an der unguten Situation.

Auf eine derartige Suchanzeige würden sich außerdem sicher reihenweise perverse Spinner melden. Oder, was vielleicht noch schlimmer wäre, dieser Wikingerverschnitt Erik und ihre Freundin Daphne. Für die beiden wäre Isabels Gedächtnisverlust garantiert ein willkommener Anlass, gewisse peinliche Vorkommnisse einfach unter den Tisch fallen zu lassen.

Für Fabio lag auf der Hand, wie es zu dem Treppensturz gekommen war: Isabel hatte die beiden zur selben Zeit stöhnen gehört wie er, nur von der anderen Seite aus, auf der Geheimtreppe.

Er seufzte, weil er merkte, dass er sich den Kopf über die Angelegenheiten wildfremder Leute zerbrach. Was gingen ihn Isabels Beziehungsprobleme an? Oder, um noch früher anzusetzen: Wie kam er überhaupt dazu, mit ihrem Vornamen an sie zu denken?

Ruckartig stellte er sein Glas ab.

»Was ist jetzt schon wieder?«, wollte Natascha wissen. Sie setzte sich aufrecht hin, die Schultern in Abwehrhaltung hochgezogen. »Sie könnte es wirklich schlechter haben! Ich habe ihr Klamotten besorgt! Ich habe ihr sogar meinen Fernseher ins Zimmer gestellt. Und sie hat meinen Kugelkaktus gekriegt, und die ganzen *Gala*-Ausgaben von diesem Jahr!«

»Wenn das nicht der Hammer ist«, warf Harry ein. Er hörte mit dem Harfezupfen auf und goss sich ebenfalls noch einen Schluck von dem Wein ein. »Wo ist sie denn jetzt? Ist sie schon auf ihr Zimmer gegangen?«

»Wieso willst du das wissen?«

»Wenn sie zur Belegschaft gehört, sollten wir sie einladen, mit uns ein Glas Wein zu trinken.«

»Ja, klar«, sagte Natascha. »Und mit aufgespannten Lauschern zuzuhören, wie wir über sie reden.«

»Nein, ich meine generell. Wenn du schon die ganze Zeit darauf herumreitest, wie gut sie es hier bei uns hat und dass sie wegen ihres Zustandes nicht alleine herumhängen sollte – was liegt in dem Fall näher, als sie runterzubitten?«

»Meinetwegen«, sagte Natascha achselzuckend. »Mach doch, wenn dir dran liegt, eine eingebildete, reiche Zicke um dich zu haben.«

»Aha«, sagte Harry. »Daher weht der Wind. Du bist immer noch sauer auf sie. Von wegen Stall und morsche Ruine und Abrissbirne.«

»Jawohl«, erwiderte Natascha wütend. »Das hat mich aufgeregt, ich gebe es zu! Ich liebe das Haus, auch wenn es immer noch seine vergammelten und stinkenden Seiten hat! Sie hätte auch nach der Besichtigung einfach wieder gehen können, oder nicht? Stattdessen musste sie es erst nach Strich und Faden schlecht machen!«

Fabio stand auf, er hatte genug von der Diskussion. Er hätte besser daran getan, den beiden – vor allem Natascha – nie von seiner ersten Unterhaltung mit Isabel zu erzählen. Es war gut möglich, dass sie Isabel nicht nur deshalb als Haushaltshilfe eingespannt hatte, weil es praktisch, sondern weil sie außerdem ärgerlich auf sie war. In ihren Augen war jeder, der dieses alte Landhaus nicht durch dieselbe rosarote Romantikbrille betrachtete wie sie, ein Banause, und wer sich gar zu Lästereien über den maroden Zustand verstieg, ein Feind.

Er machte sich zu einem abendlichen Rundgang auf, eine Beschäftigung vorm Schlafengehen, die er als beruhigend empfand, vor allem in den letzten Tagen. Der Innenausbau hatte rapide Fortschritte gemacht, und sobald die Sanitärinstallationen im Gastbereich fertig waren, wäre buchstäblich das Gröbste geschafft. Der Eingangsbereich brauchte nur noch ein bisschen Dekoration, und das Mobiliar, sofern es nicht schon an Ort und Stelle war, würde ebenfalls im Laufe der beiden nächsten Wochen geliefert werden. Dann noch weitere acht Tage für den Feinschliff und ein paar Probeläufe mit dem bereits eingestellten Personal, und es konnte losgehen.

Kommenden Samstag wurde die erste Anzeige geschaltet, und das Gewinnspiel – eine Idee von Harry – würde vermutlich den Leuten einen zusätzlichen Anreiz bieten, in Scharen zu kommen.

Bis dahin blieb auch noch ausreichend Zeit, den Vorplatz in Form zu bringen. Der Unternehmer, den er für die Gestaltung der Außenanlagen engagiert hatte, wollte ebenfalls in der kommenden Woche mit seinen Männern zur Arbeit anrücken.

Beim Anblick des Kostenvoranschlags war Fabio sich vorgekommen wie ein Hochseilartist ohne Sicherheitsnetz. Wenn jetzt noch etwas kaputtging oder andere unvorhergesehene Ereignisse eintraten, konnte er den Laden dichtmachen. Oder besser: gar nicht erst eröffnen.

Er blieb in der Küche stehen und betrachtete die auf Hochglanz polierten Edelstahlflächen, die Kochsegmente und die großen Kühl- und Aufbewahrungsschränke.

In den letzten Wochen hatte er sich fast täglich mit Kochen beschäftigt, nicht etwa, um das Gefühl dafür nicht zu verlieren – das würde er nie –, sondern um sich abzulenken. Kochen war nicht nur sein Job, sondern sein Leben. Für ihn war es wie die Luft zum Atmen, in der Küche zu stehen und Mahlzeiten zu komponieren. Schon als kleiner Junge hatte er lieber mit seiner Mutter und seiner Oma Pasta fabriziert als mit den Jungs aus dem Viertel Fußball gespielt.

Fabio inspizierte kurz die benachbarten Lager- und Vorratsräume und fand alles in Ordnung. Einen Teil der nötigen Vorräte hatte er bereits eingelagert, vor allem Käse und Schinken und andere haltbare Produkte, doch den größten Teil der Nahrungsmittel würde er erst frisch in der Woche der Eröffnung auf dem Großmarkt besorgen müssen. Dafür war der Weinkeller bereits einigermaßen bestückt, wenn auch noch nicht in solchen Mengen, wie er es sich gewünscht hätte. Ein paar spezielle Flaschen würde er vermutlich erst in ein paar Monaten kaufen können, doch dieser Luxus musste warten.

Er ging hinüber in den Gastraum und stellte sich vor, wie es in ein paar Tagen hier aussehen würde. Rustikales Mobiliar, passend zu den geschwärzten Balken an der hohen Decke und den dunklen Holzbohlen des Fußbodens, und das alles wiederum in Kontrast zu dem blütenweißen Damast, dem schweren Silber und dem Kristall auf den Tischen. Für die Wände brauchte er noch Bilder, Nippes, Antiquitäten – irgendetwas, um das Bild vollständig zu machen, doch das würde sich zu gegebener Zeit schon finden. Hoffentlich.

Er verließ den Gastraum und ging weiter in die Eingangshalle, wo eine Ecke für den Empfangs- und Kassenbereich und eine weitere für eine kleine Bar vorgesehen war. Die Anschlüsse waren bereits gelegt, und die Schreinerfirma, die auch im großen Saal die Paneele behandelt hatte, würde in der kommenden Woche die Theke einbauen. Wenn er die Augen schloss, sah er es schon beinahe vor sich.

Blieb nur zu hoffen, dass diesem Unternehmen mehr dauerhaftes Glück beschieden war als dem ersten *Schwarzen Lamm*.

Auf dem Weg zu seinem Zimmer blieb er unschlüssig vor der Hochzeitssuite stehen. Er hörte die Geräusche des laufenden Fernsehers, also war sie noch wach.

Er entschied, dass er es endlich hinter sich bringen musste. Was immer in den kommenden Tagen passierte – er würde ihr nicht ewig aus dem Weg gehen können.

Nach einem kurzen Klopfen wartete er ihr *Herein* ab und betrat das Zimmer.

Sie saß im Bett, zurückgelehnt in die Kissen und mit angezogenen Beinen. Anscheinend hatte sie vor kurzem geduscht, ihr Haar war noch feucht. Sie trug einen grauen Trainingsanzug, und vor dem Bett stand ein Paar Turnschuhe.

Sie wirkte ziemlich verschreckt, und für eine Sekunde überlegte er ernsthaft, einfach mit einer kurzen Entschuldigung wieder zu verschwinden.

Isabel umklammerte die Fernbedienung fester, als er zu ihr ins Zimmer kam, und bei seinem Anblick wurde ihr klar, dass sie die ganze Zeit mehr oder weniger darauf gewartet hatte, heute noch einmal mit ihm zu sprechen. Nicht, dass sie besonderen Wert darauf gelegt hätte, im Gegenteil. Aber natürlich wusste sie, dass sie ihm auf Dauer nicht ausweichen konnte. Also konnte es nur von Nutzen sein, gleich zu Anfang bestimmte Fragen zu klären.

»Gut, dass du kommst«, sagte sie mit mehr Gelassenheit in der Stimme, als sie fühlte. Ihr schossen zu viele Dinge auf einmal durch den Kopf. Unter anderem fragte sie sich, ob sie in dem Trainingsanzug, den Natascha ihr besorgt hatte, genauso dämlich aussah, wie sie sich fühlte. Oder ob man ihr anmerkte, dass sie deswegen geheult hatte. Doch diese Punkte mussten bis später warten. »Es gibt da ein paar Dinge, die ich unbedingt mit dir bereden muss.«

»Ach«, sagte er. Sein Gesicht zeigte einen undeutbaren Ausdruck.

Sie deutete auf einen Sessel, für den Fall, dass er im Sinn gehabt hätte, sich wieder auf ihre Bettkante zu setzen. »Nimm doch Platz.«

Er zögerte sichtlich, doch dann hob er die Schultern und folgte ihrer Aufforderung.

Isabel holte Luft. »Also, das Allerwichtigste zuerst. Ich bin dir gegenüber entschieden im Nachteil. Ich habe keine Ahnung, wie wir uns kennen gelernt haben, was wir für ein Leben geführt haben. Zum Beispiel weiß ich überhaupt nichts über dich persönlich. Außer, dass du ein italienischer Koch bist.« Sie merkte, dass ein anklagender Ton in ihre Stimme getreten war. Eilig setzte sie hinzu: »Nicht, dass es mir was ausmacht. Ich empfinde ja nichts für dich.«

Mit angehaltenem Atem beobachtete sie, wie er wohl auf diese Eröffnung reagierte, doch er schien nicht sonderlich betroffen zu sein. Anscheinend war die Entfremdung, die bereits vor ihrem Unfall zwischen ihnen eingetreten war, schon recht weit fortgeschritten. Oder bildete sie sich das nur ein, weil hier der Wunsch der Vater des Gedankens war?

»Kann natürlich sein, dass dieser Gefühlsverlust auch daran liegt, dass ich mich nicht mehr an uns beide erinnern kann«, meinte sie einschränkend. »Da will ich jetzt nichts übers Knie brechen. Also krieg das bitte nicht in den falschen Hals, was ich eben gesagt habe. Ich wollte dich nicht verletzen oder so.«

Er betrachtete seine Hände. »Du verletzt mich nicht. Wenn du nichts für mich empfindest, kann ich damit sehr gut umgehen.«

Isabel merkte, dass sie deswegen nicht erleichtert, sondern eher verärgert war. Sie räusperte sich. »Kannst du mir was über dich erzählen? Ich meine, nur damit ich erfahre, mit was für einem Menschen ich verlobt bin.«

Sie sah, dass er sich sammelte und überlegte, womit er anfangen sollte.

»Fang ganz vorne an«, sagte sie rasch. »Ich möchte *alles* über dich wissen. Als Erstes zum Beispiel, wie alt du bist.«

»Ich bin am fünfundzwanzigsten Mai einunddreißig geworden.«

»Dann bist du Zwilling«, platzte sie ohne nachzudenken heraus. Sie hatte schon im Krankenhaus bei der Lektüre der Illustrierten bemerkt, dass sie sich mit Sternzeichen auskannte. Und sie glaubte auch an die Macht der Sterne, dessen war sie sich ganz sicher. Leider hatte sie keine Ahnung, was ihr eigenes Sternzeichen war. Aber diese Wissenslücke würde sie gleich als Nächstes schließen.

»Wann bin ich geboren?«, fragte sie, sich innerlich

gegen alle möglichen grässlichen Wahrheiten wappnend.

»Am zweiundzwanzigsten August. Du wirst diesen Monat neunundzwanzig.«

»Oh«, sagte sie erleichtert. »Gott sei Dank. Ich dachte, ich wäre schon über dreißig und hätte mich nur gut gehalten. Und ich bin Löwe. Löwe ist ein wunderbares Sternzeichen! Passt übrigens auch gut zu Zwilling.«

»Ich bin tatsächlich Italiener«, fuhr er fort, ohne auf ihre letzte Bemerkung einzugehen. »Neapolitaner, um genau zu sein.«

Sie nickte. »Das dachte ich mir schon.«

»Wieso?«

»Weil da die Camorra sitzt. Bist du auch Mitglied bei denen?«

Er verschluckte sich beim Luftholen und hustete. »Wie kommst du darauf?«

»Natascha hat es mir erzählt.«

»Sie hat *was*?«

»Oh, nicht, dass du bei der Mafia bist. Aber sie hat durchblicken lassen, dass dein Cousin … Na, du weißt schon. Er scheint mir ganz der Typ zu sein. Und da dachte ich, weil ihr zu einer Familie gehört … Man sagt doch in Neapel auch *Famiglia* dazu, oder nicht?«

»Du bist anscheinend gut informiert.«

»Ich habe *Der Pate* gesehen und weiß noch alle Einzelheiten.«

»Der spielt in Sizilien.«

»Richtig«, meinte sie zerstreut. »Wo waren wir stehen geblieben?«

»In Neapel. Ich bin da aufgewachsen und zur Schule gegangen, aber nur bis zu meinem elften Lebensjahr. Dann bin ich mit meiner Mutter und meiner Großmutter nach Deutschland gekommen. Meine Mutter hatte nach dem Tod meines Vaters einen neuen Mann kennen gelernt, einen Restaurantbesitzer. Den hat sie geheiratet und mit ihm das Restaurant geführt, einen ziemlich noblen Laden in Köln. Ich habe mich gut mit ihm verstanden und nach meinem Schulabschluss bei ihm die feine Küche gelernt. Danach war ich zwei Jahre Sous-Chef in Paris, im Ritz Carlton. Vor vier Jahren habe ich mein eigenes Restaurant eröffnet, das *Schwarze Lamm.*«

»Und was ist damit passiert?«

»Es ist leider abgebrannt.«

»Oje«, sagte Isabel ehrlich betroffen. »Das tut mir Leid. Hoffentlich warst du gut versichert.«

»Nicht ganz so gut, wie ich es gern gehabt hätte. Aber es hat gereicht, um den Laden hier zu kaufen und halbwegs instand zu setzen. Für die Neueröffnung musste ich mich verschulden, aber wenn nichts Unvorhergesehenes dazwischenkommt, kann ich mich in den nächsten zwei Jahren wieder konsolidieren.«

»Und wie soll das neue Restaurant heißen?«

»Wie das alte. *Schwarzes Lamm.*«

»Meinst du nicht, dass das nicht eventuell ein schlechtes Omen bedeuten könnte?«

»In jedem Fall bedeutet es eine gewisse Stammkundschaft, die mir hoffentlich treu geblieben ist. Das Restaurant hatte einen wirklich guten Ruf. Für die Neueröffnung habe ich schon jede Menge Anmeldungen.«

»Ich kann mich nicht an ein Restaurant namens

Schwarzes Lamm erinnern«, sagte Isabel. »Ich überlege gerade, ob ich es kennen müsste, wenn es wirklich so gut wäre.«

Er stand auf und ging zum Fenster, wobei er ihr den Rücken zuwandte. Die Daumen in die Gürtelschlaufen seiner Hose gehakt, blickte er hinaus in die Dunkelheit.

»Kannst du dich denn an andere Restaurants erinnern?«, fragte er nach einer Weile.

»Nein«, räumte sie ein. »Nur an Namen, zum Beispiel *Die Ente*. Oder das, was du eben genannt hast. Das Ritz. Aber ich kann dir nicht sagen, ob ich schon dort gewesen bin.« Gereizt fuhr sie fort: »Ich weiß überhaupt nichts mehr, was im Zusammenhang mit meiner Person steht. Der behandelnde Arzt im Krankenhaus meinte, Amnesie-Patienten könnten sich für gewöhnlich an berufliche Fertigkeiten erinnern, aber sogar das ist total weg bei mir. Wenn ich wirklich mal eine gute Köchin war, hab ich leider vergessen, wie es geht. Ich konnte nicht mal Möhren schneiden.«

Als er darauf nichts erwiderte, machte sie den Fernseher wieder an und zappte wie wild durch die Programme. Sie musste unbedingt noch einen wichtigen Punkt ansprechen, aber sie traute sich nicht.

Als er sich zu ihr umwandte und sich auf das Bett zubewegte, fuhr sie zusammen.

»Warte!«, rief sie aus. »Da ist noch was!«

Erst, als er stehen blieb, begriff sie, dass er gar nicht vorhatte, sich ihr zu nähern, sondern zur Tür gehen wollte.

»Was denn?«, fragte er.

»Ist nicht so wichtig.«

»Nicht?«

»Doch«, sagte sie kleinlaut.

»Aber du willst es mir nicht sagen, oder was?«

»Eigentlich nicht. Aber in Anbetracht der besonderen Umstände sehe ich keine Alternative.« Sie runzelte die Stirn. »Ob ich wohl studiert habe? Ich finde, ich drücke mich ziemlich gewählt aus, oder nicht?«

»War es das, was du noch mit mir bereden wolltest?«

»Nein. Obwohl – warum eigentlich nicht? Hab ich studiert?«

»Du hast mal erwähnt, dass du ein paar Semester Innenarchitektur studiert hast.«

»Und sonst? Was habe ich dir sonst so über mich erzählt?«

»Ich sagte doch schon, dass ich so gut wie nichts über dein früheres Leben weißt. Du hast dich da sehr bedeckt gehalten.«

»Aber ich habe gern hier geputzt und gekocht?«

»Du hast dich jedenfalls nie drüber beschwert.«

»Dann finde ich vielleicht noch Spaß dran.«

»Wäre eventuell einen Versuch wert.«

»Vielleicht kann ich auch bei der Inneneinrichtung helfen. Ich meine, wenn ich's ja schon studiert habe …?«

»Warum nicht. Meinetwegen gerne. War sonst noch was?«

»Also … Hm, habe ich dir einen Grund gesagt, warum ich dir nichts über mein Leben berichtet habe? Ich meine, als ich dich kennen lernte und wir uns dann … ähm, näher kamen. Normalerweise erzählt man sich in so einem Fall doch alles Mögliche über sein Leben.«

»Dann warst du eine Ausnahme.« Er machte Anstalten, die Tür zu öffnen, doch sie hob die Hand. »Warte.«

»Ja?«

»Ähm …« Sie spürte, wie ihr Gesicht rot anlief, doch sie musste es zur Sprache bringen, sonst würde sie heute Nacht keinen Schlaf finden. »Natascha hat mir ein paar Dinge erzählt, und ich finde, wir müssen da zwischen uns beiden was klarstellen, wenn wir eine gemeinsame Basis finden wollen. Ich meine, eine *andere* gemeinsame Basis als die, die wir beide die ganze Zeit hatten.«

Er blickte sie nur abwartend an, während sie nach Worten rang.

Sie fühlte sich zu einer Erklärung genötigt. »Ich hatte Natascha nämlich heute gefragt, welches die Basis unserer Beziehung war, außer der Arbeit natürlich.«

Sie druckste herum und zerrte an der Bettdecke, als könnte sie dem geblümten Stoff die Worte entringen, die sie selbst nicht über die Lippen brachte.

»Sie sagte, es wäre der Sex gewesen«, platzte sie schließlich heraus.

»Äh … Sex?«

Isabel nickte mit gesenkten Lidern. »Sie sagte, wir wären total wild aufeinander gewesen. Wir hätten es ständig miteinander getrieben, wenn wir nicht gerade gearbeitet hätten. Sie sagte, für mich wäre dich sehen und mit dir ins Bett springen wollen eins gewesen. Und für dich umgekehrt genauso.« Sie holte Luft und kam mit Todesverachtung zum Ende. »Wir haben gerammelt wie die Karnickel. So drückte sie sich aus.«

Er schluckte so heftig, dass sie seinen Adamsapfel hüpfen sah. »Also … Ich … Na ja, ich weiß nicht, ob man das einfach so pauschal sagen kann …«

Sie schaute ihn entschlossen an. »Ich finde, wir sollten das auf jeden Fall lassen.«

»Äh – was meinst du?«

»Den Sex. Wir kennen uns ja im Prinzip überhaupt nicht. Oder sagen wir: *Ich* kenne dich nicht. Jedenfalls im Moment nicht. Da wäre es doch … Na, ich finde, es wäre unangebracht, wenn wir … es täten.«

Er wirkte verblüfft, sagte aber kein Wort.

Ängstlich erwiderte sie seine Blicke. »Was ist?«

»Gut.«

»Was meinst du mit gut?«

»Dass du Recht hast.«

»Also … Du bist damit einverstanden?«, vergewisserte sie sich. »Dass wir es sein lassen?«

»Niemals würde ich auf die Idee kommen, mich dir aufzudrängen!«, sagte er mit ernster Miene. »Was immer uns vorher verbunden hat – es gibt keinen Grund dazu, diese Seite unserer Beziehung wieder aufzufrischen!«

Schwach vor Erleichterung lächelte sie ihn an, während sie sich gleichzeitig fragte, ob sie sich diesen Anflug von Ärger, der sich da gerade in einem entlegenen Winkel ihres Bewusstseins einnistete, vielleicht nur einbildete.

»War das jetzt alles?«, fragte er.

»Ja, das war das Wichtigste.«

»Dann geh ich jetzt mal wieder. Ist ja schon spät.«

Ihr fiel doch noch etwas ein, das Zweitwichtigste, das sie den ganzen Abend über beschäftigt hatte. »Warte. So kann das auf keinen Fall weitergehen.«

»Was meinst du? Deine Arbeit hier?«

Sie schüttelte den Kopf. »Das lerne ich schon wieder, schließlich braucht man dafür weiß Gott keine besonderen Fähigkeiten. Nein, das hier.« Sie zerrte an dem Oberteil des scheußlichen Trainingsanzugs, um ihm zu verdeutlichen, worauf sie hinauswollte. »Natascha hat es mir besorgt. Ich kann mir einfach nicht vorstellen, dass ich mich in solchen Sachen wohl gefühlt habe. Nicht in diesem … Zeug! Es fühlt sich einfach absolut falsch an! Bin ich wirklich so rumgelaufen?«

»Nein.« Er schien noch etwas hinzufügen zu wollen, blieb aber stumm.

Sie hatte den Eindruck, dass er bedrückt wirkte, doch es widerstrebte ihr, der Sache auf den Grund zu gehen. Vorläufig war sie froh, wenn sie eine Sache nach der anderen klären konnte, ohne ihr letztes bisschen kontrollierten Verstand auch noch zu verlieren.

»Dann wäre das ja geklärt. Ich brauche neue Klamotten. *Anständige* Klamotten!«

»Dagegen ist nichts einzuwenden.«

»Du meinst also auch, ich kann mir welche kaufen?«

»Selbstverständlich.«

»Womit wir bei einem interessanten Punkt sind. Ähm, ich habe nicht bei meinem Auszug oder sonst wann hier irgendwelche Kreditkarten vergessen?«

»Nein, das hast du nicht. Und bevor du mich fragst, welches deine Hausbank ist – ich weiß es nicht.«

»Aber ich habe doch Geld, oder?«

»Ich nehme es an. Du hast dich nie beklagt und warst immer gut angezogen.«

Sie lächelte erleichtert. »Das wusste ich!« Sie dachte kurz nach. »Tja, man könnte wohl irgendwie sagen, dass ich vielleicht so was wie pleite bin, oder?«

»Irgendwie«, bestätigte er.

»Dann halte ich es für eine gute Idee, dass du mir ein bisschen finanziell unter die Arme greifst.« Hastig setzte sie hinzu: »Natürlich nur, bis ich weiß, wo mein Geld ist.«

»Da du für mich arbeitest, sollte das kein Problem sein. Kost und Logis hat du sowieso frei.«

»Stimmt. Außerdem sind wir ja verlobt, da ist es im Grunde eine Selbstverständlichkeit, sich gegenseitig mal mit ein bisschen Geld auszuhelfen, oder?«

Er gab keine Antwort, sondern sah sie nur merkwürdig an.

Sie atmete aus, sagte aber nichts.

Schweigen auf beiden Seiten.

»Noch was?«, fragte er.

Sie schüttelte den Kopf.

»Gute Nacht«, sagte er.

»Gute Nacht«, erwiderte sie leise, während er schon die Tür hinter sich zuzog.

Er war kaum draußen, als sie erneut ausatmete, diesmal wesentlich geräuschvoller als vorhin. Sie machte den Fernseher wieder aus und kroch unter die Decke. Höchste Zeit, dass sie endlich schlief, der Tag war lang und anstrengend genug gewesen. Das Licht ließ sie an. Seit ihrem Unfall konnte sie nicht im Dunkeln schlafen, vor lauter Angst, vielleicht nicht mehr aufzuwachen. Die Dunkelheit wurde schon bedrohlich, wenn sie länger als ein paar Sekunden die Augen zumachte. Leider ließ es sich mit offenen Augen nicht schlafen, doch wenn sie durch die geschlossenen Lider die Deckenlampe schimmern sah, war das besser als nichts.

Sie merkte, wie sie langsam wegdriftete, doch bevor sie in den Schlaf glitt, stellte sie sich erneut die Frage, mit der sie sich schon den ganzen Abend herumgeplagt hatte, vor allem vorhin, als er im Zimmer gewesen war.

Was es wohl für ein Gefühl war, wie ein Karnickel zu rammeln?

Auf einer weit entfernten Ebene wusste sie, dass es nur ein Traum war, doch er fühlte sich erschreckend echt an. Sie wurde verfolgt. Zuerst waren es gesichtslose Monster, die hinter ihr her waren, und so sehr sie sich auch abmühte, sie kam nicht richtig voran bei dem Versuch, ihnen zu entkommen. Die Biester waren ständig so dicht hinter ihr, dass sie ihren keuchenden Atem im Genick spüren konnte.

»Ihr kriegt mich nicht«, stieß sie hervor, davon überzeugt, in der nächsten Sekunde das Zupacken von klauenartigen Händen zu spüren. Sie rannte in vollem Lauf durch merkwürdige Gänge, die eng und aus Stein gemauert waren, wie in einem Verlies. Es gab nirgends ein Fenster oder eine Tür, und es war stockfinster. Trotzdem fanden ihre Füße auf sonderbare Weise den Weg von allein. Wenn nur die Monster nicht so dicht hinter ihr gewesen wären!

Dann schaffte sie es wider Erwarten, eine Idee schneller zu rennen, und ihr schien, als würde sie mit der Zeit einen kleinen Vorsprung herausarbeiten. Es gab auch wieder Licht, auch wenn es nur eine Art diffuses Wabern war, wie Nebel, der durch Bäume quillt.

Obwohl sie eine Höllenangst davor hatte, ihre Verfolger von Angesicht zu Angesicht zu sehen, riskierte sie es, einen kurzen Blick über die Schulter nach hinten zu werfen. Sie war verblüfft, weil sie ein Gesicht sah, das sie erkannte. Es war ein großer, blonder Mann, der Ähnlichkeit mit einem Wikinger gehabt hätte, wären seine Haare eine Idee länger gewesen. Sie war absolut sicher, den Mann schon gesehen zu haben, doch ihr fiel nicht ein, wo das gewesen war.

»Ich kenne dich!«, sagte sie keuchend. »Ich muss nur ein bisschen nachdenken, dann fällt mir dein Name wieder ein! Und dann hast du keine Macht mehr über mich!«

»Vorher hole ich dich ein und fresse dich auf. Ich fresse nämlich gerne Frauen zur Hochzeit.«

Zur Hochzeit?

»Nicht mit mir«, murmelte Isabel. Wenn das kein Traum war, wollte sie Daphne heißen!

Während sie noch darüber nachdachte, wie sie ausgerechnet auf Daphne kam, wachte sie vollends auf.

Stöhnend wälzte sie sich auf den Bauch und weigerte sich, den Realitäten ins Auge zu sehen. Sie vergrub den Kopf im Kissen und sagte sich, dass sie vielleicht wieder einschlafen könnte, wenn sie sich nur genügend anstrengte.

Es war zwar hell draußen, aber das wollte nichts heißen. Im Hochsommer wurde es morgens schon um sechs Uhr hell. Spätestens. Sechs Uhr war eine absolut unmögliche Zeit zum Aufstehen.

Es hämmerte an der Tür. »Sechs Uhr!«, rief Natascha von draußen. »Zeit zum Aufstehen!«

Isabel kämpfte sich mühsam aus dem Bett und taumelte ins Bad. Unter der Dusche dachte sie über den Traum nach, aus dem sie vorhin aufgewacht war. Das Gesicht des blonden Mannes stand ihr immer noch deutlich vor Augen. Ob er jemand war, den sie kannte? Oder konnte man sich im Traum Gesichter ausdenken?

Widerwillig zog sie nach dem Duschen den Trainingsanzug an, den Natascha ihr besorgt hatte. Sie ersparte es sich, hinterher im Spiegel zu prüfen, wie sie aussah, denn sie wusste, dass es ihr nur auf den Magen schlagen würde. Auch wenn sie keine Ahnung von ihren sportlichen Vorlieben hatte – sie war sicher, dass keine Sportart dabei war, zu der man einen Trainingsanzug trug.

Beim Verlassen des Zimmers fuhr sie sich mit beiden Händen durch das Haar und hatte dabei den Eindruck, in eine Wolke zu greifen. Sie hatte bereits festgestellt, dass es von Natur aus lockig war. Der Blondton war ebenfalls beinahe echt; der nachwachsende Ansatz war nur eine winzige Nuance dunkler als der Rest. Die ganze Frisur als solche sah allerdings danach aus, als würde ihr ein wenig mehr Zuwendung nicht schaden.

Draußen auf dem Gang war Natascha damit beschäftigt, ein Sortiment von Putzutensilien zu sortieren.

»Guten Morgen«, sagte Isabel. »Ich will dich nicht bei der Arbeit stören, ich habe nur eine kurze Frage: Zu welchem Friseur bin ich immer gegangen?«

»In der Zeit, in der du hier warst, bist du nicht beim Friseur gewesen.«

»Wirklich?« Isabel fuhr sich erneut durchs Haar. »Wer hat mich denn frisiert?«

»Na, derjenige, der das bei anderen Leuten morgens nach dem Aufstehen auch immer macht. Der Eigentümer der betreffenden Haare. Übrigens finde ich deine Frisur wirklich gut.«

»Ich sehe aus wie ein Rauschgoldengel!«

»Schätzchen, darauf fahren die Männer ab.« Natascha strich sich durch die wallende Kupfermähne. »Je mehr Volumen, desto schärfer sieht es aus.«

»Ich denke, ich gehe erst mal runter, frühstücken.«

»Tu das. Wenn du fertig bist, kannst du gleich wieder raufkommen und hier weitermachen.«

»Womit?«

Natascha klapperte mit dem Putzeimer. »Hiermit. Die Putzfrau ist seit zwei Wochen krank, und alleine schaffe ich das alles unmöglich.«

»Du meinst, ich soll … putzen?«

Natascha zuckte die Achseln. »Klar. Du liebst es. Du hast immer gesagt, es gefällt dir viel besser als Bügeln.«

Isabel betrachtete zweifelnd den Schrubber, von dem nicht der geringste Wiedererkennungseffekt ausging. Sie sah nur einen langen Stab, der in einem ausklappbaren, flachen Unterteil mündete, sowie einen ergonomisch dazu passenden viereckigen Eimer, in dem eine Art Putzvlies schwamm, das vermutlich über das Unterteil des Schrubbers gezogen wurde.

»Es kommt mir … irgendwie fremdartig vor.«

»Wenn du erst mal angefangen hast, wirst du merken, wie es dir in Fleisch und Blut übergeht. Es ist wie Fahrradfahren und Schwimmen.«

»Schwimmen kann ich gut.«

»Na also«, sagte Natascha zufrieden.

Isabel fand, dass zwischen Schwimmen und Putzen kein zwingender Zusammenhang bestand, doch es war zu früh am Morgen, um großartig darüber nachzudenken.

Unten in der Küche stieß sie auf Harry, der sie fröhlich begrüßte.

»Kaffee? Tee?«

»Ich … ja, bitte. Kaffee ist eine gute Idee.« Sie setzte sich an den großen Tisch im Aufenthaltsraum neben der Küche. Darauf standen vier Frühstücksgedecke, von denen zwei bereits benutzt waren. Außerdem gab es Platten mit Wurst und Käse, einen Korb mit Brötchen und Croissants und verschiedene Sorten Konfitüre.

Harry schenkte ihr Kaffee aus einer Warmhaltekanne ein und setzte sich zu ihr an den Tisch. »Ich war eigentlich fertig mit Frühstücken, aber ich trinke gerne noch eine Tasse Kaffee mit dir.«

Er hatte sich ihr schon am Vortag vorgestellt. Sie wusste, dass er fünfundzwanzig Jahre alt war und bei Fabio im ersten *Schwarzen Lamm* das Kochen gelernt hatte. Wie Natascha war er nicht nur *Mitglied des Teams*, wie er es nannte, sondern wohnte auch hier im Haus.

Er war auf zurückhaltende Weise höflich, und anders als bei Natascha fühlte Isabel sich durch seine Äußerungen in keiner Weise unzulänglich, weil ihr jede Erinnerung an ihn fehlte.

»Ist Fabio schon auf?«, fragte sie.

»Klar. Ist immer der Erste morgens. Er ist zur Großmarkthalle gefahren. Kann aber nicht lange dauern, bis er wiederkommt.«

Isabel blickte auf das benutzte Frühstücksgeschirr. »Hat er schon Kaffee getrunken?«

»Nein, das macht er immer erst, wenn er von seinen Besorgungen zurück ist.« Harry reichte ihr den Brotkorb. »Bedien dich. Hier, nimm auch Butter, die ist sehr gut. Frische Bioware aus Frankreich. Und die Konfitüre da – selbst gemacht.«

»Von dir?«

Er nickte. »Kiwi mit Stachelbeere.«

»Schön grün«, sagte sie höflich. Sie kleckste einen Löffel davon auf ein zerteiltes Croissant und nahm einen Bissen. »Das ist gut«, meinte sie überrascht. »Sehr gut!«

Er grinste errötend. »Dann muss ich ja was richtig gemacht haben.«

»Du kannst bestimmt wunderbar kochen.«

»Nicht so gut wie der Meister«, kam es von der Tür. Natascha betrat den Raum und ließ sich auf den Stuhl neben Isabel fallen. »Mir bitte auch noch Kaffee.« Sie hielt Harry ihre Tasse zum Einschenken hin. »Mein Gott, mir tut das Kreuz weh! Diese Putzerei ist nichts mehr für eine Frau in meinem Alter!«

Isabel hatte den deutlichen Eindruck, dass Nataschas Stimme ein anklagender Unterton anhaftete, doch sie zog es vor, nichts dazu zu sagen.

»Mir kannst du auch einschenken«, ertönte es aus dem Nachbarraum. Nebenan schleppte Fabio drei übereinander gestapelte Kisten in die Küche und setzte sie auf einer der Anrichten ab. Ohne innezuhalten fing er an, einen Teil der Lebensmittel in Kühl- und Vorratsschränke zu räumen.

»Das sieht nach Arbeit aus, Alter«, sagte Harry, während er zuerst Natascha Kaffee eingoss und dann die noch verbliebene frische Tasse für Fabio füllte.

»Heute ist der erste Probelauf«, sagte Fabio. Er setzte sich Isabel gegenüber an den Tisch und nickte ihr kurz zu. »Hallo«, sagte er. »Gut geschlafen?«

Sie nickte, weil ihr das als Antwort ebenso passend vorkam wie jede andere Bemerkung.

»Hast du was Nettes geträumt?«, fragte Harry. »Man

sagt ja, dass das, was man in der ersten Nacht in einem fremden Bett träumt, in Erfüllung geht.«

»Ich dachte, es wäre vorher schon mein Zimmer gewesen.«

»Äh ... Klar. Aber du hast es doch vergessen, deswegen zählt es nicht. Eigentlich zählt überhaupt nichts von dem, was vorher war, oder?« Zustimmung heischend blickte er in die Runde.

»Ich hatte einen Albtraum«, sagte Isabel.

»Oje«, meinte Harry betreten. »Hoffentlich nichts Schlimmes!«

»Albträume sind immer schlimm«, sagte Fabio. »Worum ging es denn?«

Isabel betrachtete ihn unter gesenkten Lidern hervor und fragte sich, wie er es hinkriegte, so früh am Morgen auf diese geradezu beängstigende Weise frisch und aktiv auszusehen. Es konnte nicht damit zusammenhängen, dass er sich besonders sorgfältig frisiert oder herausgeputzt hatte, im Gegenteil. Sein dunkles Haar war rettungslos vom Wind zerzaust, und auf seinem Poloshirt prangten deutlich sichtbar zwei große Flecken von den Kisten, die er vorhin hereingetragen hatte. Er war nicht mal rasiert. Auf seinen Wangen und seinem Kinn zeigte sich ein Bartschatten, der einem Piraten alle Ehre gemacht hätte.

Vielleicht lag es daran, dass sich seine Zähne so weiß dagegen abhoben. Oder dass sich in seinen Augen der strahlend blaue Farbton seines Hemdes widerspiegelte. Oder waren die von alleine so blau?

»Ich habe von einem Mann geträumt«, sagte sie langsam.

»Das passiert mir dauernd«, warf Natascha ein. »Diese Albträume sind mir die liebsten.«

»Der Mann war groß und blond und sah ein bisschen aus wie ein Wikinger. Sein Gesicht kannte ich irgendwoher, aber seinen Namen habe ich nicht geträumt.«

»Wieso war es ein Albtraum?« Fabio trank von seinem Kaffee. Schwarz, mit zwei Löffeln Zucker, wie Isabel registrierte.

»Er hat mich verfolgt, und ich spürte, dass er böse Absichten hatte. Er wollte mich heiraten.«

Natascha verschluckte sich, und Isabel streckte unwillkürlich die Hand aus, um ihr auf den Rücken zu klopfen. »Besser?«

Natascha nickte. »Geht schon wieder. Heiraten – ein Albtraum, wie? Das hat mir schon meine Großmutter dauernd gepredigt, als sie noch lebte. Kindchen, sagte sie immer, tu es nicht, sonst bist du bis an dein Lebensende mit einem Bier trinkenden, furzenden Ungeheuer geschlagen. Das böse Erwachen kommt schnell, hat sie gesagt. Abends gehst du mit einem Teufelskerl ins Bett, und am nächsten Morgen liegst du neben einem Montagsmann. Ich hab ihren Rat immer beherzigt. Montagsmänner sind nicht mein Fall. Heiraten – das ist für mich ein absolutes Tabu.« Sie hob die Schultern. »Na ja, sagen wir: fast. Schließlich habe ich jahrelang in Vegas gearbeitet. Da gehört Heiraten praktisch zum Geschäft. Ein- oder zweimal hab ich es auch gemacht. Das Gute ist: Drüben gehen auch die Scheidungen schnell.« Sie wandte sich zu Isabel um. »Was ist, fertig mit Frühstücken? Gehen wir putzen?«

»Ich habe auch von einer Frau geträumt«, sagte Isabel, ohne auf Nataschas letzte Bemerkung einzugehen. »Sie hieß Daphne. Das heißt, ich habe nicht wirklich von ihr geträumt, ich habe sie nicht in meinem Traum gesehen. Nur den Namen. Kennt ihr zufällig jemanden, der Daphne heißt?«

»Ich hatte als kleiner Junge mal ein Bilderbuch über ein Schwein, das hieß Daphne«, sagte Harry.

»Der Name passt gut zu einem Schwein«, meinte Natascha. »Er klingt irgendwie fett.« Sie griff nach einem Croissant und tunkte es in ihren Kaffee. »Apropos. Ich sollte das nicht machen. Dieses Teil hat mehr Kalorien als eine Flasche Bier. Aber der Klempner hat gesagt, er steht auf füllige Weiber.«

»Dann kannst du ja von Glück sagen, dass du nicht Daphne heißt.« Isabel merkte erst, dass sie diejenige war, die das gesagt hatte, als Natascha sich abermals verschluckte und Harry in dröhnendes Gelächter ausbrach.

Auch Fabio, der sich bisher aus der Unterhaltung weitgehend herausgehalten hatte, grinste amüsiert.

Isabel fühlte sich unter seinen Blicken eigentümlich befangen. »Was meintest du eigentlich vorhin mit: *Heute ist der erste Probelauf?*« Sie stellte die Frage, nur um etwas von sich zu geben. »Falls die Frage blöd ist – sorry, aber ich weiß es nicht besser.« Ihre letzte Äußerung klang in ihren eigenen Ohren patzig, doch es half ihr, sich weniger hilflos zu fühlen.

»Die Frage ist nicht blöd.« Fabios Stimme klang überraschend sanft. »Keine deiner Fragen ist blöd, okay?« Sein Akzent war mit einem Mal stärker hörbar als sonst, eine Veränderung, die in Isabel ein merkwürdiges Prickeln auslöste. Sie wich seinen Blicken aus und fragte sich, ob er ihr ansehen konnte, was sie dachte. Ihr war soeben die Geschichte mit den Karnickeln wieder eingefallen.

»Mit Probelauf meinte ich, dass wir – Natascha, Harry und ich – eine Menüfolge kochen, die wir für den Tag der Eröffnung vorgesehen haben. Natürlich nur im kleinen Rahmen.«

»Soll ich auch mithelfen?«

»Nur wenn du möchtest.«

»Natürlich möchte sie«, sagte Natascha. »Womit soll sie sonst den ganzen Abend die Zeit totschlagen? Allein auf dem Bett hocken und fernsehen?«

Isabel fühlte sich auf unbestimmte Art erleichtert. Der gestrige Abend war ihr tatsächlich aufs Gemüt geschlagen. Im Krankenhaus hatte ihr wenigstens noch die meiste Zeit über die alte Frau Gesellschaft geleistet. Die hatte von sich selbst auch nichts weiter gewusst als den Vornamen – Mathilde. Zwar lag das bei Mathilde am Alzheimer, aber das Ergebnis war in etwa dasselbe.

»Wir sollten das jetzt mit der Putzerei nicht länger rausschieben«, sagte Natascha.

Isabel betrachtete ihre Fingernägel, oder genauer: die kaum noch vorhandenen Reste. Zwei der hochglänzenden Verlängerungen hatten sich gleich bei ihrem ersten Versuch verabschiedet, das nasse Vlies über das ausklappbare Endstück des Schrubbers zu stülpen. Zwei weitere hatten sich später beim Auswringen aufgelöst. Drei waren weggeknickt, als sie die Latexhandschuhe, die sie von Natascha verlangt hatte, übergezogen hatte, in der Sorge, den ganzen übrigen Bestand auch noch zu verlieren. Es hatte nichts geholfen.

Isabel bog die aufgeweichten Ränder um, bis sie sich zu traurigen Wülsten zusammenrollten. Eine der künstlich aufgebrachten Applikationen riss vollständig ab, und sie entfernte mit den Zähnen die vorstehenden Fransen ihres eigenen Nagels.

»Wie konnte ich überhaupt mit diesen Dingern putzen?«, wollte sie von Natascha wissen.

»Gute Frage. Gar nicht, denke ich. Sie sind mir heute das erste Mal an dir aufgefallen.«

»Also muss ich sie mir neu zugelegt haben, nachdem ich hier ausgezogen war?«

»Scheint so. Ich sage dir, diese Kunststoffnägel taugen nichts. Sie sehen nicht mal gut aus.«

»Vielleicht habe ich Nägel gekaut und brauchte deswegen welche. Weil es sonst noch schlimmer ausgesehen hätte. Hab ich gekaut?«

Natascha warf ihr einen Blick von der Seite zu. »Sieht ganz so aus.«

Isabel nahm den Finger aus dem Mund. »War ich ein nervöser Typ?«

»Nicht nervöser als jetzt.«

Isabel seufzte. »Wenn ich nur wüsste, wo ich wohne! Dann könnte ich wenigstens da hinfahren und meine Sachen sichten. Und mir was anderes anziehen.« Sie betrachtete angewidert die Hose des Trainingsanzugs. Sie triefte nur so von dem dreckigen Putzwasser. Das dazugehörige Oberteil hatte sie sich nach der ersten halben Stunde Arbeit ausgezogen und im Hemdchen weitergeputzt. Das stammte aus Nataschas Privatbeständen und war mindestens drei Nummern zu groß. Als ihr auch das zu unbequem geworden war, hatte sie es kurzerhand ebenfalls abgestreift, und da die übrigen Hausbewohner bis zum Mittagessen ausgeflogen waren, war Natascha die Einzige, die daran hätte Anstoß nehmen können, aber die hatte bisher nicht gemeckert. Und falls sie es doch getan hätte, wäre Isabel nicht darauf eingegangen. Sie fand, dass sie in einem Wonderbra von Victoria's Secret immer noch eine bessere Figur machte als in einem Trainingsanzug vom Discounter.

»Weißt du, was ich nicht verstehe?« Sie stellte den Schrubber zur Seite und nahm einen der Wischlappen aus dem Putzwagen. »Es sagt mir rein gar nichts.«

»Was sagt dir nichts?« Natascha, in der einen Hand ein Poliertuch und in der anderen eine geöffnete Flasche Holzpolitur, rieb emsig die Paneele ab. Es roch intensiv nach dem Öl, mit dem sie vorhin auch bereits die alten Bauernmöbel in den Schlafzimmern behandelt hatten.

»Das Saubermachen«, sagte Isabel.

»Manche Dinge muss man eben länger auf sich wirken lassen«, behauptete Natascha.

Isabel zog zweifelnd die Brauen hoch. »Meinst du? Ich weiß nicht … Wenn ich fast drei Monate hier gelebt habe und jeden Tag gerne sauber gemacht habe, kann das doch nicht innerhalb von zwei Wochen alles weg sein, oder?« Sie nahm einen leeren Eimer vom Putzwagen, drehte ihn um und setzte sich darauf. »Ich hatte dir doch erzählt, dass ich mit dem Arzt darüber gesprochen habe. Er hat mir gesagt, dass bei einer retrograden Amnesie wie bei mir in den allermeisten Fällen kognitive Fähigkeiten genau wie vor dem schädigenden Ereignis beherrscht werden. Das nennt man prozedurales Gedächtnis.«

»Du liebe Zeit, so viel Fachchinesisch! Wen willst du denn damit beeindrucken?« Natascha warf den Lappen zurück auf den Putzwagen und schraubte die Ölflasche zu. »Ich verstehe davon bloß Bahnhof.«

Isabel rollte den Wischlappen auseinander und betrachtete ihn eindringlich, als könnte sie in den Staubflusen die Geheimnisse ihres Lebens entdecken.

»Es bedeutet, dass man Dinge, die man einmal gelernt hat, nach einem Gedächtnisverlust noch beherrscht. Damit meine ich jetzt nicht nur Schreiben und Lesen oder wie man sich die Schuhe zubindet oder einen Tisch deckt, sondern berufliche Qualifikationen. Fabio hat erzählt, dass ich Innenarchitektur studiert habe. Das habe ich mittlerweile schon bemerkt. Ich weiß alle möglichen theoretischen und praktischen Einzelheiten über Stilrichtungen und Einrichtungsformen, über Kunst, Stoffe, Bodenbeläge, Holz und Mauerwerk. Ich habe Vorstellungen, was bestimmte Dinge kosten und wo man sie bekommt. Ich weiß beispielsweise, dass die Möbel, die wir eben in den Schlafzimmern poliert haben, aus den frühen Zwanzigerjahren des letzten Jahrhunderts stammen. Vermutlich wurden sie in Tirol hergestellt. Und sie wurden vor kurzem gegen Holzwurm behandelt.«

»Das hätte ich dir auch sagen können. Frag mich mal, wer den kleinen Biestern neulich gnadenlos auf den Pelz gerückt ist!«

»Nehmen wir was anderes. Klavier spielen zum Beispiel.«

»Kannst du Klavier spielen?«

»Ich weiß es nicht genau, aber ich meine, ja. Sobald ich ein Klavier sehe, werde ich es ausprobieren.«

»Hier im Haus gibt es keins.«

Isabel spürte unbestimmten Ärger in sich aufsteigen. »Ich werde schon noch irgendwann und irgendwo eines auftreiben, okay?« Sie bezwang ihren Unmut und fuhr zögernd fort: »Es gab noch mehr Fähigkeiten, an die ich mich automatisch erinnert habe. Beim Schwimmen war es beispielsweise so, wie Doktor Mozart es gesagt hatte. Ich konnte es sofort wieder, und zwar sehr gut. Auch mit dem Schminken klappte es ganz hervorragend. Eine der Schwestern hat mir Make-up mitgebracht. Sie meinte, professioneller hätte es auch ihre Kosmetikerin nicht hingekriegt.«

»Tja.« Natascha musterte sie, bis Isabel sich vorkam wie ein nutzloses Insekt auf einem Objektträger. »Fragt sich nur, was es bringt, ein Ass im Schwimmen und Schminken zu sein. Ich meine, was nützen dir denn das tollste Make-up und hundert Meter Freistil? Kriegst du etwa Geld dafür und kannst davon deinen Lebensunterhalt bestreiten?« Sie grinste. »Außer natürlich, du bist eine weltberühmte Goldmedaillengewinnerin und machst Werbung für wasserfeste Wimperntusche.«

Isabel musste lachen, sie konnte nicht anders. »Du hast Haare auf den Zähnen, Natascha.«

»Das hat mein erster Ehemann auch immer gesagt.«

»Warst du lange mit ihm verheiratet?«

»Kaum länger, als die Scheidung dauerte.« Natascha kicherte. »Mit zwanzig zum Standesbeamten, mit einundzwanzig zum Scheidungsanwalt.«

»Und Nummer zwei? War das der Mann, mit dem du in Las Vegas gelebt hast?«

Natascha seufzte und verschränkte die Arme vor der fülligen Brust. »Ja, der war eine Klasse für sich. Gegen Johnny die Schlange konnten sich alle Männer verstecken. Ich vermisse ihn immer noch! Leider musste ich ihn zum Teufel jagen. Er trieb es mit allen Frauen, die auf Schrittlänge an ihn herankamen und nicht bei drei auf den Bäumen waren.«

»Wie ist er an seinen Namen gekommen?«

»Das möchtest du lieber nicht wissen.«

Isabel wollte es durchaus wissen, hatte aber den Verdacht, dass es um schlüpfrige Zusammenhänge ging. Über solche Dinge wollte sie momentan nicht näher nachdenken. Die Sache mit den Karnickeln reichte ihr schon.

Sie putzte mit Natascha das zweite Obergeschoss fertig und fand anschließend, dass sie einiges geleistet hatte. Zwei Gasträume, jeweils mit Bad, außerdem ihr eigenes Zimmer, das aus unerfindlichen Gründen genau zwischen den beiden anderen lag, und schließlich Nataschas kleines Apartment am Ende des Gangs. Fenster putzen, Möbel wienern, Böden saugen und putzen, Bäder schrubben – ein beachtliches Pensum, das sie trotz ihrer ruinierten Fingernägel, ihrer inakzeptablen Frisur und ihres grauenhaften Outfits mit eigenartiger Zufriedenheit erfüllte. Vielleicht hatte Natascha doch Recht. Anscheinend war Putzen nicht so schlimm, wie sie befürchtet hatte. Im Gegenteil – es schien sogar etwas für sich zu haben. Wenn sie die blank gebohnerten Holzbohlen des Flurs betrachtete, kam sogar eine Spur Stolz in ihr auf.

»Hier müsste ein Läufer liegen«, sagte sie. »Ein Aubusson wäre schön. Und da vorn in der Ecke ein Spiegel. Ich sehe ihn schon vor mir. Venedig, achtzehntes Jahrhundert. Und davor ein Tischchen mit Muranoglas als Dekoration. Vielleicht eine Hochzeitsschale.« Das Wort *Hochzeit* hatte einen unangenehmen Nachklang, und sie verbesserte sich eilig. »Lieber toskanische Bauernkeramik, das käme noch besser zur Geltung.«

»Ja klar, und hier an der Wand muss ein Gemälde von van Gogh hängen.«

Isabel runzelte die Stirn. »Das ist eine andere Preisliga. Allein die Versicherung würde mehr kosten als alles, was hier im Haus ist.« Sie merkte, dass Natascha sich über sie lustig machen wollte, und im selben Moment begriff sie auch, warum. »Für Teppiche und Spiegel ist gar kein Geld da, oder?« Ihr fiel wieder ein, was Fabio am Vorabend dazu geäußert hatte. *Für die Neueröffnung musste ich mich verschulden …*

Folglich musste alles, was nicht dringend nötig war, logischerweise warten, inklusive solcher nutzlosen Interieurs wie die, die sie vorhin aufgezählt hatte. Eingangsbereich und Restaurant würde er natürlich entsprechend dekorieren müssen, aber alles andere käme erst im Laufe der Zeit dazu. Womit sich ihr Vorhaben, ihm innenarchitektonisch unter die Arme zu greifen, wohl vorläufig in Luft aufgelöst hatte. Es sei denn …

Natascha unterbrach ihre Gedanken. »Hier sind wir so weit fertig.«

»Was ist mit den Schlafzimmern der Männer?«

»Die sollen ihre Bude mal schön selbst sauber machen«, sagte Natascha. »Männer können süß sein, aber es gibt Bereiche, da muss man als Frau ungeheuer darauf achten, keinen überflüssigen Service anzubieten. Das gilt in erster Linie für alle Arten von Dreckbeseitigung. Es ist beinahe wie Sex, nur ohne den Spaß. Machst du es einmal, wollen sie es immer.«

Das fand Isabel einleuchtend, auch wenn sie sich an nichts erinnern konnte, was diese Lebensweisheit bestätigte. Dennoch hätte sie ganz gern einen Blick in Fabios Zimmer geworfen. Einfach nur so.

»Morgen müssen wir eine Etage tiefer auch noch ran«, sagte Natascha. »Vielleicht haben wir Glück, und Frau Hasenkemper lässt sich wieder blicken. Dann schaffen wir es zu dritt und bei gutem Willen an zwei Tagen.«

Im ersten Obergeschoss hatte Isabel sich noch nicht näher umgesehen, sie wusste nur, dass die Sanierungsarbeiten dort noch nicht abgeschlossen waren, und ein kurzer Blick in den verstaubten Gang hatte ihr das bestätigt. »Muss unten eigentlich noch viel hergerichtet werden?«

»So ziemlich alles. Nur die Fenster und Heizkörper sind schon drin. Und jede Menge Staub und Dreck, der dauernd durchs Haus getragen wird, wenn wir ihn nicht wegwischen.«

»Warum ist der zweite Stock vor dem ersten fertig gemacht worden?«

»Weil hier oben die Zimmer kleiner und wohnlicher sind. Im ersten Stock sind ein paar richtig herrschaftliche Säle. Nicht so groß wie die im Erdgeschoss, aber ganz beachtlich. Das Stockwerk soll irgendwann hauptsächlich als Tagungsbereich genutzt werden.«

Auch davon hatte Fabio gesprochen. Isabel beschloss, sich die Räume irgendwann anzusehen. Doch vorher musste sie eine Verabredung einhalten.

Isabel sah dem Ausflug in die Stadt mit gemischten Gefühlen entgegen, nicht nur, weil sie keine Ahnung hatte, wie es dort aussah, sondern weil sie mit Fabio hinfahren würde.

Es verunsicherte sie zusehends, mit einem Mann verlobt zu sein, den sie überhaupt nicht kannte. Und dass er, wenn man Nataschas Behauptungen glauben konnte, ein wahrer Sexgott war, trug auch nicht gerade zu ihrem Seelenfrieden bei. Heute Morgen beim

Frühstück war ihr in seiner Gegenwart heiß und kalt geworden, und dabei hatte er sie nicht mal berührt. Allein die Vorstellung, dass sie in einem früheren Leben verrückt nach ihm gewesen war – und er umgekehrt nach ihr ebenfalls –, reichte aus, um sie restlos zu verunsichern.

Ansonsten ertrug sie ihren Gedächtnisverlust mit Fassung. Sie hatte sich nicht einmal darüber gewundert, dass es ihr so wenig ausmachte, bis eine der Physiotherapeutinnen sagte, wie tapfer sie das fände.

»Mal ganz ehrlich, ich bewundere Sie! Wie Sie das aushalten! So ohne Erinnerungen! Ich würde wahnsinnig werden an Ihrer Stelle! Toben und weinen und rumlaufen, bis ich nicht mehr kann – *das* würde ich machen! Wie schaffen Sie es bloß, die Nerven zu behalten?«

Diese Frage hatte Isabel wenig später an Doktor Mozart gerichtet. Sie hatte Sorge, dass sie sich vielleicht psychotisch verhielt. Sie wusste nicht, wer sie war, aber es schien ihr nicht annähernd so viel auszumachen, wie alle Welt unter diesen Umständen erwartete. Das konnte nicht normal sein.

Er hatte sie beruhigt. »Es ist eine häufig beobachtete Reaktion, dass die Betroffenen sich nicht verrückt machen. Diese Formulierung können Sie übrigens wörtlich nehmen. Betrachten Sie es als eine Art eingebauten Selbstschutz. Ein gewisser Fatalismus schützt vor zusätzlichem Stress, durch den die Situation höchstens schlimmer statt besser würde. Ihre Psyche federt sich dagegen ab, so gut es geht. Außerdem gibt es wesentlich schlimmere Fälle als bei Ihnen. Viele Amnesie-Patienten sind so lethargisch, dass sie kaum ansprechbar sind.«

Isabel hatte anfangs nicht recht gewusst, ob sie das als Trost betrachten sollte, doch inzwischen tat sie es. Doktor Mozart hatte ihr geraten, einen Schritt nach dem anderen zu tun. »Lernen Sie sich selbst kennen«, hatte er gesagt. »Erfahren Sie einfach nach und nach, wer Sie sind. Ganz langsam und in aller Ruhe. Sie haben viel Zeit. So viel, wie Sie brauchen.«

Sie brachte es nicht über sich, in Trainingsanzug und Turnschuhen – Letztere mussten vom selben Grabbeltisch stammen wie der Anzug – in die Öffentlichkeit zu gehen, also zog sie das einzige Outfit an, das sie sonst noch besaß. In dem zerknitterten, fleckigen Kleid von Miyake und spitzhackigen Manolo Blahniks gefiel sie sich definitiv besser als in Sportkluft vom Wühltisch, es sei denn, sie hätte zufällig vorgehabt, joggen zu gehen.

Als sie auf den Hof hinausstöckelte, war Fabio dabei, leere Gemüsekisten in sein Auto zu laden, ein dunkelblauer Multivan, der schon bessere Tage gesehen hatte. Die Wagentüren standen offen, vermutlich wegen der Wärme. Es war zwei Uhr und bullig heiß, mindestens dreißig Grad.

»Bist du sicher, dass du in diesen Schuhen laufen kannst?«, fragte er.

»Kilometerweit, wenn es sein muss. Es ist keine Frage der Statik, sondern der inneren Einstellung.« Noch während sie das sagte, knickte sie auf dem buckligen Pflaster um und tat so, als wäre das völlig normal. Lässig schwang sie sich auf den Beifahrersitz und wartete, bis er ebenfalls einstieg.

Er schlug die Heckklappe zu und setzte sich ans

Steuer, und sofort merkte sie, wie sie dieselbe Befangenheit überkam wie am vergangenen Abend und am Morgen. Komisch, im Krankenhaus hatte sie davon nichts gespürt. Allerdings hatte sie da auch die Sache mit den Karnickeln noch nicht gewusst.

»Ich denke, ich könnte als Erstes ein paar schöne neue Schuhe vertragen«, sagte sie.

»Wie du meinst. Wenn wir in der Stadt sind, können wir uns trennen.«

Isabel fuhr zusammen und starrte ihn perplex an. »Das hättest du mir auch sagen können, bevor ich den ganzen Dreck weggeputzt habe! Ich habe mir acht wirklich gute Fingernägel dafür ruiniert, und die beiden übrigen musste ich auch noch abschneiden, weil es einfach ekelhaft aussah!« Sie runzelte die Stirn. »Und wo, bitte schön, soll ich hin, so mir nichts, dir nichts?«

»Ich hatte eher eine taktische Trennung im Auge. Du gehst einkaufen, ich gehe einkaufen. Aber in verschiedenen Läden.«

»Ach so.« Sie verabscheute sich für den erleichterten Ton in ihrer Stimme und fügte deshalb kühl hinzu: »Männer haben in Schuhgeschäften sowieso nichts verloren.«

Er grinste, und sie sah, dass er in der rechten Wange ein tiefes Grübchen hatte. Ob links auch eines war, blieb vorläufig offen, denn er wandte ihr das Profil zu, während er den Wagen startete und ihn aus der Einfahrt lenkte.

Er trug Jeans, die eine Handbreit über dem Knie abgeschnitten waren, und dazu ein Polohemd in einem ähnlichen Blauton wie das vom Morgen, nur dass es frisch war. Außerdem hatte er geduscht, sein

Haar war über den Ohren noch feucht. Rasiert hatte er sich ebenfalls, aber lange würde der Effekt nicht vorhalten, denn er hatte einen extrem starken Bartwuchs. Sogar im Sitzen wirkte er noch groß und massiv, mit ausgeprägten Armmuskeln, dunkel behaarten Beinen und Zähnen, die so weiß waren, dass man zweimal hinsehen musste, um es zu glauben. Der typische Latin Lover, wie er im Buche stand.

Eigentlich passte er überhaupt nicht zu ihr, weder optisch noch von der Herkunft her. Er war ein Koch, der sich aus kleinen Verhältnissen hochgeschuftet hatte, und sie war … Ja, was eigentlich? In jedem Fall reich, oder? Immerhin trug sie einen Mehrkaräter und hochwertige Designerkleidung. Ihre Handtasche, die Fabio ihr heute Morgen überreicht hatte, stammte von Prada, und sie war genauso wenig nachgemacht wie ihre Pumps. Nur nützte ihr das alles momentan nicht viel, jedenfalls nicht, solange sie nicht rauskriegte, woher der ganze Segen stammte, den sie am Körper trug.

Bis dahin …

»Wie wollen wir es nachher machen?«, fragte sie betont locker. »Ich meine, finanziell? Gibst du mir deine Kreditkarte mit?«

»Die brauche ich selbst, ich muss ja auch einkaufen. Ich gebe dir Bargeld.«

»Soll mir recht sein.«

Als sie sich der Innenstadt näherten, schaute sie sich ratlos um. Der Name des Ortes war ihr durchaus vertraut, und sie wusste sogar, dass es ein Schloss, einen Dom und einen kurfürstlichen Park geben musste, doch falls sie je hier gewesen war, dann hatte sie schlicht alle Einzelheiten vergessen. Ob es ihr in

Paris genauso ergehen würde? Sie erinnerte sich an bunt bewegte Bilder vom Montmartre, vom Eiffelturm und vom Louvre. Sie sah die Seine in der Sonne schimmern und wusste mit einem Mal, dass sie sich dort zurechtfinden würde. Paris war präsent. Mit geschlossenen Augen ließ sie andere Städte Revue passieren. London, Rom, New York, Madrid, Berlin, Hamburg, München. Es war alles da. Anscheinend war sie eine kosmopolitische Person.

Nur hier kam ihr nichts bekannt vor. Merkwürdig. Möglicherweise war der ganze Ort zu eng mit ihrer persönlichen Biografie verknüpft, sodass sie deswegen alles vergessen hatte. Sie würde dieser Tage Doktor Mozart danach fragen.

»Habe ich eigentlich mal erwähnt, wo ich aufgewachsen bin?«, wollte sie beiläufig von Fabio wissen.

»Nein«, sagte er, während er den Wagen in ein Parkhaus lenkte.

»Es ist schon eigenartig, dass ich so rein gar nichts von meiner Vergangenheit erzählt habe«, sinnierte sie.

Fabio zuckte die Achseln. »Wahrscheinlich hattest du deine Gründe.«

Isabel erschrak, denn mit einem Mal kam ihr ein entsetzlicher Gedanke. Vielleicht hatte sie sich deswegen ausgeschwiegen, weil sie etwas zu verbergen hatte! Womöglich hatte sie am Ende sogar etwas verbrochen! Waren sie deswegen so scharf aufeinander gewesen? Immerhin stammte er im weitesten Sinne auch aus dem Verbrechertum. Ein neapolitanischer Camorra-Spross und eine deutsche Gangsterbraut. War das der Grund für ihre Karnickelbeziehung? Sozusagen eine Art Bonnie-und-Clyde-Syndrom? Oder, noch schlimmer: Hatten sie vielleicht krumme Dinger zusammen gedreht, und jetzt tat er so, als wäre nichts gewesen, nur um sicherzustellen, dass sie ihn nicht verpfeifen würde? Schließlich wusste sie nichts mehr davon und wollte vielleicht ein ehrliches Leben anfangen!

Nein, Quatsch. Isabel schüttelte heftig den Kopf, als könnte sie damit ihre Gedanken vertreiben. Auf was für blöde Ideen sie kam!

»Was ist?«, fragte er.

»Nichts, alles in Ordnung.«

Er stellte den Wagen in einer Parklücke ab, stieg aus und kam auf die Beifahrerseite, wo er Isabel die Tür öffnete und ihr beim Aussteigen half.

Sie nahm es zerstreut zur Kenntnis und achtete auch nicht weiter darauf, dass er ihren Ellbogen stützend umfasste, während sie zum Aufzug gingen. Das, was ihr gerade durch den Kopf schoss, war noch wesentlich grässlicher als die Verbrechertheorie.

Was, wenn ihr Reichtum aus einer ganz bestimmten Quelle stammte? Das Kleid, die Unterwäsche, die Schuhe, der Ring ... deutete das alles nicht in eine ganz bestimmte Richtung? Hatte sie ihrem eigenen Verlobten deswegen nichts über ihre Vergangenheit erzählt, weil sie ... War sie etwa ...?

»Hast du was?«, fragte Fabio. »Du bist so still.«

»Mir ist nur heiß«, brachte Isabel mühsam heraus. Der Aufzug kam, und sie ging steifbeinig hinein. Während Fabio neben sie trat und auf den Knopf drückte, starrte sie blicklos auf die Wand und überlegte fieberhaft, was sie über Frauen wusste, die für Geld zu haben waren. Manche waren ordinär und billig, andere kultiviert und teuer. Es war wie überall im Leben:

eine Frage des Preises. Die einen waren Nutten, die anderen nannten sich vielleicht Hostessen. Oder Gesellschafterinnen.

Isabel schluckte heftig. Hatte sie sich vielleicht bloß deswegen mit teurer Designerkleidung und hochwertigem Schmuck ausstatten können, wie in dem Film mit Julia Roberts und Richard Gere? War sie eine Art … *Pretty Woman?*

Der Aufzug hielt im Erdgeschoss, und Isabel stolperte geistesabwesend hinter Fabio her ins Freie.

»Ich ziehe dann mal los«, meinte er. »Ich würde sagen, wir treffen uns hier in einer Stunde wieder.«

Sie nickte und schaute ihm nach. Er ging ein paar Schritte und blieb dann stehen.

»Ach, das hätte ich doch fast vergessen.« Er kehrte zurück, zog seine Brieftasche hervor und drückte ihr einen Geldschein in die Hand. »Hier, bitte.«

Sie schaute zuerst verständnislos und dann entsetzt auf die Banknote. »Was ist das?«

»Das sind zweihundert Euro.«

Sie schluckte hart. »Wofür sollen die sein?«

»Na ja, ich dachte, bis wir alles geklärt haben, führe ich dich als Vierhundert-Euro-Kraft, und das Geld wäre sozusagen ein Vorschuss.«

»Also nicht für … Ähm, nicht für …«

»Nicht für was?«

»Für nichts. Schon gut. Es ist einfach nur so, zum Einkaufen, oder?«

»Genau. Das hatten wir doch besprochen, oder?«

»Ja, klar. Ich war nur für einen Moment ein bisschen durch den Wind. Muss die Hitze sein.«

Sie betrachtete den Geldschein. »Was soll ich dafür kaufen?«

»Oh, das überlasse ich dir. Was du so brauchst, denke ich.«

Na toll, dachte sie. Für dieses bisschen bekam sie höchstens eine Garnitur Dessous. Wenn überhaupt.

Doch er hatte sich bereits umgedreht und schlenderte davon. »Bis später«, rief er über die Schulter zurück.

Sie blickte ihm mit offenem Mund nach und starrte dann den Geldschein an, doch es waren und blieben zweihundert Euro.

Nachlässig stopfte sie das Geld in ihr Täschchen und blickte sich um. Sie stand in einer netten, provinziell anmutenden Einkaufspassage mit Läden, von denen sie sofort instinktiv wusste, dass sie sich hier in ihrem früheren Leben niemals eingekleidet hätte. Jedenfalls nicht vor ihrer Verlobung mit diesem armen italienischen Koch.

Isabel legte den Kopf schräg und sortierte alle Informationen, die sie bisher über sich selbst hatte sammeln können. Die Verlobung war ganz offensichtlich der entscheidende Faktor gewesen, wie ihr mit einem Mal klar wurde. Ein Ereignis, das anscheinend ihr komplettes Leben geändert hatte!

Früher hatte sie sich elegant gekleidet, hochkarätige Ringe getragen, sich perfekt geschminkt, Reisen in diverse Weltstädte unternommen. Dann hatte sie diesen Italiener kennen gelernt, eine karnickelähnliche Beziehung mit ihm angefangen und die Freude am Putzen entdeckt. Wenn das keine Wandlung war, wollte sie Daphne heißen!

Sie stutzte kurz, weil sie schon wieder auf diesen Namen gekommen war, doch dann wandte sie sich sofort wichtigeren Gedankengängen zu. Sie rekapitulierte nochmals ihre Schlussfolgerungen und zählte dabei sämtliche Fakten stumm an den Fingern ab.

Erstens: dubiose reiche Schnepfe gewesen, vielleicht sogar weltweit operierende Betrügerin oder Nutte.

Zweitens: armen Koch kennen gelernt und mit ihm neues, ehrliches, sauberes Leben begonnen. Naturbelassen, ohne Schnickschnack, dafür mit Karnickelsex.

Drittens: Krach mit armem Koch, Trennung. Versuch, altes, dubioses Leben wieder aufzunehmen. Keinen Spaß mehr daran gehabt, also Versuch einer Versöhnung.

Viertens: hingefallen, Gedächtnis verloren.

Fünftens: nichts mehr zum Anziehen.

Isabel umfasste entschlossen ihr Handtäschchen. Sie brauchte nicht erst großartig darüber nachzudenken, was sie wollte – mal abgesehen von neuen Schuhen. Sie musste einfach der Person vertrauen, die sie vorher gewesen war. Und die hatte ein anderes, bodenständiges Leben führen wollen! Mit einem hart arbeitenden Koch und Existenzgründer. Fernab von jedem fragwürdigen Luxus, nur der Kraft vertrauend, die eigener Hände Arbeit entstammt. Schluss mit *Pretty Woman!*

Isabel atmete heroisch durch und stöckelte auf das gegenüberliegende Geschäft zu.

Fabio blieb an der Ecke stehen und schaute zurück. Isabel stand in sich versunken da und schaute auf ihre Finger, sie schien etwas abzuzählen. Ob sie überlegte, was sie alles kaufen sollte, beziehungsweise, ob das Geld dafür reichte? Gemessen an ihren Ansprüchen kam sie vermutlich rasch zu dem Ergebnis, dass es kaum für eine Maniküre oder einen Besuch beim Friseur langte. Geschweige denn für solche Schuhe, wie sie welche trug.

Widerwillig registrierte er, dass so ungefähr jeder Mann in Sichtweite sich den Hals verdrehte, um sie angaffen zu können. Tatsächlich war sie trotz des leicht mitgenommenen Fähnchens ein Anblick der Extraklasse. Sie war nicht besonders groß, aber jeder ihrer schätzungsweise einhundertsechzig Zentimeter war tadellos proportioniert, alles verteilt auf eine niedliche Stundenglasfigur. Ihre blonden Locken waren auf dekorative Weise zerzaust, und dass sie heute nicht geschminkt war, verlieh ihrem Gesicht einen elfenhaften Reiz. In Verbindung mit den verruchten Schuhen und dem eng anliegenden Seidenkleid erhöhte es noch den Hauch erotischer Verlockung, der von ihr ausging. Er hatte bereits vorhin im Auto nicht an sich halten können, ihr ständig in den Ausschnitt oder auf die Beine zu glotzen. Schon heute Morgen beim Frühstück hatte sie derartig zum Anbeißen ausgesehen, dass er Mühe gehabt hatte, sich ihre Zickigkeit in Erinnerung zu rufen.

Sie setzte sich in Bewegung und hielt auf ein edel aussehendes Schuhgeschäft zu. Doch zu seiner Überraschung ging sie nicht hinein, sondern betrat das gleich daneben befindliche Bekleidungshaus.

»Das glaub ich nicht«, murmelte er. Sie ging tatsächlich zu H&K! Es geschahen noch Zeichen und Wunder.

Er ging weiter, um seine Besorgungen abzuarbeiten. Ein Termin bei der Bank, der wie erwartet wenig erfreulich verlief, ein weiterer bei der Versicherung.

Es waren immer noch Zahlungen offen, die er wegen des Brandes beantragt hatte. Wahrscheinlich würde er noch die nächsten Jahre darauf warten müssen.

Ein dritter Termin, diesmal bei dem Laden, der im *Schwarzen Lamm* die Ausstattung des Eingangsbereichs übernommen hatte, gestaltete sich noch unersprießlicher. Es gab ihn nämlich nicht mehr. Vor der Glasfront war das Rollgitter herabgelassen, und an der Tür hing ein dezentes kleines Schild: *Wegen Insolvenz geschlossen*. Und er hatte diesem Mistkerl von Ausstatter letzte Woche zweitausend Euro Materialvorschuss überwiesen! Kein Wunder, dass immer nur der Anrufbeantworter drangegangen war!

»Na toll«, entfuhr es ihm.

»Das finde ich auch!«, sagte eine erfreute Stimme neben ihm.

Er zuckte zusammen. Es war Raphaela. Mit ihrem rosa Kleid und der üppigen Lockenfrisur sah sie aus wie eine teure, kostbar herausgeputzte Puppe. Giulio dräute an ihrer Seite und beäugte Fabio wie ein seltenes, zum Abschuss freigegebenes Tier.

»Was macht ihr denn hier?«, fragte Fabio, nur um etwas von sich zu geben.

»Wir waren italienisch essen«, sagte Raphaela. Sie warf das Haar zurück und lächelte ihn an. »Bei der Konkurrenz. Kein Vergleich zu deiner Küche, mein Lieber, kein Vergleich.«

»Ich will nicht, dass du ihn so nennst«, mäkelte Giulio. Er trug einen cremefarbenen Anzug aus einem Seide-Leinen-Gemisch und von perfekter Passform, sah man von der kaum merklichen Ausbuchtung unter der Achsel ab. Er würde niemals unbewaffnet unter Leute gehen, und schon gar nicht würde er seinen massigen Körper in so profane Kleidungsstücke zwängen, wie Fabio sie trug, und wenn es noch so heiß draußen war. Auf seiner Stirn perlte der Schweiß, aber bevor er sich das Jackett auszog, musste schon ein Notfall eintreten.

»Alles im Lot zwischen dir und deiner kleinen Braut?«, fragte Raphaela. »Kann sie sich wieder an dich erinnern?« In ihrer Stimme schwang ein merkwürdiger Tonfall mit. Fabio warf ihr einen irritierten Seitenblick zu, wobei er sich Mühe gab, sie nicht länger als nötig anzuschauen, damit Giulio gar nicht erst auf dumme Gedanken kam.

»Bis jetzt nicht, aber das wird schon noch«, sagte er. »Wir müssen uns nur ein bisschen aneinander gewöhnen.«

»Ich stelle es mir aufregend vor, mit einem Mann Sex zu haben, den ich überhaupt nicht kenne«, meinte Raphaela.

»Ich muss dann mal weiter«, sagte Fabio. »Isabel wartet auf mich.«

Raphaela schien Einwände erheben zu wollen, aber Giulio sah aus, als wäre er sehr damit einverstanden, dass Fabio auf der Stelle verschwand. Er fasste Raphaela beim Arm und zog sie mit sich. »Wegen deiner Schulden unterhalten wir uns noch«, sagte er über die Schulter zu Fabio.

Fabio blickte den beiden nach, während sie zu Giulios Wagen gingen, der ein paar Meter entfernt geparkt war. Er fühlte sich erst besser, als sie beide eingestiegen und davongebraust waren.

Ein Gefühl sagte ihm, dass jemand ihn beobachtete, und als er sich umdrehte, sah er, dass Isabel auf der anderen Straßenseite stand und zu ihm herüberschaute. Sie trug eine Einkaufstüte und winkte ihm mit der freien Hand zu. Er winkte kurz zurück und ging dann über die Straße zu ihr hinüber, wobei er nicht umhinkonnte, ihre veränderte Erscheinung wahrzunehmen. Anscheinend hatte sie einen Teil ihrer Einkäufe gleich angelassen. Der glänzende Designerfummel war verschwunden, stattdessen trug sie ein schlichtes weißes Top mit Spaghettiträgern und dazu einen cremefarbenen, spitzenbesetzten Rock, dessen schwingende Volants bis zu ihren Waden reichten. Ihre schmalen Füße steckten in zierlichen Ballerinas. Die einzige Extravaganz, die Fabio außer dem Prada-Täschchen und dem angeberischen Brillantring noch an ihr ausmachen konnte, bestand in einem winzigen Silberkettchen um ihren rechten Fußknöchel. Wenn sie ihm nicht gleich zu Beginn ihrer Bekanntschaft gesagt hätte, wie alt sie war, hätte er sie für ein Schulmädchen gehalten.

Sie lachte ihn begeistert an, als er zu ihr trat. »Sieh mal, ist das nicht toll?« Sie drehte sich einmal um ihre eigene Achse, bis der Rock in einem fließenden Wirbel aus Spitze hochflog und Fabio ziemlich viel von ihren nackten, sanft gebräunten Beinen sehen konnte.

Er schluckte – nicht nur, weil der Anblick eher unpassende Gedanken in ihm hervorrief, sondern weil sie ihn so vertrauensvoll anschaute.

»Gefällt es dir?«, fragte sie.

Er schluckte abermals und nickte dabei. »Netter Rock. Und das Hemd und die Schuhe natürlich auch.«

Isabel strahlte und hielt die Tüte hoch. »Hier drin ist noch mehr! Jeans, zwei T-Shirts, Unterwäsche! Alles Sonderangebote, und dabei richtig schick!« Ihre Begeisterung war förmlich mit Händen zu greifen. »Ich wusste gar nicht, dass solche Läden so nette, tragbare Sachen haben! Ich bin ganz hin und weg! Und dabei hab ich nicht mal alles ausgegeben! Es sind noch zehn Euro übrig!«

»Tatsächlich.« Seine Antwort klang genauso belämmert, wie er sich fühlte.

»Ja, und stell dir vor: Man kann dafür sogar zu Mittag essen!« Sie deutete auf das Burger-King-Restaurant an der nächsten Straßenecke. »Für zehn Euro kriegen wir da ein komplettes Menü! Für zwei Personen! Das konnte ich gar nicht glauben, aber es stimmt, ich hab eben nachgeschaut und es ausgerechnet. Zum Mittagessen ist es eigentlich zu spät, und ich weiß ja, dass du uns heute Abend was Gutes kochen willst. Aber ich könnte schon vorher einen Happen vertragen. Ehrlich gesagt, habe ich einen Riesenhunger. Was ist mit dir?« Sie grinste. »Ich lade dich ein.«

Fabio lachte. »Warum nicht?«

Als sie ihn unterhakte, tat er so, als wäre dies das Normalste von der Welt. Er spürte ihre zarte, sonnenwarme Haut an seinem Arm, doch er sagte sich, dass nicht das ihn beunruhigte, sondern einfach nur die Situation als solche.

Sie holten sich ein Mittagsmenü am Tresen des Schnellrestaurants und setzten sich an einen Tisch an der Fensterfront.

Isabel saß ihm gegenüber und packte ihren Burger aus wie ein Kind, das ein Überraschungsgeschenk außer der Reihe bekommen hatte. »Komisch«, sagte sie. »Ich kann mich nicht erinnern, schon Burger gegessen zu haben. Aber es riecht gut.« Sie biss davon ab, kaute und legte nachdenklich den Kopf zur Seite. »Schmeckt auch gut«, sagte sie. Langsam fügte sie hinzu: »Waren wir schon mal zusammen Burger essen?«

»Nein.«

»Du bist wohl eher kein Freund von Fast Food, oder? Ich meine, als Gourmetkoch hat man sicher andere Vorlieben.«

Hin und wieder aß Fabio durchaus Hamburger. Er hatte fast zwei Monate lang überhaupt nicht gekocht, denn mit dem ersten *Schwarzen Lamm* war auch seine Küche in Flammen aufgegangen, und die Pension, in der er vor dem Umzug übernachtet hatte, war alles andere als ein Tempel der Gastronomie. Außer einem schnellen Frühstück hatte er dort nichts erwarten können.

»Fast Food ist manchmal gar nicht so übel«, sagte er. »Wenn es gerade nichts anderes gibt, ist es besser als nichts.«

Isabel tunkte ein Pommesstäbchen in die Ketchuppfütze, die sie neben dem Papiertütchen platziert hatte. »Ich habe die beiden gerade gesehen. Giulio und seine Freundin.«

Fabio ließ den Whopper sinken. Der Appetit war ihm vergangen.

Sie schaute ihn unverwandt an. Zwischen ihren Brauen stand eine winzige Falte. »Was wollten sie von dir?«

»Nichts. Ich habe sie zufällig getroffen, sie kamen vom Mittagessen aus einem Lokal.«

Sie holte Luft und stellte dann die Frage, mit der er schon gerechnet hatte. »Irgendwas stimmt nicht zwischen dir und denen, oder? Was ist das für Geld, das er von dir haben will?«

»Ach, das ist nicht weiter wichtig.«

»Ich möchte es aber wissen. Schließlich bin ich mit dir verlobt, folglich weiß ich es sowieso bereits.« Sie hielt inne. »Oder sagen wir: Ich wüsste es, wenn ich es nicht vergessen hätte. Ich bin sicher, dass du schon mit mir drüber gesprochen hast, vor dem Unfall. Jetzt kannst du es mir genauso gut noch mal erzählen.« Energisch schob sie das Kinn vor. »Also?«

»Ich war mal mit Raphaela zusammen. Es ist zwei Jahre her, aber er hat immer noch Probleme damit.«

»Warum? Hattest du sie ihm ausgespannt?«

»Nein, wir hatten Schluss, und sie ist zu ihm gegangen.«

»Warum habt ihr euch getrennt?«

»Meine Güte, aus demselben Grund, warum sich die meisten Leute trennen. Irgendwann versteht man sich einfach nicht mehr.«

»Hat er dir Geld geliehen?«

»Nein, ich habe es geerbt.«

»Äh … geerbt?«

»Von unserer gemeinsamen Großmutter. Es war nicht die Welt, aber es hat gereicht, um ein Restaurant zu eröffnen.«

»Das *Schwarze Lamm*.«

»Das erste *Schwarze Lamm*«, bestätigte er. »Giulio fühlt sich ungerecht behandelt. Sie war seine Lieblingsoma, sagt er. Er sieht nicht ein, dass sie ihrem Lieblingsenkel nichts vermacht hat, sondern alles mir hinterlassen hat. Er ist der Meinung, dass ihm sein Anteil an dem Erbe zusteht.«

»Er könnte dich verklagen.«

»Es ist nicht Giulios Stil, jemanden zu verklagen.«

»Ich verstehe.« Isabel stocherte nachdenklich in ihrem Pommes-frites-Tütchen herum.

»Wie lange, sagtest du, wart ihr zusammen?«

Er hatte überhaupt nichts darüber gesagt, aber es war klar, dass sie nicht lockerlassen würde, bis er dieses Versäumnis wettmachte.

»Vier Monate.«

»Das ist nicht viel.«

»Auf jeden Fall genug, um rauszufinden, ob man zusammenpasst.«

»Wir zwei sind seit Ostern zusammen. Das hat Natascha mir so im Vorbeigehen erzählt.«

»Ja, und?«, fragte er vorsichtig.

»Das sind auch vier Monate. Danach haben wir uns ebenfalls getrennt. Anscheinend ist bei deinen Beziehungen nach vier Monaten eine Art kritische Phase erreicht.«

Er blickte sie stumm und mit schlechtem Gewissen an.

»Was war der Grund für die Trennung?«

»Ach … wir haben gestritten.«

»Worüber?«

»Über … das neue *Schwarze Lamm*. Dir gefiel einfach das Interieur nicht.«

»Wirklich?« Sie wirkte erstaunt. Mit nachdenklich gerunzelter Stirn meinte sie: »Es stimmt, manches hätte ich da anders gemacht, das ist wohl wahr. Aber noch ist es ja nicht fertig. Das heißt, man kann es so oder so gestalten.«

Er nickte nur und kam sich wie ein Volltrottel vor.

»Immerhin haben wir unsere Trennung rückgängig gemacht«, meinte sie. Es klang gelassen, doch er spürte, wie sehr dieses Thema sie beschäftigte.

Sie knabberte an einem Pommesstäbchen. »Nachdem wir also diese Krise überwunden haben, hast du mit mir vielleicht mehr Glück als mit Raphaela. Oder ich mit dir, je nachdem, wie man es sieht.«

Ihm fiel nichts ein, was er darauf hätte erwidern können, folglich hielt er den Mund.

Sie zog die beiden Hälften ihres Whoppers auseinander und zupfte die Tomatenscheibe heraus. »Ich mag keine Tomaten. Sie widern mich an. Komisch, oder?«

»Nein, ich kenne auch andere Leute, die keine mögen. Das kommt vor.«

»Aber ich ekle mich davor, obwohl ich keine Ahnung davon hatte. Ich meine, ich wusste ja nicht, dass ich keine mag. Und wusste es dann auf einmal doch wieder. Im Krankenhaus gab es mal Tomatensalat, und ich hasste ihn auf den ersten Blick.«

Fabio unterdrückte ein Grinsen. »Du hättest ihm vielleicht eine Chance geben sollen«, sagte er trocken.

»Bei dir war es anders«, erklärte sie mit nachdenklicher Miene.

»Was meinst du?«

»Du warst nicht wie der Tomatensalat.«

Ihm war sofort klar, worauf sie hinauswollte, und alles in ihm drängte danach, ihr zu widersprechen. Doch was hätte er ihr sagen sollen? Etwa: *Hey, vor deinem Unfall hast du mich behandelt wie eine Tomate auf zwei Beinen?*

»Ich hasse nur rohe Tomaten«, informierte sie ihn. »Gekocht oder gebacken mag ich sie. Zum Beispiel in Suppe oder Aufläufen oder auf Pizza. In allen möglichen italienischen Gerichten. Aber das weißt du natürlich.«

»Natürlich«, sagte er. Sorgenvoll fragte er sich, auf was für ein halsbrecherisches Spiel er sich da eingelassen hatte.

Ratlos schaute Isabel auf die zischende Dampfwolke, die dem Bügeleisen entwich. Die weiße Kochschürze, die ausgebreitet auf dem Bügelbrett vor ihr lag, hatte sich nach ihren ersten Versuchen nicht in die makellos glatte Fläche verwandelt, die Natascha bei ihrer Demonstration bei der vorhergehenden Schürze erzeugt hatte. Das von knittrigen Furchen durchzogene Ding war keine Schürze mehr, sondern eine einzige hoffnungslose Faltenlandschaft. Je mehr sie daran herumbügelte, umso zerknautschter wurde es.

»Also, ich weiß nicht«, sagte sie. »Du bist ganz sicher, dass ich das mal gut konnte?«

»Vielleicht nicht so gut wie ich«, räumte Natascha ein. »Aber du warst ein Naturtalent.«

»Ich versteh's nicht«, sagte Isabel. »Ich kann schwimmen. Und Auto fahren. Hab ich heute Nachmittag ausprobiert.«

»Schwimmen?«

»Nein, Auto fahren. Es klappte hervorragend. Sogar das Rangieren aus der Parklücke. Wieso kann ich nicht bügeln?«

»Vielleicht, weil du später damit angefangen hast.«

»Da könnte was dran sein«, meinte Isabel. Nachdenklich bügelte sie weiter. Tatsächlich kriegte sie nichts von dem richtig hin, was eine gute Hausfrau können sollte. Das konnte nur daran liegen, dass sie erst damit in Berührung gekommen war, als sie Fabio kennen gelernt und beschlossen hatte, an seiner Seite ein ordentliches Leben zu führen, mit richtiger, eigenhändiger Arbeit.

Natascha nahm ihr das Bügeleisen aus der Hand. »Lass mal, ich mach das schon.«

Isabel bedankte sich höflich und ging durch die

offene Tür in die Küche, zu der großen, blitzenden Espressomaschine, mit der sie sich weit besser auskannte als mit dem vertrackten Bügeleisen und dem sperrigen Schrubber.

»Kaffee habe ich anscheinend öfter gekocht«, rief sie. »Es muss eine von den habituellen Fähigkeiten sein.«

»Ja, wahrscheinlich. Mach mir auch einen!«

Isabel brühte zwei Tassen Cappuccino auf und betrachtete zufrieden die perfekten Schaumberge auf den Tassen. Immerhin eine Sache, die sie sofort beherrscht hatte, obwohl niemand es ihr hatte zeigen müssen.

Sie ging mit den vollen Tassen nach nebenan in den Aufenthaltsraum, wo das Bügelbrett vor dem Fernseher aufgestellt war, damit sie die Vorabendsoaps sehen konnten. Oder genauer: Natascha hatte sie sehen wollen, während sie abwechselnd Wäsche zusammenlegte oder Isabel zeigte, was man alles mit dem Bügeleisen anstellen konnte, angefangen vom Betätigen der Sprühdüse über Dauerbefeuchtung bis hin zum gezielten Dampfstoß.

Das Ding war der Mercedes unter den Bügeleisen, und von der Technik her hatte Isabel es auch rasch begriffen, aber die Wäsche wurde dadurch nicht glatter.

Natascha faltete die perfekt geplättete Schürze zusammen und packte sie oben auf den Wäschekorb. »Fertig.« Sie ließ sich auf das Sofa fallen und trank von dem Cappuccino. »Du siehst gut aus. Gefällt mir besser als das Fähnchen, in dem du heute Mittag losgezogen bist.«

»Hinz und Kunz«, sagte Isabel. »Ein empfehlenswerter Laden, wirklich. War ich da öfter einkaufen?«

»Keine Ahnung«, meinte Natascha. »Ich war nie dabei.«

Isabel setzte sich zu ihr. »Kann ich dich mal was fragen?«

»Das machst du sowieso dauernd.«

»Stört es dich?« Isabel nahm einen großen Schluck von ihrem Cappuccino, dann stellte sie ihre Tasse auf dem Couchtisch ab. »Irgendwen muss ich schließlich fragen, oder? Die Riesenauswahl habe ich leider nicht. Harry weiß zum Beispiel überhaupt nichts. Er meinte, er hätte praktisch kaum mit mir geredet die ganzen Monate.«

Natascha verdrehte die Augen. »Im Grunde kann ich dir auch nicht viel sagen. So gut kenne ich dich auch wieder nicht. Warum lässt du nicht einfach ein paar Wochen ins Land gehen und vertraust darauf, dass du dich bald erinnerst?«

»Das habe ich schon gemacht. Der Unfall ist fast drei Wochen her. Und ich weiß immer noch nicht so viel.« Isabel schnippte zur Demonstration mit den Fingern.

»Du bist mit einem wirklich heißen Typ verlobt, das halte ich schon mal für einen echten Gewinn.«

Isabel merkte, wie ihr das Blut in die Wangen schoss. »Das ist genau der Punkt, zu dem ich dich was fragen wollte.«

Natascha seufzte. »Dann frag halt.«

»Diese Raphaela …«

»Vergiss das schwarzhaarige Luder einfach. Er hat sie aus seinem Leben gestrichen.«

»Warum haben die beiden sich getrennt? Sie ist sehr hübsch!«

»Das ist er auch. Manchmal passen zwei Leute einfach nicht zusammen. Es kann an allem Möglichen liegen. Geld, Alkohol, Sex …«

»Sex?«

»Tja … Wenn du mich so fragst – wieso nicht? Völlig unwahrscheinlich kommt es mir nicht vor.« Natascha wiegte den Kopf. »Je länger ich darüber nachdenke, umso mehr denke ich, das könnte der Grund gewesen sein.«

Isabel schluckte. »Es … Ähm … Er wollte wohl öfter als sie, oder? War es ihr zu viel?«

»Hm … Nein. Zu oft, das ist in meinen Augen kein Grund zum Trennen. Höchstens zu wenig. Oder was Perverses.« Natascha hielt inne und blickte über Isabels Schulter zur Tür. »Hallo, Fabio.«

»Hallo.« Fabio stand in der offenen Tür, und Isabel fragte sich bange, was er von der Unterhaltung gehört hatte. Sein Gesichtsausdruck war wie immer unergründlich.

»Es kann losgehen«, sagte er. »Wo ist Harry?«

»Der macht wahrscheinlich das, was er schon den ganzen Tag macht«, sagte Natascha.

»Und das wäre?«

»Sich drücken. Und zwar nicht unbedingt nur vor der Arbeit.«

»Dann fangen wir ohne ihn an«, sagte Fabio. Er nahm die Schürze vom Wäschekorb und band sie sich um. Isabel gab sich alle Mühe, unbeteiligt dreinzuschauen, doch bei seinem Anblick fiel es ihr schwer. Eigentlich hätte es ihr grotesk vorkommen müssen, dass er über dieser abgeschnittenen Jeans und dem Polohemd eine lange Kochschürze trug, doch es sah einfach nur … gut aus. Sehr, sehr gut. Weiß stand ihm ausgezeichnet.

Warum hatten die beiden sich getrennt?

Wie ein Schaf trottete sie hinter ihm her in die Küche, die beiden leeren Cappuccinotassen vor sich hertragend. Sie stellte sie in einer der Spülen ab und gab sich dabei Mühe, nicht ständig auf seine nackten Waden und den Hintern in der gut sitzenden Jeans zu starren. Beides war hervorragend zu sehen, sobald er ihr den Rücken zuwandte. Wenn sie es genau bedachte, sah er von hinten fast so gut aus wie von vorn. »Hier, binde das um«, sagte Natascha. Sie war ihr in die Küche gefolgt und warf ihr eine Schürze zu. »Sonst ist dein schönes neues Outfit gleich am ersten Tag reif für die Tonne.«

Isabel band sich mit zittrigen Fingern die Schürze um.

Eine Perversion? Aber welche? Ein Fetisch? Vielleicht stand er auf …

»Deine Haare«, sagte Fabio.

»Was?«, stieß Isabel hervor.

Er deutete auf ihre Locken. »So kann das nicht bleiben.«

Sie griff sich mit beiden Händen in das zerzauste Geriesel. Sie hatte ihr Haar am frühen Abend gewaschen und sorgfältig frisiert. Sehr sorgfältig sogar. Mit derselben Bedachtsamkeit, mit der sie sich geschminkt hatte, nämlich so, dass man es nicht bemerkte. Das erforderte größtmögliches Geschick, und sie war froh, dass sie die dafür nötige Technik mindestens so gut beherrschte wie das Schwimmen. Wenn sie eines von Fabio hundertprozentig wusste, dann war es die Tatsache, dass er auf natürlichen Look stand. Ihr Gesicht und ihr Haar sahen aus, als käme sie von einer einsamen Insel, auf der es nichts gab außer Sonnenlicht, frischer Luft und Meerwasser. Auf keinen Fall solche Dinge wie Grundierung, Puder, Wimperntusche, Glanzgel oder Haarspray.

»Da fällt mir ein, dass ich noch eine Tönung auftragen muss«, meinte Natascha. »Olaf kommt doch nachher zum Essen. Kriegt ihr die Vorspeise ohne mich hin?«

»Ja, klar«, sagte Fabio. Er zog eine Schublade auf und nahm zwei Kochmützen heraus. »Hier, eine für dich, eine für mich.« Er reichte eine davon Isabel, die sie zweifelnd zwischen den Händen drehte, weil sie auf Anhieb nicht erkennen konnte, wo an dem Ding vorn und hinten war.

»Wer ist Olaf?«, wollte sie wissen, nachdem Natascha mit einem Summen auf den Lippen die Küche verlassen hatte.

»Der Klempner«, antwortete Fabio. Er nahm ihr die Kochmütze aus der Hand und setzte sie ihr auf. »So rum ist sie richtig. Beim nächsten Mal steckst du sie vielleicht mit Spangen fest, dann hält sie noch besser.«

Er schob ein paar Locken unter den Rand der Mütze und berührte dabei ihr Ohr. Isabel zuckte zusammen wie unter einem Stromstoß. Bestürzt schloss sie für einen Moment die Augen.

»Was ist?«, fragte er.

Hatte seine Stimme heiser geklungen, oder bildete sie sich das nur ein?

»Nichts«, sagte sie. *Ihre* Stimme klang definitiv heiser. Und dass ihr bei seiner Berührung eben heiß geworden war, bildete sie sich ganz bestimmt nicht ein.

»Äh – findest du eigentlich mein Haar schön?« Sie hatte die Frage kaum gestellt, als sie sich dafür auch schon am liebsten selbst in den Hintern getreten hätte. Dämlicher und plumper ging es wohl kaum noch!

»Ja, sehr schön.«

»Schöner als das von Raphaela?« Peng. Noch ein Punkt auf der nach oben offenen Dämlichkeitsskala!

»Na ja … Anders. Ihre sind dunkel, deine hell.«

Na, wenn das keine essenzielle Aussage war!

Isabel straffte sich. »Ich will es mal umformulieren.« Diesmal klang es weder dämlich noch plump, sondern kühl und intellektuell. »Du hast nicht zufällig eine besondere Affinität zu Haaren, oder?« Darüber durfte dieser angebliche Super-Latin-Lover erst mal nachdenken! Vorausgesetzt, er wusste überhaupt, dass Affinität nichts mit Affen zu tun hatte.

Doch zu ihrer Verblüffung erwiderte er ihren Blick völlig ungerührt. »Haare sind eine feine Sache. Ich mag sie tatsächlich. Sehr sogar. Besonders an schönen Frauen. Aber nicht in meinem Essen.«

Damit war immer noch nicht klar, ob er vielleicht ein Haarfetischist war. Aber auf jeden Fall mochte er ihr Haar.

Isabel beobachtete ihn aus den Augenwinkeln. Natürlich könnte sie jetzt ihre Ermittlung fortsetzen, es bot sich förmlich an, da außer ihnen beiden niemand in der Restaurantküche war. Sie könnte fragetaktisch nahtlos von den Haaren zu Lack, Leder und Latex übergehen und von dort aus vielleicht sogar zu SM.

Doch etwas hielt sie davon ab, wahrscheinlich der grimmige Ausdruck, der in seinen Augen stand. Tapfer sagte sie sich, dass es sowieso keine Rolle spielte. Was immer Raphaelas Grund gewesen war, abzuhauen, es war nicht derselbe gewesen, den sie gehabt hatte. Bei ihr hatte es nicht am Sex gelegen, also konnte es nichts allzu Perverses sein.

Oder es war doch pervers, aber es gefiel ihr!

Isabel blieb keine Zeit, über diese schockierende letzte Möglichkeit genauer nachzudenken, denn Fabio knallte einen Korb vor sie auf die Anrichte.

»Hier, wenn du willst, kannst du damit anfangen, das ist nicht so schwierig.«

»Sprach der Meisterkoch«, murmelte Isabel. Sie betrachtete das Gemüse in dem Korb. Zwiebeln, Karotten und Sellerie.

»Soll ich das alles schälen?«

Er grinste. »Nein, von jeder Sorte nur ein Stück. Schälen und würfeln.« Er nahm zwei Beutel mit Fleisch aus dem Kühlschrank und legte sie neben den Korb. »Das hier kannst du auch klein schneiden.«

Isabel wog die Beutel in der Hand. »Ziemlich wenig, finde ich. Meinst du, es wird für alle reichen?«

»Es ist nur für eine Füllung.«

»Was soll denn damit gefüllt werden?«

Aus einem der Vorratsschränke holte er einen weiteren Korb, der randvoll mit Oliven war. »Das hier.«

Isabel kam es so vor, als müssten sich mindestens tausend Oliven in dem Korb befinden, doch wahrscheinlich waren es eher hundert.

»Das sind ganz schön viele«, sagte sie.

»Nicht, wenn wir sie nachher essen. Dann sind sie ruckzuck weg.«

»Was soll ich damit machen?«

Er zeigte es ihr. »Hier, du nimmst eine und entkernst sie, indem du sie vom Stiel ausgehend spiralförmig aufschneidest. Den Stein nimmst du vorsichtig heraus.« Er demonstrierte es ihr an einer Olive.

»Aber zuerst bereitest du die Füllung vor. Du schneidest das Gemüse und das Fleisch klein, brätst alles in Öl an und lässt es zehn Minuten lang schmoren. Danach wird es püriert und anschließend mit einem Ei, Parmesan und Gewürzen verrührt. Danach füllst du mit der Farce die entkernten Oliven, schließt sie wieder, wendest sie in Mehl, dann in verquirltem Ei und zuletzt in Semmelbröseln. Zum Schluss werden sie in Olivenöl goldbraun frittiert. Alles ganz einfach.«

»Ganz einfach«, wiederholte Isabel, die nichts davon behalten hatte außer einzelnen Wörtern wie *Parmesan* und *frittieren*. »Gut. Sag mir nur, was ich zuerst machen soll, dann sehen wir weiter.«

»Alles klar. Schäl die Möhrchen und schneid sie klein.« Er grinste sie an, und ihr Herz tat einen kleinen Hüpfer, weil wieder das Grübchen in seiner Wange erschienen war. Er hatte nur das eine, dicht neben dem Mundwinkel. In seiner anderen Wange war keines, was dieses Grübchenlächeln auf besondere Weise einzigartig aussehen ließ. Mit einem Mal hatte sie eine – wenn auch noch nebulöse – Vorstellung davon, wieso sie seinetwegen ihr ganzes Leben über den Haufen geworfen hatte.

»Ist das die Vorspeise?«, erkundigte sie sich atemlos.

»Nein, nur ein bisschen Fingerfood für den Anfang. Eine kleine Vorspeise vor der eigentlichen Vorspeise.«

»Also eine Art Amuse-gueule«, sagte sie, glücklich, weil ihr das Wort in den Sinn gekommen war, ohne dass sie erst darüber nachdenken musste.

»Genau.« Er sah ihr in die Augen. »Die Oliven sind

sehr lecker, deshalb mache ich immer ein paar mehr davon. Man kann sie auch kalt zum Bier essen.«

»Trinkst du Bier? Ich dachte immer, alle Italiener trinken Rotwein.«

Fabio lachte. Anstelle einer Antwort ging er zu einem der Kühlschränke und holte eine Flasche Bier heraus. Er hielt sie hoch. »Möchtest du auch ein Glas?«

»Trinke ich denn Bier?«, fragte Isabel irritiert.

»Wenn du mich schon so fragst: Ich habe dich noch keines trinken sehen. Aber ich finde, du solltest es nicht so machen wie bei den Tomaten. Geh unvoreingenommen ran. Gib dem Bier eine Chance.«

»Ich versuch's«, sagte sie. Ihr war nicht ganz klar, ob sie es deswegen tat, weil sie sich so zittrig in seiner Gegenwart fühlte und deswegen unbedingt eine Ablenkung brauchte, oder ob sie wirklich einfach mal von dem Bier probieren wollte. Sie war ziemlich sicher, noch nie Bier getrunken zu haben, aber der Gedanke daran war nicht negativ besetzt. Fabio hatte Recht: Es war anders als bei den Tomaten. Wahrscheinlich hatte sie deswegen keine Erfahrung mit Bier, weil es in ihrer früheren Welt keinen Platz gehabt hatte, ebenso wenig wie Burger King und Hinz und Kunz. Oder wie Bügeln, Putzen und Gemüse klein schneiden. Sie hatte sich an all diese Dinge herangetraut. Dabei hatte sie zwar nicht durchweg gute Erfahrungen gemacht – das Bügeln war einfach nicht ihr Metier –, aber sie musste zugeben, dass sich neue Horizonte vor ihr aufgetan hatten. Und nur darauf kam es schließlich an. Neue Perspektiven zu gewinnen. *Überhaupt* irgendetwas dazuzugewinnen, bei diesem Leben, das sozusagen bei null angefangen hatte.

Fabio öffnete die Bierflasche, holte zwei Pilsgläser aus einem Schrank und füllte sie mit fachmännischem Schwung, wobei er darauf achtete, dass die Schaumkrone nicht überschwappte.

»Ein frisch gezapftes ist natürlich besser«, sagte er. »Die Anlage ist schon eingebaut. Nächste Woche wird sie in Betrieb genommen.«

»Das alles muss dich ein horrendes Geld gekostet haben.«

Er reichte ihr eines der beiden Biergläser. »Mörderisch viel. Nur in dem speziellen Fall hält es sich in Grenzen, denn die Anlage stellt die Brauerei. Natürlich unter der Vorgabe eines langfristigen Abnahmevertrages, das ist so üblich.« Er prostete ihr zu und lächelte sie an, wobei seine Zähne mit dem Weiß seiner Schürze um die Wette leuchteten.

Himmel, sieht er gut aus, durchfuhr es sie. Hatte er schon immer diese Wirkung auf sie gehabt? Sie wusste nicht, was sie denken und wohin sie schauen sollte.

»Prost.« Er stieß mit ihr an.

Isabel nahm vorsichtig einen Schluck und verzog das Gesicht. Sie hatte keinen Zweifel, dass sie noch nie ein Fan von Bier gewesen sein konnte. »Es ist … irgendwie bitter.«

»Trink noch mal.«

Sie tat es und fand es beim zweiten Mal geschmacklich schon weniger fremdartig.

»Noch mal«, forderte er sie auf. Er stellte sein Glas auf der Anrichte neben dem Olivenkorb ab, nahm ein Stück Baguette aus einem anderen Korb und brach ein Stück davon ab. »Hier, kau zwischendurch was davon. Und dann trink einen Schluck Bier.«

Isabel biss von dem Brot ab, kaute und schluckte und nippte dann erneut. Sie war überrascht, wie gut es diesmal schmeckte. Würzig, herb und unleugbar erfrischend.

»Es ist … nicht schlecht«, sagte sie.

Er trank ebenfalls und beobachtete sie dabei. Isabel fühlte sich von widerstreitenden Gefühlen übermannt. Auf der einen Seite drängte es sie danach, sich vor ihm zu verstecken. Am liebsten so schnell und so weit weg von hier wie möglich. Jeder Zoll an ihm signalisierte eine Gefahr, die sie nicht richtig einordnen konnte.

Doch gerade dieser Hauch von Gefährlichkeit, der von ihm ausging, hinderte sie daran, etwas anderes zu tun, als seine Blicke zu erwidern wie ein hypnotisiertes … Karnickel.

In ihrem Eifer, sich geschäftig zu zeigen, trank sie rasch ihr Glas leer und ließ zu, dass er es anschließend nachfüllte. Aus lauter Verlegenheit trank sie weiter und hörte erst auf, als er sich langsam abwandte und zur anderen Seite der Anrichte hinüberging.

Sie lehnte sich gegen die Kante der Arbeitsfläche, das Glas feucht und kühl zwischen ihren Händen, während Fabio auf der anderen Seite ein paar kahl gerupfte Vögel bearbeitete. Auf den ersten Blick hatte Isabel sie für Hähnchen gehalten, aber dafür waren sie zu klein. Ob es Tauben waren?

Die Anrichte zog sich mitten durch den Raum, über die ganze Längsseite, und sie reichte fast von einer Wand bis zur anderen. Sie war von beiden Seiten begehbar, ein edelstahlglänzendes Konglomerat mit mehreren Kochstellen und darüber angebrachten

Essen, die in kastenförmigen Abzugsleitungen an der Decke mündeten. Es gab alle möglichen Geräte und Küchenwerkzeuge. Messerblöcke, Gewürzetageren, Schüsseln, Waagen, Siebe, Flaschen – alles wirkte beeindruckend professionell.

Sie nahm den letzten Schluck von dem Bier und stellte das Glas zur Seite.

»Womit soll ich anfangen?«, fragte sie.

Mit gemischten Gefühlen beobachtete sie, wie er ein Messer aus einem der Halter nahm und es mit einem Wetzstein malträtierte. War es normal, dass bei einer derart profanen Verrichtung gleich so viele Muskeln an seinen Oberarmen hervortraten? Oder lag es an der Beleuchtung? Vielleicht sah er bei Neonlicht generell gut aus.

Was sie selbst betraf, war sie da nicht so sicher. Sie hätte gern einen kurzen Blick in einen Spiegel geworfen. Es war keiner da, aber die blank polierte Edelstahlfläche vor ihr tat es vielleicht auch. Sie beugte sich unauffällig vor, doch sie konnte nicht viel erkennen außer ihren herabhängenden Haaren und der darüber aufragenden Kochmütze.

Sie zuckte zusammen, als er ihr über die Arbeitsplatte hinweg das blank geschliffene Messer entgegenstreckte, mit dem Heft voran.

»Das ist ein Gemüsemesser.«

Sie nahm es, legte eine Karotte vor sich auf das Brett und gab ihr Bestes. Vorsichtig schnitt sie das Ding in gleichlange Stücke.

»Warte. Es wäre besser für die Zubereitung, wenn du die Möhre vorher schälst.«

Sie versuchte es, musste sich aber selbstkritisch eingestehen, dass anschließend nicht mehr viel von der Karotte übrig war. »Na ja«, meinte sie. »Eine habituelle Fähigkeit ist das wohl nicht.« Seltsamerweise machte es ihr nicht das Geringste aus, im Gegenteil. Sie fand es sogar witzig und musste kichern. »Sieht nicht mehr aus wie eine Möhre, eher wie ein Bleistift, oder?«

»Soll ich dir mal eine Technik zeigen, wie es besser funktioniert?«

Allein, ihn das unschuldige Wort *Technik* aussprechen zu hören, versetzte ihre Magennerven in Schwingung.

Das Kribbeln in ihrem Bauch wurde stärker, als er wieder um die Arbeitsplatte herumkam und sich neben sie stellte.

»Es gibt zwei Möglichkeiten, eine Möhre zu schälen«, sagte er. »Mit einem Schälmesser, das man auch für Spargel nimmt. Oder so.« Bei so fing er an, in rasender Geschwindigkeit das Messer an der Möhre rauf und runter zu bewegen. Es war eher ein Schaben als ein Schälen, aber als er fertig war, hatte er eine spiegelblanke Rübe in der Hand, und das, was er davon entfernt hatte, war so wenig, dass man es zwischen Daumen und Zeigefinger hätte verstecken können.

»Toll«, sagte Isabel. »Meine Güte, bist du schnell! Wie der Weltmeister im Schälen!«

»Eigentlich nennt man es Schrappen. Das ist das Beste für junges Gemüse.«

»Schrappen …« Isabel ließ sich das Wort auf der Zunge zergehen. Es klang ähnlich verführerisch wie *Technik*, ohne dass sie auch nur den Hauch einer Idee hatte, wieso.

Oder doch … Es konnte nur daran liegen, dass ihr

Unterbewusstsein ihren Körper zwang, ihr Signale zu senden. Es erinnerte sich anscheinend besser an gewisse Dinge als sie selbst. Zum Beispiel daran, dass sie sich im Bett immer gut verstanden hatten.

»Willst du?«, fragte er.

Isabel starrte ihn an. »Ich … ähm … Jetzt?«

»Klar. Hier.« Er reichte ihr das Messer und blieb neben ihr stehen, so dicht, dass sie das Rascheln seiner Schürze an ihrer spüren konnte. Wenn sie sich darauf konzentrierte, konnte sie sich fast einbilden, dass es eine Berührung war.

Es ist nur ein Rascheln, ermahnte sie sich. Bloß ein blödes Rascheln!

Doch damit konnte sie nicht verhindern, dass sich ihre Nasenflügel ohne ihr Zutun blähten, damit sie mehr von seinem Geruch aufschnappen konnte.

Vielleicht hätte sie nicht gleichzeitig versuchen sollen, die nächste Möhre zu schrappen. Oder dabei wenigstens ihre Augen auf das Messer richten sollen, dann hätte sie wahrscheinlich ihren Finger vorher aus dem Weg genommen.

Sie sah das Blut und ließ das Messer fallen. »Ich habe mich geschnitten!«

»Zeig her.« Er nahm ihre Hand und zog sie näher zu sich heran, bis sie so dicht vor ihm stand, dass aus dem Schürzenrascheln definitiv eine Berührung wurde. Sie spürte seinen Oberschenkel an ihrer Hüfte, und ihr Herz klopfte wie rasend, als sie zu ihm aufschaute und sah, wie er mit konzentrierter Miene ihre Verletzung musterte.

Sie hatte keine Ahnung, ob der Schnitt tief war oder ob es stark blutete. Sie konnte ihre Augen nicht von seinem Gesicht wenden. Sein Kinn mit dem dunklen Bartschatten, das strahlende Azur seiner Iris, der markante Schwung seiner Brauen.

»Tut es sehr weh?«, fragte er, während seine Blicke sich mit den ihren verhakten.

»Ich … weiß nicht«, stieß sie hervor. Ihr Herz raste und stolperte derartig, dass sie kurz überlegte, ob sie vielleicht in ihrem früheren Leben an einer schlimmen Krankheit gelitten hatte, wie hieß das noch gleich? Tacho … Tachy … Nein, lieber nicht.

»Isabel …«

Sie merkte, dass der Ausdruck in seinen Augen wechselte, von einem Moment auf den nächsten. Er senkte ein wenig die Lider, doch sie hatte das schwache Flackern in seinem Blick bereits gesehen.

Langsam ließ er ihre Hand los. »Ich hole ein Pflaster.«

Er trat einen Schritt zur Seite und zog eine Schublade auf, in der ein Erste-Hilfe-Kasten lag.

Mit umständlichen Bewegungen nahm er ein Päckchen heraus und riss es auf.

Isabel schob den verletzten Finger in den Mund und leckte das Blut ab. Ohne nachzudenken, streckte sie ihm anschließend die Hand hin, damit er ein Pflaster auf die Wunde kleben konnte.

Stattdessen ergriff er sie und zog sie zu sich heran. Die plötzliche Bewegung brachte Isabel aus dem Gleichgewicht. Sie stolperte nach vorn und wurde abrupt von seinem Körper gestoppt. Wenn sie herzkrank war, musste es mit ihm zusammenhängen. Genauer, mit seinem Geruch und mit dem Gefühl, ihm so nah zu sein.

Fabio hielt ihre Hand immer noch fest, während seine andere Hand sich um ihren Hinterkopf legte und seine Finger sich in ihrem Haar vergruben. Seine Lippen senkten sich auf ihren Mund und öffneten ihn zu einem Kuss.

Isabel wäre es nie in den Sinn gekommen, zurückzuweichen oder sich zu wehren. Dafür war sie viel zu begierig darauf, endlich herauszufinden, was es mit all den verstörenden Andeutungen auf sich hatte, die Natascha ihr gegenüber hatte fallen lassen.

Sie erwiderte seinen Kuss mit aller Leidenschaft, zu der sie fähig war, und sie merkte in weniger als dem Bruchteil einer Sekunde, dass Natascha nichts weiter gesagt haben konnte als die reine Wahrheit.

Bei der Berührung seiner Lippen und seiner Zunge gerieten ihre Wahrnehmungen vollständig außer Kontrolle. Eine Art Flächenbrand versengte von außen ihre Haut, während von innen Hitzewellen auf und ab brandeten und eine fremde Macht mit ihrem Herz Pingpong spielte. Nein, eher Squash.

Zusammenhanglose Gedanken schossen ihr durch den Kopf.

Er war nur ein italienischer Koch mit einem Haufen Schulden und einer ungewissen Zukunft, und sie selbst wusste über sich nur, dass sie in ihrem früheren Leben seine Geliebte gewesen war.

Bei Gott, jetzt war ihr klar, wieso!

Stöhnend drängte sie sich enger an ihn, und als er sie fester packte und einen harten Schenkel zwischen ihre Beine schob, wäre sie um ein Haar vor lauter Gier nach mehr ohnmächtig geworden.

Seine Zunge stieß sich tiefer in ihren Mund, während eine seiner Hände den Weg unter ihre Schürze fand.

Mit einem Mal fühlte sie sich ergriffen und hochgehoben. Fabio setzte sie mit Schwung vor sich auf der Arbeitsplatte ab und schob sich zwischen ihre geöffneten Beine. Sein Kuss wurde, soweit das überhaupt möglich war, noch intensiver, während er mit einer Hand ihr Kleid nach oben schob und mit der anderen am Reißverschluss seiner Jeans herumfummelte.

Isabel riss an seinem Hemd und an der Schürze, bis sie seine nackte Haut unter ihren Handflächen spüren konnte. Und dann schaffte sie es irgendwie, ihre Hand in seine Hose zu schieben. Nein, das gab es nicht! War das … Nein, oder? Oder doch? Himmel, war das viel! Und hart! Es fühlte sich an wie Samt über Stahl.

Gleichzeitig spürte sie seine Finger zwischen ihren Beinen. Wahnsinn!

Isabel stöhnte in Fabios Mund und wand sich an seinem Körper. O ja! Verdammt noch mal, jaaa! Endlich!

Gleich, dachte sie. Gleich würde es passieren! Er hatte genau das, was sie jetzt brauchte, und er würde es ihr geben.

Sie war dabei, sich in ein Karnickel zu verwandeln, und es fühlte sich wunderbar an!

»Also, Alter, Natascha sagte, ich soll euch mal beim Kochen helfen …« Harrys Stimme erstarb. Im selben Moment war Fabio einen Schritt zurückgetreten und ließ die Schürze über gewisse herausragende Teile seiner Anatomie fallen, während Isabel von der Anrichte rutschte und sich an dem nächstbesten Gegenstand festklammerte, um nicht gleich weiter auf den Boden zu sinken. Es war der Korb mit den Oliven, und sich daran festzuhalten stellte sich sofort als schwerer Fehler heraus. Er knallte auf die Fliesen und alle Oliven mit ihm.

Immerhin hatte Isabel nun einen guten Grund, außer Sicht zu gehen. Sie bückte sich und sammelte die runden kleinen Alibis ein, während ihr Gesicht brannte, als hätte sie im Solarium übernachtet.

»Äh … Ich mach dann vielleicht lieber die Enten fertig«, sagte Harry.

»Gute Idee«, stimmte Fabio zu. Seiner Stimme war nichts anzumerken. Er half Isabel beim Auflesen der Oliven und legte sie sorgfältig zurück in den Korb. Er vermied es, sie dabei anzusehen, und hielt immer einen Schritt Abstand.

Aha, dachte Isabel zusammenhanglos, die Hähnchen sind keine Tauben, sondern Enten. Wieder was dazugelernt.

»Ich dachte immer, Enten sind größer«, sagte sie in seltsam quiekendem Ton. Klar, vielleicht sollte sie zwischendurch mal dran denken, wieder normal zu atmen.

»Es sind junge Wildenten«, sagte Harry.

Isabel tauchte zögernd oberhalb der Anrichte auf. Fabio hatte den Korb längst wieder oben abgestellt, es wäre also blödsinnig gewesen, weiter auf dem Boden rumzupusseln und so zu tun, als müsste sie da noch nach Oliven suchen.

Er stand schweigend vor einem der Kühlschränke und suchte Zutaten für das Dinner zusammen.

»Was machst du mit den Enten?«, fragte Isabel. Ihre Stimme klang immer noch atemlos, aber nicht mehr ganz so piepsig. »Ich meine, was für ein Gericht soll daraus werden?«

»Keine Ahnung«, sagte Harry. »Eigentlich wollte Fabio sie machen. Ähm … Alter, was soll ich damit machen?«

»Nichts.« Fabios Gesicht war genauso unbewegt wie seine Stimme. »Ich kümmere mich selber drum.«

Isabel fand, dass sie sich zu dritt in der Küche umherbewegten wie eingerostete Roboter. Wenn sie nur lange genug hinhörte, würde sie irgendwann ein rostiges Quietschen hören.

Anscheinend hatte sie vorhin etwas falsch gemacht – aber was?

Leute, das war wieder ein Wahnsinnsdinner«, sagte Natascha. Sie lehnte sich zurück und drückte dabei ihren gewaltigen Busen raus, sodass Olaf, der Klempner, keinen einzigen Zentimeter übersehen konnte. Sie machte es richtig, denn Isabel merkte, dass ihm fast die Augen aus dem Kopf fielen.

Nach dem nur um einen Hauch am Karnickelsex vorbeigeschrammten Zwischenspiel in der Küche hatte sich die Stimmung wieder normalisiert – soweit man dabei überhaupt von *normal* sprechen konnte. Immerhin ratterte ihr Herz nicht mehr wie ein kaputter Auspuff, und ein paar Minuten, nachdem Fabio angefangen hatte, die Enten in ein Hauptgericht zu verwandeln, war sie emotional wieder so weit beieinander, dass sie nach seinen Anweisungen die Füllung für die Oliven fertig machen konnte.

»Hat wirklich toll geschmeckt«, pflichtete Harry Natascha bei. Er bedachte Isabel mit verstohlenen Seitenblicken, denen sie geflissentlich auswich. Harry schaute hastig woanders hin und fischte sich eine Olive aus der Schüssel.

Fabio hatte sie ebenfalls während des Essens hin und wieder angesehen, das war ihr nicht entgangen. Aber im Gegensatz zu Harry konnte er so blitzartig wegschauen, dass ihre Blicke sich nicht mal für den Hauch eines Moments begegneten.

»Natascha, das hast du spitzenmäßig gekocht«, sagte Olaf. Er war groß und kräftig und hatte schaufelartige Hände, mit denen er ständig die Schuppen von seinen Schultern wischte, wenn er dachte, dass niemand hinsah. Außerdem war er fünfundvierzig, seit einem halben Jahr geschieden und im Begriff, mit einer Klempnerfiliale im Nachbarort zu expandieren, was Natascha mit Wohlgefallen vernommen hatte.

»Man tut, was man kann«, sagte Natascha. Sie warf einen drohenden Blick in die Runde, damit bloß niemand auf die Idee kam, Olaf zu verraten, dass sie erst runtergekommen war, als Fabio gerade mit dem Nachtisch fertig gewesen war und Harry die letzten Oliven aus dem Frittierfett gefischt hatte.

»Vor allem das Hähnchen war klasse«, sagte Olaf.

»Das Hähnchen war Ente«, warf Isabel ein. »Genauer gesagt: junge Wildente mit Granatäpfeln.«

Als Natascha sie ärgerlich anfunkelte, fiel ihr der höhere Zweck des Ganzen wieder ein – die überquellenden Gästeklos. Morgen war der Dachdecker zum Essen eingeladen, und letzte Woche war der Schreiner als Dinnergast hier gewesen. Von nichts kommt nichts, hatte Natascha ihr erklärt.

»Das hast du wirklich wunderbar hingekriegt, Natascha«, erklärte sie fromm.

»Die Rezepte musst du mir aufschreiben«, sagte Olaf. »Dann kann meine Mutter mir das vielleicht auch mal kochen.«

»Ach wo«, sagte Natascha. »Wozu willst du dich von deiner Mutti bekochen lassen, wenn du auch hierher zu mir zum Essen kommen kannst! Bis zur Eröffnung haben wir hier immer ein warmes Plätzchen an unserem Tisch!«

»Ich weiß nicht … Das kann ich doch gar nicht annehmen!«

»Na hör mal«, sagte Natascha. »Du machst doch hier die komplette Sanitäranlage zu einem Freundschaftspreis! Da ist ja wohl freies Essen inklusive, oder was? Fabio?«

»Sicher«, sagte Fabio.

Olaf kratzte sich am Kopf und löste einen wahren Schuppensturm damit aus. Er wirkte leicht verunsichert, und Isabel kam es ganz so vor, als wäre die Sache mit dem Freundschaftspreis völlig neu für ihn.

»Was hältst du davon, wenn wir gleich nach oben zu mir gehen, und ich zeige dir mein Fotoalbum von Las Vegas? Von meiner Bühnenshow.«

»Wieso nicht.« Der Gedanke war für Olaf anscheinend genauso neu wie der Freundschaftspreis, gefiel ihm aber offensichtlich um einiges besser, denn er grinste bis an die Ohren und kippte sich zum Dessert vier Grappa hinter die Binde.

Isabel machte für alle eine Runde Espresso und kam sich dabei schon sehr professionell vor. Der Kochabend war ausgesprochen effektiv gewesen, sie hatten zu dritt Hand in Hand gearbeitet, und Isabel hatte sich gegen Ende wie ein routinierter Koch gefühlt. Na ja, wie eine routinierte Küchenhilfe. Und es war etwas geschehen, womit sie nicht gerechnet hatte: Es hatte ihr Spaß gemacht. Fast so viel Spaß wie vorher das … Hm, besser nicht dran denken!

Sie ließ sich von Harry noch einen Nachschlag von dem Mandarinensoufflé auftun und knabberte dazu einen der Kekse, die sie eigenhändig gebacken hatte. Fabio hatte ihr die Zutaten auf die Arbeitsplatte geklatscht und ihr dann die einzelnen Zubereitungsschritte quer durch die Küche zugerufen, während er sich mit dem Soufflé befasste. Die Kekse hießen *Brutti ma buoni*, was so viel bedeutete wie *hässlich, aber gut*, und das Rezept stammte aus irgendeinem italienischen Kaff, dessen Namen sie schon wieder vergessen hatte. Isabel fand, dass sie ausgezeichnet schmeckten, und sie war stolz, dass sie mit ihren eigenen Händen dieses Meisterwerk der Backkunst geschaffen hatte. Na gut, die Mandelmasse war beim Einkochen ein bisschen zu dunkel geworden, und als sie nach dem Backen das Blech aus dem Ofen geholt hatte, hatte sie sich prompt einen Finger verbrannt. Aber da es derselbe Finger war, den sie vorher mit dem Messer traktiert hatte, fiel das kaum ins Gewicht. Sie hatte sowieso noch ein Pflaster drüberkleben müssen.

Beim Verpflastern hatte ihr Harry geholfen. Fabio hatte derweil ganz den Eindruck gemacht, als würde er nicht mehr in ihre Nähe kommen wollen.

Das war … merkwürdig. Sie waren schließlich verlobt, und sie hatten sich nach ihrem Streit wieder vertragen. Wieso hatte er sich dann so angestellt, als Harry unerwartet aufgetaucht war? Und, was noch eigenartiger war – wieso hatte er sie den ganzen Abend links liegen lassen? Sie beschloss, bei der nächsten Gelegenheit mit ihm darüber zu reden.

Fabio verstand die Welt nicht mehr. Er musste verrückt geworden sein.

»Alter, du bist verrückt geworden«, sagte Harry, als sie gemeinsam das Geschirr abräumten und in einer der drei großen Spülmaschinen verstauten.

»Das musst du mir nicht erst unter die Nase reiben. Ich weiß selber, was für ein Trottel ich bin.«

»Wer hat angefangen, du oder sie?«

»Ich«, brummte Fabio. Er blickte sich kurz um, doch es war niemand in Sicht. Natascha war mit ihrem Olaf im Obergeschoss verschwunden, und Isabel war ebenfalls nach oben gegangen. Allerdings hatte sie ihnen noch nicht gute Nacht gesagt, folglich war damit zu rechnen, dass sie gleich wieder runterkommen würde.

»Hat sie sich erinnert?«, wollte Harry wissen.

»Nein«, antwortete Fabio wortkarg.

»Wie konntest du ihr bloß an die Wäsche gehen?«

»Ich weiß auch nicht. Sie war so … Und dann war sie so …« Fabio fielen nicht die richtigen Worte ein. Was hätte er denn auch sagen sollen? Dass sie ausgesehen hatte wie ein besonders köstliches Dessert und dass er sich unpassenderweise gefühlt hatte wie jemand, der seit Jahren nichts Süßes bekommen hatte?

»Hat sie sich dir an den Hals geworfen?«

Hatte sie das? Fabio dachte kurz nach. »Nein«, gab er schließlich zu. »Nicht so direkt. Aber …«

Aber sie hatte es gewollt, oder nicht? Oder hatte er sich das in seiner grenzenlosen Dämlichkeit vielleicht nur eingebildet? Na ja, als es dann zur Sache gegangen war, hatte sie mitgemacht. Sogar mehr als das. Sie war richtig scharf auf ihn gewesen …

»Du warst also einfach scharf auf sie, oder?«

»Äh ... irgendwie ja.«

»Du bist bescheuert. War es denn wenigstens gut?«

»Bis du reingeplatzt bist, ja.«

»Und was hast du jetzt vor?«

»Soll das ein Verhör werden, oder was?«

»He, ich frage nur aus Selbstschutz! Was glaubst du denn, wen sie immerzu mit ihren Fragen nach ihrer Vergangenheit löchert, wenn sie nicht mehr weiter weiß?«

»Tut mir Leid«, sagte Fabio zerknirscht. Und das war die reine Wahrheit. Er fühlte sich elend. Nicht nur, dass es idiotisch von ihm gewesen war, Isabels Zutraulichkeit auf diese miese Art auszunutzen und alles rettungslos zu verkomplizieren – er war so heiß und nervös gewesen wie damals in der elften Klasse, als ihn Bibi Kronmüller auf dieser Party aufgefordert hatte, sie zur Toilette zu begleiten.

»Wann willst du ihr endlich reinen Wein einschenken?«

Natascha kam in die Küche. »Auf keinen Fall vor der Eröffnung«, sagte sie. »Sonst wäre der Laden hier schneller verbranntes Kleinholz, als wir alle *Piep* sagen können. Ich würde doch sehr dafür plädieren, Giulio nicht schon wieder unnötig zu reizen.«

»Schon fertig mit dem Klempner?«, wollte Harry wissen.

Natascha schnaubte nur verächtlich. Aus einem der Schränke holte sie eine Flasche Grappa, aus einem anderen zwei Gläser.

»Was soll nach der Eröffnung denn anders sein als vorher?« Harry warf mit einem Knall die Spülmaschine zu.

»Dann kommt Geld rein, was die Bank dazu bringen wird, neue Mittel auszuspucken, womit unser guter Junge hier seinem bescheuerten Cousin vielleicht eine erste Rate bezahlen kann.«

»Wenn ihr mich fragt, ist diese blöde Erbgeschichte nur ein Vorwand für Giulio«, widersprach Harry. »Ich persönlich glaube, dass er hauptsächlich wegen Raphaela sauer ist.«

»Wenn die beiden erst verheiratet sind, ist dieses Problem hoffentlich auch Schnee von gestern«, sagte Natascha. »Ein kleines Vögelchen vom Rathaus hat mir gezwitschert, dass die zwei schon einen Hochzeitstermin bestellt haben.«

»Ist nicht wahr!« Harry riss die Augen auf. »Echt? Für wann denn?«

»In drei Wochen.«

Fabio wusste es bereits, sie hatte es ihm schon heute Nachmittag erzählt. Wo immer Männer in entscheidenden Positionen saßen – Natascha kannte stets die, auf die es gerade ankam. In diesem Fall war es der Leiter der Baubehörde, mit dem sie wegen diverser unangenehmer baulicher Auflagen in Kontakt getreten war. Er wollte ebenfalls demnächst zum Abendessen vorbeikommen. Das Vögelchen war eine gute Bekannte von ihm und zugleich Leiterin des Standesamtes.

»Ihr meint – dann wäre der ganze Spuk hier vorbei?« Harry schien es nicht fassen zu können. »Hören diese kranken Heimsuchungen dann endlich auf?«

»Wenn nichts dazwischenkommt.« Natascha hob die Grappaflasche und klopfte sich damit sanft gegen die Stirn. »Drei Mal auf Holz.« Sie winkte mit der Flasche, dann zog sie wieder ab.

»Was sollte denn noch dazwischenkommen?«, fragte Harry, nachdem sie verschwunden war.

»Da wüsste ich eine ganze Menge«, sagte Fabio düster. Ihm war soeben wieder eingefallen, mit welchen Blicken Raphaela ihn heute in der Stadt gemustert hatte. Am besten, er dachte gar nicht erst dran. Sonst fing er womöglich noch an, sich auszumalen, wie Giulio sie alle erschoss.

Gemeinsam mit Harry brachte er die Küche auf Vordermann, bis alles wieder blinkte, dann verschwand Harry, um ins Bett zu gehen.

Fabio räumte noch die Pfannen weg. Morgen würde er nicht umhinkönnen, Frau Hasenkemper anzurufen und ihr die Pistole auf die Brust zu setzen. Natascha und Isabel konnten unmöglich die ganze Putzarbeit allein erledigen. Je näher die Eröffnung rückte, umso mehr andere Arbeiten mussten erledigt werden. Tischwäsche bereitlegen, Dekorationen anbringen, Silber und Gläser polieren, Geschirr sortieren, Hilfskräfte einweisen. Harry würde genau wie er selbst alle Hände voll damit zu tun haben, sich um die Getränkebestände zu kümmern und Vorräte einzukaufen und bei den letzten handwerklichen Arbeiten mit anzupacken. Und dabei zu helfen, noch die Außenanlagen aufzumöbeln. Pflanzkübel mussten her, ein paar Schilder ebenfalls. Ach ja, und die Parkplatzbeleuchtung stand auch noch auf der Liste, die abgearbeitet werden musste.

Alles nur eine Sache des richtigen Timings, sagte Fabio sich. Bis jetzt hatte doch auch alles funktioniert, oder nicht?

Aber dann dachte er wieder an den größten Stress- und Störfaktor, der sich derzeit in seinem Leben breit machte, und prompt sackte ihm das Herz in die Hose.

Isabel van Helsing.

Wie hatte er vorhin nur so aus der Rolle fallen können? Wenn es ihn derartig juckte, warum konnte er nicht einfach zu Sandra fahren? Sie war zwar fest liiert, aber das hatte den Vorteil, dass sie keine feste Beziehung mit *ihm* wollte, nur ein bisschen Abwechslung. Ihr Freund war ständig auf Geschäftsreise, und wenn er heimkam, stand ihm der Sinn nur nach Bier und Fußball. Fabio hatte keine Ahnung, ob es stimmte, aber jedenfalls beschwerte Sandra sich ständig darüber. Sie hatte schon durchblicken lassen, dass sie nichts dagegen hatte, wenn er gelegentlich vorbeischaute.

Oder er konnte sich mit Janine treffen, die eine wirklich treue Seele war und keinen seiner Geburtstage vergaß. Okay, zu seinem letzten hatte sie ihm ein Buch mit dem Titel *Tantrischer Sex und was Männer darüber wissen sollten* geschenkt und darin gleich mehrere Abbildungen mit merkwürdigen Stellungen angekreuzt, und danach hatte er sich nicht mehr bei ihr gemeldet. Sie hatte zwei-, dreimal auf seine Mailbox gesprochen, aber das hatte er ebenfalls ignoriert. Was sie ihm wohl mit dem Buch hatte sagen wollen? Dass die kurzen Treffen, die alle paar Monate mal stattfanden, nicht mehr so prickelnd waren? Hm, vielleicht doch lieber Sandra.

»Hallo. Bist du fertig mit Aufräumen, oder soll ich dir noch helfen?« Isabel stand in der Tür, und Fabio ließ um ein Haar die Pfanne fallen.

Fabio lächelte gezwungen. »Ach, du bist's. Ich dachte, du wärst schon im Bett. Tja, ich war gerade hier fertig und wollte auch eben verschwinden.«

»Dann kann ich mich ja noch kurz mit dir unterhalten.«

»Ach … Eigentlich bin ich unheimlich müde, es war ein langer, harter Tag, und …«

»Es dauert nicht lange«, sagte sie. Ihre Miene signalisierte Entschlossenheit, und Fabio hätte sich am liebsten auf der Stelle in Luft aufgelöst.

»Na gut«, sagte er, während er sich bereitmachte, beim kleinsten Anzeichen von Stress einen Notfall zu erfinden, der ihn zwang, unverzüglich von hier zu verschwinden. Genau genommen war der Notfall schon eingetreten, und der Stress sowieso. *Sie* war der Stress, mit ihren großen Unschuldsaugen, den rosigen Wangen und dem blonden Lockengeriesel. Wieso musste sie auch wie ein Engel aussehen? Na gut, vielleicht sahen ein paar Teile von ihr nicht gerade engelhaft aus und fühlten sich auch ganz irdisch und handfest an.

»… nicht verstehen«, sagte sie in anklagendem Tonfall.

Ihm ging mit Verzögerung auf, dass sie etwas gesagt hatte. Aha, deshalb hatten ihre Lippen sich bewegt. Hätte er nicht gerade im Zusammenhang mit ihren Lippen an etwas völlig anderes gedacht, wäre ihm das nicht entgangen.

Er räusperte sich. »Entschuldige, was hast du gesagt?«

»Ich sagte gerade: Du hast mich den ganzen Abend links liegen lassen. Und dass ich das nicht verstehe.« Sie zögerte. »Ich meine, es war doch … Bevor Harry kam … Ich fand es … Es war doch gar nicht so schlecht, oder?«

»Nein«, sagte er hastig. »Ich meine natürlich ja! Es

war überhaupt nicht schlecht. Es war sogar eigentlich … gut.« Du lieber Himmel, welchen Schwachsinn gab er da eigentlich von sich? Musste er alles noch schlimmer machen?

»Ich dachte nur«, meinte sie.

»Was dachtest du?«

»Ähm … dass ich es vielleicht verlernt hätte und etwas verkehrt mache.« Sie blickte ihn geradewegs an. »Kam es dir verkehrt vor?«

Nein!, hätte er am liebsten ausgerufen. »Ja«, sagte er.

Sie wirkte bestürzt. »Wirklich? Warum?«

»Na ja … Es war irgendwie … fremd.«

»Fremd? Im Sinne von fremdartig oder im Sinne von ungewohnt?«

Er kam sich restlos beschränkt vor. »Mhm … Irgendwie vielleicht beides.«

»Aber wir sind doch ein Paar!«

»Äh … ja, klar. Aber eigentlich kennen wir uns überhaupt nicht.« Er bemerkte ihren betroffenen Gesichtsausdruck und fuhr hastig fort: »Oder sagen wir: Du kennst *mich* überhaupt nicht. Du hast es selbst gesagt.«

»Ja, aber …«

»Du hast sogar ausdrücklich gesagt, dass du es lieber nicht willst. Das mit dem Sex. Du hast es mir deutlich gesagt, erinnerst du dich? Dass du es unangebracht fändest, wenn wir es … hm, täten. Deine Worte waren: *Wir sollten das auf jeden Fall lassen.*«

Sie dachte nach, dann nickte sie langsam. »Stimmt. Das habe ich gesagt. Du hast Recht.«

Fabio ließ langsam die angehaltene Luft entweichen. Er hätte jubeln sollen, weil ihm so unverhofft die rettende Ausrede eingefallen war. Doch er fühlte sich ganz einfach nur mies.

»Dann geh ich jetzt mal schlafen«, sagte sie leise, während sie sich bereits mit gesenkten Blicken abwandte. »Gute Nacht, Fabio.«

»Gute Nacht, Isabel.« Er brachte es nur mühsam heraus und lauschte anschließend mit hämmerndem Herzen ihren Schritten, bis sie verklungen waren. Er wartete, bis er sicher sein konnte, dass sie ihn nicht mehr hörte. Danach packte er die Pfanne am Stiel und schleuderte sie quer durch die Küche.

Sie fühlte sich entsetzlich. Schon auf dem Weg zur Treppe merkte sie, wie sich hämmernde Kopfschmerzen einstellten, und kaum hatte sie die ersten Stufen erklommen, fühlte ihr Schädel sich an, als wolle er gleich bersten.

Doktor Mozart hatte ihr gesagt, dass es hin und wieder zu migräneartigen Kopfschmerzen kommen könnte. Stressbedingt, hatte er gesagt. Und als Nachwirkung des schweren Schädel-Hirn-Traumas, das sie bei dem Sturz erlitten hatte. Er hatte allerdings nicht erwähnt, dass ihr ein Fünfzigtonner auf den Kopf donnern würde. Oder dass ihr Gehirn in Salzsäure schwimmen würde.

Hinter ihren Schläfen stach und brannte es, und im hinteren Bereich, da, wo sie die Verletzung erlitten hatte, schien sich eine glühende Lanze in ihr Hirn zu bohren, während gleichzeitig ein Vorschlaghammer brutal von oben zuschlug. Im Krankenhaus hatte sie regelmäßig Schmerzmittel bekommen, da war es nie so schlimm geworden. Am Schluss hatte sie keine Probleme mehr damit gehabt, aber für den Fall der Fälle hatten die Schwestern ihr Zäpfchen für zu Hause mitgegeben.

Zu Hause.

Isabel hörte ein krächzendes Geräusch und zuckte zusammen, als ihr aufging, dass sie es war, die dieses Geräusch von sich gegeben hatte. Eine Art Lachen, das sich so komisch angehört hatte, weil es im Grunde gar kein Lachen war. Eher ein Weinen.

Im ersten Stockwerk angekommen, taumelte sie gegen die Wand und stützte sich ab. Wo war ihr Zimmer? Ach ja, noch eine Treppe höher.

Himmel, tat ihr der Kopf weh! Es war fast so schlimm wie direkt nach dem Sturz. Das war ihre erste bewusste Empfindung gewesen in ihrem neuen Leben. Schmerz. Sie war im Dunkeln zu sich gekommen, und sie hatte gedacht, sie müsse sterben, weil es so wehtat.

Da drüben war das Zimmer, sie war schon dort gewesen und hatte es sich angeschaut. In allen Einzelheiten, mit einer Taschenlampe. Es hatte eine Verbindungstreppe zum zweiten Obergeschoss, eine Art Geheimgang von unten nach oben. Oder umgekehrt. Sie war so alt wie das Haus, hatte Natascha gesagt, also an die zweihundertfünfzig Jahre. Über den Sinn der Treppe konnte man nur Vermutungen anstellen. Wahrscheinlich hatte ein Bewohner des Hauses vor Urzeiten eine heimliche Affäre mit jemandem vom Personal gehabt. Zum Beispiel Hausherr und Kinderfrau. Oder Hausherrin und Kammerherr.

Oder Hausherr und Kammerherr? Alles war möglich.

Bloß – was hatte sie selbst auf der Treppe verloren?

Es war dunkel da drin, es gab nirgends Licht, folglich machte es keinen Sinn, dass sie da Staub geputzt haben sollte, wie Natascha vermutet hatte. Oben in ihrem Zimmer stand der Schrank vor der Geheimtür, es gab also keinen Grund, über die Treppe von hier nach dort zu gehen.

Es war alles sehr merkwürdig. Doch sie konnte nicht länger darüber nachdenken. Wenn sie überhaupt noch denken konnte, dann höchstens daran, dass sie jetzt sehr dringend eines von diesen blöden Zäpfchen brauchte.

An einem Abend in der Woche darauf lag sie auf dem Bett und starrte an die mit feinen Goldlinien ausgemalte Stuckdecke.

Seit dem Vorfall neulich in der Küche war sie in ein derart tiefes emotionales Loch gefallen, dass sie in hundert Jahren nicht würde rauskrabbeln können. Ihr Leben bestand aus einer großen, runden, fetten Null. Nein, noch weniger als das. Es war ein riesiges Minuszeichen. Ihr fehlte so ziemlich alles. Familie, Freunde, Geld. Ach ja, und Klamotten. Von solchen Kleinigkeiten wie ein komplettes Leben mit ein paar netten Erinnerungen ganz zu schweigen.

Alles, was sie besaß, war ein dicker Brillantring. Und ein Verlobter, der sich benahm, als könnte sie ihn beißen, wenn er ihr zu nahe kam. Und der, da sollte sie endlich aufhören, sich was vorzumachen, nicht gerade weltmännisch war. Oder besonders gebildet. Er war ein dickschädeliger, dämlicher Prolet aus Italien. Na schön, ein Prolet, der gut kochen konnte, aber das war auch schon alles. Wie kam er überhaupt dazu, sie derartig arrogant zu behandeln? Sie hatte mehr Niveau als er! Sie war intellektuell und kulturell beschlagen! Sie war belesen! In der Krankenhausbibliothek hatte sie die meisten Bücher schon gekannt, jedenfalls die wirklich guten, die zur Weltliteratur zählten. Krieg und Frieden. Schuld und Sühne. Der Steppenwolf. Von Menschen und Mäusen. Ja, sogar den Ulysses!

Meine Güte, und dieser neapolitanische Obermacho, dessen blöde Schürzen sie bügeln durfte, hatte ein paar zerfledderte Krimis und Kochbücher in seinem Regal stehen! Das hatte sie selbst gesehen, denn in dem Zimmer, in dem sie immer zusammen aßen, befanden sich auch seine Arbeitsecke und sein Bücherregal. Und seine Hantelbank, auf der er garantiert mehr Zeit zubrachte als über guter Lektüre!

Wer war er eigentlich, dass er sich weigerte, mit einer Frau zu schlafen, die den Ulysses gelesen hatte? Dieser ... Dieser Montagsmann! Mit den Servierdamen und Küchenhilfen, die er für die Eröffnung anlernte, konnte er ohne Ende herumschäkern. Vorgestern waren zwei Frauen da gewesen, die für den Eröffnungsabend persönlich einen Tisch bestellt hatten. Zwei ganz normale weibliche Gäste, und er hatte sie angeflirtet und mit seinem strahlenden Macho-Grinsen bezirzt, als wären sie die ersten und letzten Frauen auf der Welt!

Aber sobald sie selbst in seiner Nähe auftauchte, musste er sich immer dringend um andere Dinge kümmern. Es ließ sich nicht leugnen: Er ging ihr aus dem Weg. Beharrlich, schweigsam, kühl. Bloß keine Berührungen, nicht mal ein Küsschen auf die Wange zum Frühstück.

Gut, sie *hatte* gesagt, dass sie keinen Sex wollte. Aber das war Lichtjahre her! Na schön, vielleicht nicht ganz so lange, jedenfalls nicht aus normaler Sicht. Doch an ihrem Leben war *nichts* normal. Genau genommen bestand ihre ganze Lebensdauer aus vier mickrigen Wochen. Gemessen daran war eine einzige ja wohl wirklich viel. So viel wie bei anderen Leuten Jahre, oder?

Mit steifen Gliedern kämpfte sie sich vom Bett hoch. Ihr war nicht danach, noch länger hier zu liegen und die Decke anzustarren, nachdem sie den ganzen Tag geschuftet und eines dieser seltsamen hausinternen Edeldinner hinter sich gebracht hatte, inklusive Dachdeckermeister, Nataschas derzeitigem Favoriten.

Von einer seltsamen Rastlosigkeit erfüllt, holte sie die dünne Strickjacke aus dem Schrank und streifte sie über, ein weiteres preiswertes Kleidungsstück, das sie am letzten Wochenende erstanden hatte. Im Moment kam es ihr sinnlos vor, dass sie sich über diese Neuerwerbung gefreut hatte. Wen wollte sie denn damit beeindrucken? Es interessierte sich ja doch niemand dafür, wie sie aussah!

Ohne zu wissen, was sie vorhatte oder wo sie hinwollte, eilte sie nach unten. Im Küchenbereich sowie im angrenzenden Aufenthaltsraum war niemand mehr, alles war dunkel und still. Ohne das Licht anzumachen, streifte sie durch die Räume, die nur schwach von der einfallenden Flurbeleuchtung erhellt wurden. Am Schlüsselbrett neben dem Eingang zu den Vorratsräumen sah sie die Autoschlüssel hängen.

Warum nicht?, dachte sie trotzig. Es war ihr gutes

Recht. Fabio hatte ausdrücklich gesagt, dass sie mit seinem Wagen fahren durfte. Davon, dass er jedes Mal dabei sein musste, hatte er nichts gesagt. Und jetzt hatte sie Feierabend, oder nicht? Gleiches Recht für alle. Andere Leute verbrachten ihren freien Abend auch in der Stadt, in einer Kneipe.

Na gut, es war schon fast elf. War das zu spät? Sie konnte sich zwar nicht erinnern, je um diese Uhrzeit ausgegangen zu sein, aber das war natürlich kein Maßstab, denn schließlich konnte sie sich *überhaupt* nicht erinnern, ausgegangen zu sein. Sie hing jeden Abend nach dem Essen auf ihrem Zimmer herum, und sie langweilte sich so sehr, dass sie nicht mal Lust aufs Fernsehen hatte. Nicht auf diese ungezählten Sendungen, in denen alle Welt ausging und Spaß hatte.

Höchste Zeit, auf diesem Gebiet in der Realität aufzuholen!

Unterwegs überlegte sie flüchtig, dass sie vielleicht nicht ganz so schnell fahren sollte. Als sie den dritten Wagen hintereinander in halsbrecherischem Tempo überholte, beschwerte sich der Fahrer mit wütendem Dauerhupen.

Egal. Sie bretterte weiter über die Landstraße, was das Zeug hielt. Zum Schleichen hatte sie keine Zeit. Sie hatte sowieso viel zu wenig Zeit. Viel weniger als andere Leute, die immerhin eine komplette Kindheit und Jugend hinter sich hatten und sich daran *erinnern* konnten!

Sie fand einen Parkplatz vor einer Bar und warf zornig die Wagentür zu. Das Lokal war rammelvoll und von Rauchschwaden durchzogen. Stimmengewirr erfüllte den Raum, und an den umliegenden Tischen und der Bar wurde durcheinander geschnattert und gelacht.

Na also, dachte Isabel. Geht doch! Hier tanzte der Bär, wie Harry es ausdrücken würde. Sie war ziemlich sicher, dass sie selbst diesen Ausdruck nicht verwendet hätte – warum, wusste sie allerdings auch nicht –, aber er gefiel ihr trotzdem.

Mit erhobenem Kopf steuerte sie einen freien Platz an der Bar an. Sie erklomm den gepolsterten Hocker und bestellte bei dem Barkeeper einen Tequila Sunrise. Gleich darauf musste sie lächeln, weil sie plötzlich wusste, dass das einer ihrer Lieblingscocktails war. Immerhin, ein kleiner Lichtblick an diesem miesen Abend.

»Was ist denn so lustig?«, fragte der Mann auf dem Barhocker neben ihr. Er war schon älter, an die sechzig, aber er sah noch gut aus. Mit seinen silbergrauen Schläfen und dem freundlichen Faltengesicht hätte er fast ein Bruder von Robert Redford sein können.

»Ich freu mich einfach«, sagte sie. »Weil ich schon lange keinen Tequila Sunrise mehr getrunken habe. Hm, eigentlich mein ganzes Leben lang nicht. Und weil das hier eine Jazzbar mit Livemusik ist.« Sie deutete auf die kleine Bühne, wo drei Musiker aufspielten. »Ich liebe Jazz.«

Auch das war ein Grund zum Strahlen, und sie tat es ausgiebig. Ja, sie liebte Livejazz! Und wie! Ihre miserable Laune war wie weggeblasen. Sie hatte etwas über sich entdeckt, das ihr neu war! Wunderbar, hier zu sitzen und Jazzmusik zu hören!

»So viel Begeisterung ist ansteckend«, sagte der Mann. »Gestatten Sie, dass ich Sie zu diesem Drink einlade?«

»Nein, danke. Ich lasse mich generell nicht von Fremden einladen.«

»Dann gestatten Sie, dass ich mich vorstelle: Hubertus Frost.«

»Isabel«, sagte Isabel.

Er bestand darauf, ihr den Cocktail zu spendieren und gleich darauf noch einen weiteren, eine Pink Lady, auch ein Lieblingsdrink von ihr, wie sie nach dem Austrinken des Tequila Sunrise feststellte. Von Hubertus eingeladen zu werden stellte sich im Übrigen als äußerst praktisch heraus, denn sie hatte beim Bestellen die unbedeutende Kleinigkeit außer Acht gelassen, dass sie kein Geld dabeihatte. Ganz abgesehen davon, dass sie auch zu Hause – haha, *zu Hause!* – kaum einen Cent hatte, würde sie sich durch diesen hässlichen Winkelzug des Schicksals nicht davon abbringen lassen, sich zu amüsieren. Dieser Hubertus war wirklich ein netter Kerl. Er war auf Lesereise in der Stadt, erzählte er.

»Lesereise?« Isabel wippte auf dem Barhocker auf und ab, während sie zum Piano hinüberschielte. Der Pianist war gut, sehr gut. Aber irgendwie …

»Schriftsteller machen Lesereisen«, sagte Hubertus. »Sie fahren durch die Städte und lesen aus ihren Büchern vor. Ich bin Schriftsteller, wissen Sie? Ich schreibe populärwissenschaftliche Bücher. Über Steuertricks und sonstige finanzielle Optimierungen von Privatvermögen. Die Leute mögen das. Deshalb gehe ich gern auf Lesereise.«

»Oh, toll.« Isabel fragte sich, ob er wohl das schwache Hicksen gehört hatte. Den dritten Cocktail – einen Golden Elephant – hätte sie vielleicht nicht ganz so schnell austrinken sollen. »Ich finde das wahnsinnig engagiert von Ihnen. Ich meine, kulturell und so. Den Leuten das näher zu bringen. Ihr Buch über Steuertricks und Finanzgeschichten.«

Hubertus Frost lachte, und weil sie in so guter Stimmung war, fiel sie sofort mit ein. Sie wippte immer noch auf dem Hocker, obwohl die Musiker gerade Pause machten. Es war ein Trio, ein klassisches Jazz-Ensemble. Bass, Schlagzeug und Piano.

»Ich würde gern …« Sie verstummte.

»Was denn? Noch einen Cocktail?« Hubertus winkte dem Barkeeper.

»Nein, nein. Ich würde gern … Klavier spielen.«

»Dann tun Sie es doch. Es ist gerade frei.«

»Ist nicht Ihr Ernst.«

»Aber ja doch. Wieso denn nicht? Können Sie es denn?«

»Das würde ich ja gern ausprobieren. Ich glaube, ich habe früher mal … Hm, ich weiß nicht. Ob ich … Nein, lieber nicht.«

»Unfug. Ich sehe Ihnen doch an, wie sehr Sie es wollen! Kommen Sie!«

Hubertus nahm ihre Hand und zog sie vom Hocker zu der kleinen Bühne in der Ecke der Bar. Er wechselte ein paar Worte mit dem Bandleader, die sie nicht verstehen konnte, dann kam er zurück und grinste sie an. »Pauseneinlage der hübschen Lady sehr erwünscht. Hat er gerade eben wortwörtlich gesagt. Also, nur zu!«

»Ach nein, ich …« Zaghaft schaute Isabel zu dem Pianisten hinüber, der an einem der Tische saß und an einem Bier nippte. Er nickte ihr aufmunternd zu und zeigte mit seinem Glas auf das Klavier.

Isabel schaute sich zögernd um, doch in dem lärmenden Trubel nahm niemand von ihr Notiz. Auch vorhin, als die Band noch gespielt hatte, war der Betrieb hier drin normal weitergegangen. Keine Bühnenshow, kein Hingucker, nur gute, ehrliche Hintergrundmusik. Warum also nicht einfach da rüber zu dem Stutzflügel gehen und eine kleine Single-Session veranstalten? Niemand würde sich daran stören.

Sie tat es. Sie ging hin, setzte sich auf den Schemel und legte die Hände auf die Tasten. Und dann passierte es. Eben noch war ihr Kopf gähnend leer gewesen, und mit einem Mal fügten sich Bilder zusammen. Nein, keine Bilder. Noten. Sie sah Noten vor ihrem geistigen Auge, die sie kannte und nach denen sie schon gespielt hatte, Klassik ebenso wie Jazz. Und es waren andere Lieder da, ohne Noten, oder genauer, Lieder, bei denen Noten unwichtig waren, weil sie die mit geschlossenen Augen spielen konnte.

Scheinbar ohne ihr eigenes Zutun begannen ihre Finger sich zu bewegen. Sie klimperte ein bisschen herum, fand ein Gefühl für den Anschlag, den Klang, die Pedale unter ihren Füßen. Dann erreichte die Süße der Töne ihr Inneres und setzte dort etwas in Gang, das sich ihrer bewussten Kontrolle entzog. Unter ihren Händen schwebte Musik hoch und erfüllte sie, und mit einem Mal summte es auch in ihrer Kehle, bis aus dem sanften Wiederholen der Töne Gesang wurde, leise zuerst, dann mit wachsender Kraft.

Jemand schob das Mikro auf dem Klavier zurecht, doch sie merkte es nur daran, dass ihre Stimme lauter und voller klang. Sie öffnete nicht die Augen. Auf einer anderen Ebene war sie sich der Tatsache bewusst, dass ringsum die Gespräche verstummten, zuerst einige, dann mit einem Mal alle, bis nur noch die Musik und ihre Stimme zu hören waren. Sie spielte und sang ihr Lieblingslied, diesen wunderschönen, getragenen Song von Norah Jones. »Come away with me and we'll kiss …« Ihre Augen blieben geschlossen, und sie lehnte sich leicht zurück, weil sie das Gefühl hatte, mehr Platz zu brauchen. »On a mountaintop …«

Jemand links hinter ihr raunte, aber er hätte auch schreien können, sie hätte es ausgeblendet, so wie alles um sie herum. »Come away with me … And I'll never stop loving you …«

Ihre Augen brannten, als sie fertig war, und sie zuckte verwirrt zusammen, als um sie herum Beifall aufbrandete. Die Leute klatschten und stampften mit den Füßen, sie riefen und lachten durcheinander, und als Isabel Anstalten machte, aufzustehen, wurden Proteste laut.

»Mehr!«, rief jemand, und ein anderer schrie: »Zugabe!«

Jemand stellte ihr ein randvolles Glas auf den Flügel. »Ein Bier für die Frau am Klavier!«

Das Bier sah merkwürdig aus, nicht so wie das, was sie mit Fabio getrunken hatte. Es schmeckte schärfer als das stärkste Mundwasser und war … – sie trank noch einen Schluck – purer Gin. Kein Lieblingsdrink, aber es half gegen das Lampenfieber.

Sie wusste nicht, wie sie sich dem Wunsch der Zuhörer entziehen sollte, und gab ein weiteres Stück zum Besten, und danach noch eins, weil die Leute mit den Füßen trampelten und mehr wollten. Nach einem dritten Lied reichte es ihr, und sie stand auf, um zur Bar zurückzugehen.

»Sie können jetzt unmöglich aufhören«, sagte Hubertus Frost, als sie, von Beifallrufen und lautem Klatschen begleitet, wieder auf ihren Hocker kletterte. Er strahlte sie an. »Sie sind grandios! Wo haben Sie studiert?«

Sie schaute ihn nur verständnislos an.

»Hören Sie, ich verstehe ein bisschen was davon«, sagte er. »Meine Mutter war Klavierlehrerin. So, wie Sie hier spielen und singen – das kann man nicht von allein, und schon gar nicht lernt man es so nebenher.«

»Tja«, sagte sie. »Ich weiß nur, dass ich ein paar Semester Innenarchitektur studiert habe, auch wenn ich das völlig vergessen habe. Falls ich außerdem Musik belegt hatte, so ist mir das leider auch entfallen.« Sie hob die Hand und winkte dem Barkeeper. »Einen Caipirinha, bitte!« Verschwörerisch wandte sie sich an Hubert. »Ich glaube, das ist auch einer meiner Lieblingsdrinks.«

»Was meinen Sie mit *vergessen*?«, wollte Hubertus wissen.

Fröhlich erwiderte sie sein Lächeln. »Mit *vergessen* meine ich vergessen. Ich leide an einer retrograden Amnesie.« Die beiden letzten Wörter kamen leicht genuschelt heraus, was daran liegen mochte, dass ihr die drei Drinks – oder waren es schon vier? – inzwischen zu Kopf gestiegen waren. Sie schaute Hubertus blinzelnd an. Anscheinend war er im Begriff, sich zu verdoppeln. Egal. Er war da und hörte ihr zu. Er war ein Mensch an ihrer Seite. Zwar nicht im übertragenen Sinne, bloß buchstäblich, aber immer noch besser als niemand.

»Eine Amnesie? Ist das Ihr Ernst?«

Sie nickte nachdrücklich. »Ein Unfall. Auf den Kopf gefallen, richtig heftig. Alles war w-weg.«

»Alles?«, fragte er mit hochgezogenen Brauen.

»Alles. Es ist n-nichts mehr da. Niente, nada, rien, nothing.« Sie rieb sich die Stirn. »Falls Sie glauben, dass ich scherze – schön wär's. Leider ist es die reine Wahrheit. Außerdem bin ich p-pleite und kann nicht richtig bügeln und putzen, deshalb k-komme ich finanziell auch bestimmt auf keinen grünen Zweig mehr.«

Macht aber nichts, fügte sie in Gedanken großmütig hinzu. Dafür kann ich Klavier spielen und singen. Wenn das nichts ist! Na gut, stimmlich war sie nicht dasselbe Kaliber wie Norah, aber am Klavier konnte sie mithalten. Auf jeden Fall.

»Wahnsinn«, sagte jemand hinter ihr. Es war der Bassist, der an die Bar gekommen war. »Wo haben Sie studiert?«

»Das hat sie vergessen«, sagte Hubertus.

»Macht nichts«, sagte der Bassist. »Dafür kann sie Klavier spielen und singen. Und zwar spitzenmäßig. Haben Sie in der nächsten Zeit schon viele Gigs oder hätten Sie Lust, bei ein paar Sachen mitzumachen?«

»Gig – das heißt so viel wie bezahltes Engagement, oder?«, wollte Hubertus wissen.

»Ja klar. Umsonst ist der Tod.«

Hubertus wandte sich an Isabel. »Wie war das gerade mit dem Bügeln und den Finanzen?«

»Ja, also ... Geld kann nicht schaden, denke ich. Mhm, ich habe furchtbar wenig zum Anziehen. Eigentlich fast nichts. Ähm ... Ich geh mir mal eben die Hände waschen.« Isabel stand auf und bewegte sich ein wenig schlingernd auf eine Tür zu, hinter der sie die Toiletten vermutete. »Wäre wahnsinnig nett, wenn Sie das mit den F-Finanzen abchecken, Hubi«, rief sie über die Schulter zurück. »Schließlich sind Sie der Optimierungsexperte!«

Ganz Kavalier der alten Schule, bestand er darauf, sie nach Hause zu begleiten. Rein technisch löste er das Problem so, dass er sie mit Fabios Wagen chauffierte und sich von unterwegs per Handy ein Taxi zum *Schwarzen Lamm* bestellte, das ihn anschließend wieder zurück zur Bar brachte.

Isabel war glänzend gelaunt, als sie ausstieg. Wenn dieser Abend kein Erfolg gewesen war, wusste sie es auch nicht. Sie hatte zwar immer noch keine Vergangenheit, aber dafür anscheinend ab sofort einen Agenten. Oder jedenfalls jemanden in der Art.

Und einen netten Nebenjob, der wesentlich mehr Spaß machte als Bügeln.

Hubertus küsste ihr zum Abschied die Hand. »Ich rufe Sie nächste Woche vor dem Auftritt an.«

»Sie sind ein Schatz! Dafür kaufe ich mir von meinem ersten Geld Ihr Buch!«

Isabel winkte ihm zu, als er in das Taxi stieg. Summend strebte sie der Eingangstür entgegen – und stellte im nächsten Moment fest, dass diese sich nicht öffnen ließ.

Einen Moment lang war sie davon überzeugt, dass das gar nicht sein konnte, schließlich war sie ja auch rausgekommen. Dann ging ihr auf, dass das Rausgehen bei Türen für gewöhnlich einfacher war als das Reinkommen. Es gab Türen, die ein Sicherheitsschloss hatten – so wie diese – und die einen Federmechanismus besaßen, der sie ins Schloss fallen ließ – so wie diese. Die Tür war zu, und man brauchte einen Schlüssel, wenn man reinwollte. Alles andere wäre auch Blödsinn gewesen für eine Haustür, denn sonst könnte ja jeder rein.

Ratlos schaute Isabel an der wuchtigen, aus alten

Bruchsteinen errichteten Fassade des Hauses hoch. Vielleicht war noch jemand auf … Nein, alles dunkel. So was Dummes!

Sie überlegte gerade, ob sie vielleicht im Auto übernachten sollte, als durch die Seitenfenster Licht sichtbar wurde. Im nächsten Augenblick wurde die Tür geöffnet, und Fabio stand vor ihr. Isabel prallte leicht zurück, einesteils vor Schreck, weil er so unerwartet aufgetaucht war, und zum anderen wegen seines Äußeren. Außer einer Boxershorts trug er keinen Faden am Leib, nicht mal ein Paar Schlappen.

»Was war das denn gerade hier für ein Auftrieb?«, fragte er mit barscher Stimme.

Sie starrte auf seine nackten Füße und suchte nach primitiven Merkmalen. Irgendwas, das zu seinem niveaulosen, bäuerlichen, proletarischen Wesen passte. Hammerzehen vielleicht. Oder fingerdicke Hornhaut. Oder wenigstens ein klitzekleines Hühnerauge.

Doch sie fand nichts von alledem. Seine Füße waren wie der Rest von ihm. Schlank, gut geformt und kräftig.

Sie schaute auf, und weil sie ihn nicht direkt ansehen wollte, heftete sie ihren Blick auf seine Brust. Ein schwerer Fehler, wie sie sofort bemerkte. Im schräg einfallenden Licht der Flurbeleuchtung sah er aus wie eine Skulptur von Bernini. So … muskulös. Und so … hm, glatt und fest. Alles an ihm war so … Ach, verdammt!

Isabel zuckte leicht zusammen. Hatte sie das wirklich gerade gedacht? Normalerweise fluchte sie nicht, nicht mal in Gedanken. Das wusste sie instinktiv, auch wenn sie sonst ihr ganzes Leben vergessen hatte. Fluchen war niveaulos. Nur Leute ohne Kultur fluchten.

Fabio fluchte häufiger, meist auf Italienisch.

»Kennst du Bernini?«, fragte sie in herablassendem Tonfall. Sie fand, dass es an der Zeit war, diesem hergelaufenen Koch zu zeigen, wer von ihnen beiden mehr draufhatte. Er bildete sich einfach zu viele Schwachheiten ein, nur weil er zufällig einigermaßen kochen und küssen konnte.

»Bernini? War das der Kerl, der vorhin mit dem Taxi abgefahren ist?«

»Ha!«, sagte sie. »Du kennst ihn nicht!«

»Nein, natürlich nicht. Hab den Typ noch nie gesehen. Wer war er?«

»Ein ganz berühmter Bildhauer«, sagte sie würdevoll. Der Effekt wurde leider durch das Hicksen verdorben, das gleichzeitig mit dem Wort *Bildhauer* herauskam.

»Sag mal, kann es sein, dass wir von zwei verschiedenen Typen reden?« Er ergriff ihren Arm und bugsierte sie ins Haus.

»Er war ein großer K-Künstler«, hickste sie. »Einer der größten. Und du kennst ihn nicht. Ha!«

»Wen? *Den* Bernini? Meine Güte, ich bin Italiener und war bestimmt schon hundert Mal in Rom. Man läuft dort an jeder Ecke an Bernini-Statuen vorbei.«

»Du kennst ihn also doch?« Sie wusste nicht recht, ob sie sich darüber ärgern oder freuen sollte. Unentschlossen ließ sie sich von ihm durch das Vestibül in die kleine Eingangshalle und von dort zur Treppe ziehen. »Was hast du vor?«

»Dich ins Bett zu bringen. Du bist beschwipst. Wo warst du überhaupt?«

»In einer sehr schönen B-Bar, wo es wunderbare Musik gab. Und nette Männer.«

»Aha. Und einer davon war wohl auch so nett, dir einen auszugeben, was? Du hattest doch gar kein Geld dabei!«

»Es gibt noch K-Kavaliere«, sagte sie von oben herab.

Sie stolperte hinter ihm her die Treppe hoch.

»Aua«, nuschelte sie. »Du zerrst so an mir!«

Er ließ sie los, worauf sie prompt aus dem Gleichgewicht geriet und stehen blieb, um sich am Geländer festzuhalten. Was wiederum dazu führte, dass er erneut ihre Hand packte, um sie weiterzuziehen.

Sie kicherte und fing an zu summen. »Come away with me …«

»Du hast ganz schön einen gekippt, oder?«

»Ich kann Klavier spielen. Und s-singen. Ich habe Ulysses gelesen. Ich bin kultiviert.«

Sie hatten das zweite Obergeschoss erreicht, und er stieß die Tür zu ihrem Zimmer auf.«

»Du bist blau.«

Sie riss sich los und rieb sich wütend das Handgelenk. »Ich bin … niemand!« Ihre Beschwingtheit war mit einem Schlag verflogen. »Kein Mensch kennt mich, vor allem nicht ich selbst! Wen immer ich frage – niemand erzählt mir etwas über mich! Nicht mal du, obwohl du seit vier Monaten mein … Freund bist! Ich bin ein Nichts, eine Null! Eine Negativ-Existenz! Alles, was es über mich zu wissen gibt, muss ich mühsam und Stück für Stück selbst herausfinden! Und niemand hilft mir dabei!« Sie stockte. »Ich habe heute Geburtstag. Ich hab mich an das Datum erinnert, das du mir genannt hast. Es ist mir vorhin eingefallen, als ich nach Hause kam.« Wütend lachte sie auf. »Nach Hause! Wo kein Mensch weiß, dass ich Geburtstag habe! Beinahe nicht mal ich selbst!«

Er schaute betroffen drein. »Oh, verdammt … Ich hab's völlig verschwitzt … Es tut mir Leid!«

»Das sagst du doch nur so! Ich bin dir völlig egal!«

»Isabel …«

»Wieso bist du so komisch?«, rief sie verzweifelt aus. »Warum kannst du mir nicht helfen? Du bist doch mein … Aber ich hab das Gefühl, du magst mich gar nicht mehr, obwohl … Ich kann doch nicht …« Zu ihrem eigenen Entsetzen brach sie in Tränen aus. »Nein«, stammelte sie. »Ich bin keine H-Heulsuse! Bitte, ich …« Sie brach ab, um weiter zu weinen. Sie wurde förmlich geschüttelt von Schluchzern, die tief aus ihrer Brust stiegen und sich stoßweise den Weg durch ihre Kehle nach draußen bahnten.

»Isabel! Nicht doch! Bitte nicht weinen!«

Er hatte gut reden! Vielleicht hatte er auch noch einen guten Tipp auf Lager, wie sie damit aufhören konnte!?

Wie durch einen Nebel nahm sie wahr, dass sich Arme um sie legten. Nackte, starke Arme, die sie an eine ebenso nackte und starke Brust zogen.

»Isabel, verzeih mir. Ich hätte deinen Geburtstag nicht vergessen dürfen. Sag mir, was ich tun kann, um es wieder auszubügeln!«

»Sprich nicht vom Bügeln«, murmelte sie erstickt an seiner Schulter.

Sie hätte nicht erwartet, dass es so gut tun würde, von ihm umarmt zu werden. Letzte Woche in der Küche war es anders gewesen, da hatte sie einfach nur darauf gefiebert, dass er sie küsste und sie anfasste.

Jetzt wollte sie bloß gehalten und getröstet werden, mehr nicht.

Mhm, er roch gut. Sehr, sehr gut.

Sie wusste selbst nicht, wie es kam, dass sie auf einmal ihre Nase über seine Brust rieb. Und ihre Lippen gleich dazu. Ihre Tränen versiegten schlagartig, sie konnte schließlich schlecht seine ganze Brust nass heulen. Außerdem konnte sie nicht richtig an ihm schnuppern, wenn ihr vom Weinen die Nase triefte.

»Isabel …«

Es hörte sich wunderbar an, wenn er ihren Namen aussprach. Kein bisschen niveaulos.

Da er sie schon so eng an sich drückte, ergab es sich wie von selbst, dass sie ihre Hände hob und sie über seinen Rücken gleiten ließ.

»Isabel«, murmelte er.

Und dann musste sie nichts weiter tun, als ihm ihr Gesicht entgegenzuheben, damit er sie küssen konnte. Was er mit wilder, kompromissloser Leidenschaft tat. Dass er als Nächstes mit dem Fuß die Tür ins Schloss drücken und sie in der Manier eines Kriegers auf Beutezug hochheben und zum Bett tragen würde, hatte sie nicht unbedingt erwartet, aber es kam ihr vollkommen natürlich vor. Genauso folgerichtig fand sie es, als er ihr hastig und unter wilden Küssen die Kleidung vom Leib zerrte. Seine Shorts waren schon vorher verschwunden, vielleicht hatte er sie weggezaubert.

»Oh«, sagte sie, als sie sah, was sich ihr da im Licht der kleinen Nachttischleuchte so stramm entgegenreckte.

Er hielt inne, schwer atmend und mühsam beherrscht. »Was?«

»Ähm, du bist da so groß. Bist du sicher, dass wir es … Ach, Unsinn. Wir tun's einfach.«

Und dann griff sie nach ihm und zog ihn an sich, bevor er es sich womöglich anders überlegen konnte.

Fabio stürzte sich auf sie wie ein Verhungernder. Vielleicht hätte er noch aufhören können, wenn sie ihm Einhalt geboten hätte, aber wahrscheinlich hätte sie ihm dabei gleichzeitig einen ihrer spitzen Absätze über den Schädel ziehen müssen, sonst hätte er es sowieso nicht beachtet. Er war so wild auf sie, dass er meinte, platzen zu müssen, wenn er sie nicht bald haben konnte.

Nackt sah sie nicht mehr aus wie eine Elfe, sondern wie die personifizierte Sünde, mit dem Körper einer jungen Göttin. Ihre Brüste waren voll, aber nicht so üppig, dass es nicht zum Rest gepasst hätte. Ihre Hüften und Hinterbacken waren sanft geschwungen und gerade so gut gepolstert, dass es herrlich war, mit beiden Händen richtig fest zuzufassen.

Er vergrub seine Nase in ihren duftenden Haaren und biss in ihren Nacken. Sie stöhnte kurz auf, und er hielt flüchtig inne, weil er fürchtete, ihr wehgetan zu haben. Doch sie wand sich nur ekstatisch an seinem Körper, ein Bein fest um seine Hüfte geschlungen und ihren Unterleib an seiner Hüfte reibend. Er spürte und roch ihre Erregung und fühlte, wie feucht sie war. Rote Nebel schienen sich vor seinen Augen zu ballen und trübten seine Sicht, während er seine Finger zwischen ihre Schenkel gleiten ließ.

Sie schrie leise auf und öffnete die Beine, um sich

ihm entgegenzuwölben, und als er sich tiefer schob, um sie dort zu küssen, gab sie ein lang gezogenes Keuchen von sich, das ihn fast in den Wahnsinn trieb. Er wollte sie weiterküssen, bis sie kam, und gleichzeitig wollte er sich auf sie werfen und sich in ihr versenken, bis *er* kam.

Lieber Gott, mach, dass ich aufhöre!, dachte Fabio zusammenhanglos.

»Ja, bitte! O Gott ja, hör nicht auf!«

Wenn ich weitermache, bin ich geliefert, durchzuckte es Fabio.

»Oooohhh … Ja, mach weiter!«

Sie gab einen gepressten Schrei von sich, und er legte sich auf sie, drängte sich zwischen ihre Schenkel. Lieber wäre er gestorben, als aufzuhören.

Dann versank jeder Gedanke für den Rest der Nacht in einem verrückten, wirbelnden Sog.

Nein, bringen Sie es hier rüber, aber nicht bis ganz an die Wand, es muss ein bisschen Abstand bleiben. Und dann leicht schräg stellen, in einen Winkel von fünfundvierzig Grad.« Isabel tänzelte um die Möbelpacker herum und versuchte, ihnen klar zu machen, dass man einen Tisch nicht einfach planlos hinstellen konnte, schon gar nicht in einem geraden Winkel ausgerichtet. Bei den Speisetischen mochte das anders sein, da war eine gewisse Symmetrie wichtig, die Leute achteten in einem Restaurant auf optische Ordnung. Aber dieser Tisch war ein Deko-Tisch. Sie hatte schon genau vor Augen, wie es aussehen würde, wenn es fertig war: Mit reich gefälteltem Damast belegt, in dem sanften Altrosa, das sich in den

Deckenlampen wiederholte, und darauf ein Bouquet von frischen Schnittblumen in einer Kristallschale. Den Damast hatte sie für einen Spottpreis aus einer Haushaltsauflösung gekauft, genau wie die Kristallschale und die dazu passenden Kerzenlüster.

Die Packer platzierten den Tisch zu ihrer Zufriedenheit leicht schräg unter einen geschwärzten Eichenbalken, und Isabel seufzte befriedigt auf, während sie sich umsah. Wunderbar! Alles war an Ort und Stelle. Tische, ein Teil der Stühle, Wanddekorationen, das Gründerzeit-Büfett. Sie beglückwünschte sich immer noch zu diesem Schnäppchen. Es bestand aus einer Art Paket, nämlich dem Büfett und einem Sekretär aus derselben Stilepoche. Sie hatte beides im Pfandhaus entdeckt und gegen ihren Ring getauscht, ein ungemein praktisches Arrangement, wie sie fand, denn sie konnte den Ring jederzeit zurücktauschen, wie ihr der freundliche Pfandleiher versichert hatte. Natürlich nur gegen Geld, aber das würde bestimmt bald kein Problem mehr sein. Hubertus Frost hatte hervorragende Konditionen für ihre wöchentlichen Auftritte ausgehandelt und wollte nichts weiter dafür haben als freies Essen im *Schwarzen Lamm*, wenn er mal wieder auf der Durchreise war. Einen erfolgreichen Auftritt in einer Jazzkneipe hatte sie bereits hinter sich, oder sogar zwei, wenn man den ersten mitzählte. Der zweite hatte ihr schon ein hübsches Sümmchen eingebracht. Sie hatte sich bei H&K von Kopf bis Fuß davon eingekleidet, sogar dreifach. Und hinterher noch Geld für ein bisschen schöne Deko übrig gehabt. Wenn man einmal raushatte, wie es mit dem Geldverdienen funktionierte, war es kinderleicht. Wieder eine neue Erfahrung in einem neuen Leben.

»Nicht dort hin!«, rief sie. Im Gang vor dem Speisesaal waren die Packer mit dem Sekretär aufgetaucht. »Bitte wieder zurück damit! Der soll vorn in der Eingangshalle stehen!«

Sie zeigte den Männern, wo sie das Möbelstück haben wollte, nämlich neben dem Kassenbereich, genau in der Mitte eines gefälligen Ensembles aus rotem Designer-Samtsofa (Konkursware), Kupferkanne auf Dreifuß, beides spätes achtzehntes Jahrhundert (Sponsoring eines Antiquitätenhändlers, der dafür mit diskretem Firmenlogo auf dem Parkplatzschild verewigt war) und einem wirklich umwerfend prachtvollen venezianischen Spiegel (stinknormale preisgünstige Neuware aus dem örtlichen Möbelhaus, eigenhändig mit Beize und Feile auf Alt getrimmt).

Das Entree eines Hauses, vor allem in der Gastronomie, war so wichtig wie kaum ein anderer Teil des Innenbereichs, es konnte gar nicht sorgfältig genug gestylt werden. Na gut, vielleicht waren die Gästetoiletten mindestens genauso wichtig, aber darüber musste zum Glück hier niemand mehr nachdenken, denn Olaf hatte ganze Arbeit geleistet, mit selbstreinigenden WCs, Marmorbordüren, eingelassenen Waschbecken und indirekt beleuchteten Spiegeln. Ganz zu schweigen von solchen Kleinigkeiten wie Händetrockner mit Sensorautomatik, elektronischem Handtuchspender und berührungsfreien Hightech-Armaturen.

Alles war edel und vom Feinsten. Am Anfang hatte es im ganzen Haus nur ein richtiges Glanzlicht gegeben, nämlich die Küche, doch inzwischen war der gesamte Gastronomiebereich in dieselbe First-class-Kategorie aufgerückt. Fabio war ein Raubein, er ging nicht in Opern, hatte nie was von James Joyce oder

Thomas Mann gelesen und war in seiner Ausdrucksweise eher geradlinig als intellektuell. Aber er war ein gastronomischer Tausendsassa. Und ein Wahnsinnslover …

Alles hätte so perfekt sein können. Bis auf zwei Kleinigkeiten. Erstens, an ihrer Amnesie hatte sich nichts geändert. Zweitens …

»Ach, da bist du ja«, sagte sie. Sie konnte nicht verhindern, dass ihre Stimme atemlos klang, wie immer, wenn er so unvermittelt in ihrer Nähe auftauchte.

Seit diesem einen wundervollen Mal letzte Woche hatte er nicht mehr mit ihr geschlafen. Es war immer was dazwischengekommen. Einmal war er abends auf dem Geburtstag eines Schulfreundes eingeladen gewesen (»Reine Männergesellschaft, da würdest du dich nur langweilen«), an einem anderen Abend hatte er Unterlagen für den Steuerberater fertig machen müssen (»Dafür brauch ich garantiert die halbe Nacht«), und dann hatte er diese furchtbare Magenverstimmung gehabt, von der er sich immer noch nicht ganz wiedererholt hatte (»Das ist der Stress wegen der Eröffnung«).

»Hallo«, sagte Fabio. Er küsste sie auf die Wange und fuhr ihr durchs Haar, seine übliche Begrüßung am Morgen. Zu mehr konnte er sich nicht durchringen, wenn Leute dabei waren, offensichtlich mochte er keine Vertraulichkeiten, wenn er dabei beobachtet werden konnte. Dummerweise waren eigentlich immer Beobachter anwesend, denn je näher die Eröffnung rückte, umso voller wurde es im *Schwarzen Lamm*. Immer häufiger kamen Lieferanten, und das Personal war ebenfalls aufgestockt worden. Für den Eröffnungsabend sollte die volle Restaurantbesetzung antreten, und Fabio war jeden Tag Stunden beschäftigt, mit den Leuten ihren Einsatz zu proben. Harry war der Sommelier, genau wie im ersten *Schwarzen Lamm*, Natascha die Sous-Chefin, beide fest angestellt. Außerdem gab es eine Reihe Teilzeitkräfte: einen Barkeeper, einen Patissier, zwei Hilfsköche, zwei Küchenhilfen, eine Empfangs- und zwei Servicedamen. Sie rückten alle miteinander meist am frühen Abend an, und dann ging es los mit den Besprechungen und dem Erstellen von Einsatzplänen. Isabel hatte gestaunt, was für eine generalstabsmäßige Logistik für die Eröffnung eines Spitzenrestaurants nötig war, und sie konnte kaum aufhören, Fabio dafür zu bewundern, mit welcher Nonchalance – na ja, die Magenverstimmung nicht mitgezählt – er das alles bewältigte. Er hatte die Lage fest im Griff.

Sie selbst war froh, wenigstens bei der Inneneinrichtung für den letzten Schliff und das gewisse Extra sorgen zu können, damit das *Schwarze Lamm* das richtige Flair bekam.

Sie zeigte auf den Sekretär. »Gefällt er dir?«

Fabio musterte ihn. »Er ist perfekt.« Er trat näher. »Sieht echt aus.«

»Das will ich doch meinen. Drüben im Gastraum steht das passende Büfett als Gegenstück. Komm mit, ich zeig's dir. Es ist traumhaft!«

»Woher … ich meine, wie hast du …«

Sie warf einen Blick auf die Möbelpacker, die damit beschäftigt waren, die noch fehlenden Stühle hereinzutragen.

»Ist alles von dem Antiquar geliehen«, behauptete sie.

Als sie gemeinsam zum Gastraum gingen, lief ihnen Natascha über den Weg. Sie kam aus dem Wirtschaftstrakt und wankte unter der Last eines vollen Wäschekorbs.

»Schürzen und Servietten«, sagte sie. »Blütenweiß und herrlich rein. Und total knittrig.«

»Ich komme gleich«, sagte Isabel. Mit schlechtem Gewissen schaute sie Natascha hinterher, die den Korb in den Wohnraum hinter der Küche schleppte.

»Ich muss bügeln«, sagte sie seufzend.

»Hör mal, du musst das nicht machen!«, sagte Fabio sofort.

»Doch, natürlich! Es ist mein Job!«

»Aber du musst doch nicht …«

»Doch.« Sie reckte sich. »Ich habe diese Entscheidung nun einmal getroffen, und dazu stehe ich! Ich kann mich zwar nicht mehr dran erinnern, aber das spielt keine Rolle.« Sie betrachtete ihn und fühlte ihr Herz schmerzhaft schneller schlagen, weil sie sich mit jeder Faser ihres Seins an die eine Nacht letzte Woche erinnerte. An die Nacht aller Nächte, ihr wunderbares Geburtstagsgeschenk.

Sie hatte mit ihm darüber gesprochen. Natürlich hatte sie ihm gesagt, wie grandios es für sie gewesen war, doch er hatte nur gemurmelt, dass es bloß daher käme, weil sie sich an keine anderen Nächte erinnern könne.

Isabel war der Meinung, dass sie aus genau diesem Grund viel aufzuholen hatten, aber leider schien es schon rein terminlich nicht mehr zu klappen.

Sie gab einem plötzlichen Bedürfnis nach und streckte die Hand aus, um ihn zu berühren, doch er wich einen Schritt zurück, um zwei der Möbelpacker vorbeizulassen, die mit den letzten Stühlen für den Gastraum vorbeikamen.

»Ich geh dann mal bügeln«, sagte sie niedergeschlagen.

Er nickte nur stumm, in Gedanken anscheinend schon wieder längst woanders.

Fabio schaute ihr nach, wie sie mit hängendem Kopf davontrottete, und am liebsten hätte er laut aufgeschrien vor Wut. Oder wenigstens jemanden angebrüllt, um seinen Frust loszuwerden.

»He, Alter, alles senkrecht?« Harry kam aus dem Keller, Staub auf der Nase und die Hände an einem Leinentuch abwischend, mit dem er einen Teil der Weinkisten gereinigt hatte. »Ich habe den Grand Cru umgelagert und die Temperatur noch mal geprüft. Ist alles im grünen Bereich. Was meinst du, soll ich das letzte Regal auch noch aufbauen oder lieber erst mal warten, wie die erste Charge weggeht?«

»Musst du mich jetzt damit nerven?«, fuhr Fabio ihn an. »Wer ist denn hier der Sommelier, he?«

»Aber hallo.« Harry musterte ihn prüfend. »Ist da vielleicht wer mit dem falschen Fuß aufgestanden? Du siehst aus, als würdest du gern jemanden abmurksen.« Er folgte Fabios Blicken zu der Tür, durch die soeben Isabel verschwunden war. »Aha. Na ja. Da steckst du wohl in einer echten Sackgasse, wie? Was musstest du auch unbedingt mit ihr ins Bett? Selbst schuld, würde ich da sagen.«

Das wusste Fabio auch von allein, und es sich von anderen anhören zu müssen war wie Salz in einer offenen Wunde. Dabei war es keineswegs so, dass er überall herumposaunt hatte, was letzte Woche geschehen war. Natascha und Harry hatten sofort Bescheid gewusst, woher auch immer. Vielleicht hatten sie es an der Art bemerkt, wie er Isabel ansah, wenn sie es nicht wusste.

Es machte ihn fast wahnsinnig, sie anzuschauen. Er konnte kaum die Hände bei sich behalten, wenn sie ihm über den Weg lief, und jedes Mal erinnerte er sich sofort an alle Einzelheiten ihrer gemeinsamen Nacht. Die Nacht, in der er über sie hergefallen war, als hätte er den Verstand verloren. Na ja, was das betraf – er *hatte* den Verstand verloren. Sonst hätte er diesen Schwachsinn natürlich gelassen. Er wäre an dem Abend wie der Blitz in seinem eigenen Zimmer verschwunden. Stattdessen hatte er sich in einen hirnlosen Ochsen verwandelt. Nein, Ochse war Blödsinn. In einen Stier.

In einen Stier, der ihr die Klamotten vom Körper gerissen, sie aufs Bett geworfen und da auf seine Hörner genommen hatte. Mehrmals und ausgiebig und fast die ganze Nacht hindurch. Er hätte schon nach dem ersten Mal sein erbärmliches bisschen Hirn zusammenklauben und aufhören können, aber nein! Er musste es bis zum Exzess mit ihr treiben, bis er so erledigt und ausgelaugt war, dass er keinen Finger mehr heben konnte. Und auch sonst nichts. Eines hatte er in dieser Nacht gelernt: Er wusste jetzt, woher der Ausdruck *sich um Kopf und Kragen vögeln* kam.

Genau das hatte er getan. Und er hätte noch Ewigkeiten so weitermachen können, wenn er nicht zu müde gewesen wäre. Das war ihm noch nie passiert. Überhaupt hatte er das noch nicht erlebt. Nicht so wie mit ihr. Sie war … anders.

Mit ihr war alles neu und aufregend. Wild und verrückt. Gefährlich und spannend. Er hatte sich eine Nacht wie am Rande eines Abgrunds gefühlt, in der sicheren Gewissheit, fliegen zu können.

Zu blöd, dass er dann trotzdem abgestürzt war. Es war exakt in dem Augenblick passiert, als sie ihm kurz vorm Einschlafen sagte, dass sie so etwas noch nie erlebt hatte. Da erst hatte er begriffen, dass es ihr nicht nur genauso ging wie ihm, sondern es hatte ihn auch wie ein Keulenschlag die Erkenntnis getroffen, dass es ihr erstes Mal überhaupt war! Alles, was vorher war, hatte die Amnesie ja ausgelöscht! Er hatte sie sozusagen entjungfert! Sie auf die schändlichste nur denkbare Weise für seine Lust missbraucht!

»Was ist, Alter? Willst du mich jetzt umbringen oder mit mir über die Weinregale reden?«

»Ach, lass mich doch in Frieden«, brummte Fabio. Er machte ein paar Schritte vorwärts und tat so, als würde er den Sekretär aus der Nähe betrachten. In Wahrheit wollte er nur vermeiden, Harry anschauen zu müssen. Er ging nicht nur Isabel aus dem Weg, sondern auch seinen Angestellten. Harry und Natascha konnten ziemliche Nervensägen sein, wenn ihnen etwas gegen den Strich ging.

Harry trat neben ihn und fuhr mit dem Finger über die Wand hinter dem antiken Ensemble, mit dem Isabel die kleine Eingangshalle aufgemöbelt hatte. Sie hatte den Putz behandelt, bis er wie die hochwertigste, teuerste Marmortäfelung aussah, die in weitem Umkreis zu haben war. In der Bar hatte sie ebenfalls eine Wand auf diese Weise veredelt, hinter der Theke, kombiniert mit bronzierten Spiegelplatten, die sie irgendwo als billigen Sonderposten aufgetan hatte. Und all das mal eben in acht Tagen.

»Das hat sie toll gemacht, oder? Hm, es sieht so echt aus, dass ich es ständig anfassen muss. Dass es gar kein Marmor ist, merkt man erst, wenn man mit dem Finger drübergeht. Wie heißt das noch mal?

»Stuckolustro«, sagte Fabio.

»Wie hat sie das bloß so hingekriegt? Es ist einfach irre!«

Das fand Fabio auch, und er konnte es immer noch nicht fassen, dass sie wie ein Profi diese Wand verputzt hatte. Sie hatte ihm erklärt, wie es ging, aber er hatte nur mit halbem Ohr hingehört, weil sie so niedlich ausgesehen hatte, mit Farbklecksen auf der Nase und fast ertrinkend in dem viel zu großen Arbeitskittel, den Natascha ihr gegeben hatte.

»Die Mischung macht's«, wiederholte er geistesabwesend einen ihrer Sätze, den er sich gemerkt hatte. »Es werden mehrere Schichten von Alabastergips aufgetragen, der mit Farbpigmenten versetzt ist. Das wird hinterher geglättet und gewachst und sieht dann aus wie echter Marmor.«

»Hm. Sie hat es toll gemacht, oder?« Harry wandte sich zu ihm um und starrte ihm geradewegs ins Gesicht. »Sie ist überhaupt toll. Sie ist keine Zicke, sondern ein wunderbares, süßes Mädchen. Du solltest den Boden anbeten, über den sie geht. Stattdessen behandelst du sie wie Luft.«

»Ach, halt doch die Klappe!« Fabio wandte sich ab und ging mit schnellen Schritten zur Küche hinüber.

»Wir wären dann fertig«, rief einer der Packer, die gerade aus dem Gastraum kamen. »Alles so weit in Ordnung?«

»Ja«, raunzte Fabio ihn an. »Sonst noch was?«

»Okay, okay, wir gehen schon.« Der Packer verdrehte die Augen zur Decke. Im Weggehen wandte er sich einem seiner Kollegen zu und tippte sich gegen die Stirn.

»Das war gerade mieses Benehmen«, stellte Harry fest. »Und eigentlich bist du sowieso ein ziemlicher Scheißkerl, hab ich dir das schon mal gesagt?«

Fabio war nicht danach, sich gut zu benehmen. Er *wollte* sich wie ein Scheißkerl benehmen! Warum auch nicht, wenn er sich sowieso schon wie einer fühlte!

Am liebsten hätte er ein paar von diesen hübsch gefältelten Damastdeckchen, die Isabel überall dekoriert hatte, runtergerissen und mit den Füßen darauf herumgetrampelt. Vielleicht hätte es ihm geholfen. Vielleicht ginge es ihm überhaupt besser, wenn hier nicht alles so beschissen klasse geworden wäre, nur weil sie es hingekriegt hatte, aus einem normalen, gehobenen Gastronomiebetrieb etwas zu machen, das schon beim Reinkommen wie ein fürstlicher Gourmettempel aussah.

»Wusstest du, dass sie Klavier spielt und eine super Stimme hat?«

Fabio tat so, als hätte er es nicht gehört, obwohl Harry ihm auf dem Fuße folgte und es ihm förmlich ins Ohr rief.

»Ich hab mir ihren Auftritt letzte Woche angeschaut, Alter. Sie war erste Sahne. Und glaub mir, ich versteh was davon, ich mach schließlich selber Musik, und nicht zu knapp. Aber so gut wie sie würde ich in hundert Jahren nicht werden. Sie müsste hier weder bügeln noch schrubben, noch die Wände putzen. Sie könnte jeden Abend, den Gott werden lässt, auf einer Bühne stehen und klotzig Geld verdienen.«

Fabio fuhr zu ihm herum. »Dann sag ihr das doch!

Vielleicht geht sie dann ja!« Er hatte seine Stimme gedämpft, denn von nebenan war alles, was in der Küche geredet wurde, ganz gut zu hören.

Natascha und Isabel hatten den Fernseher laufen, aber die Tür zum Aufenthaltsraum war nur angelehnt, und wenn er hier herumbrüllte wie vom Affen gebissen, würde ihnen das kaum entgehen.

»Vielleicht sag ich es ihr ja noch«, meinte Harry leichthin.

Fabio bedachte ihn mit düster drohenden Blicken. »Wenn du meinst, dass sie woanders besser dran ist – tu es doch!«

»He, Alter, lass mich leben, ja? Ich kenne dein Problem. Mach das erst mal mit dir selber klar, dann ist alles ganz easy, glaub mir.«

Auf diese ominöse Bemerkung ging Fabio nicht ein. Mit ärgerlich zusammengepressten Lippen wandte er sich ab und holte eine Stiege Gemüse aus der Vorratskammer. Arbeit hatte ihm immer noch am besten geholfen, mit Stress fertig zu werden.

Je näher der Eröffnungsabend rückte, umso aufwändiger wurden die Probedinner. Die Gänge wurden zahlreicher, die Gerichte raffinierter, die Zutaten teurer. Mittlerweile standen die Gerichte, die fest ins Repertoire aufgenommen werden sollten, weitgehend fest, aber Fabio war dabei, für den ganzen folgenden Monat jeweils unterschiedliche Tagesgerichte auszuarbeiten, durch die sie sich seit einigen Tagen kochten, teilweise bereits mit den neuen Leuten vom Küchenteam.

Harry räusperte sich und deutete auf eines der weit offenen Fenster. »Ich glaube, da kommt hochherrschaftlicher Besuch.«

Fabio folgte Harrys ausgestrecktem Arm mit seinen Blicken und musste blinzeln, um ein zweites Mal hinzuschauen, weil er zuerst seinen Augen nicht trauen wollte.

Doch sie war es tatsächlich. Daphne. Die rothaarige Freundin. Oder genauer, die Frau, die Isabel für ihre Freundin gehalten hatte.

Sie stieg aus demselben angeberischen Schlitten, mit dem sie vor ein paar Wochen schon hergekommen war. In ihrem edel schimmernden, flaschengrünen Kostüm kam sie über den Parkplatz in Richtung Eingangstür gestöckelt. Sie war allein; von diesem blonden Arschloch Erik war weit und breit nichts zu sehen.

Fabio fühlte sein Herz stakkatoartig gegen seine Rippen hämmern. Alle Eindrücke von außen schienen sich zu belanglosen Randerscheinungen zu verflüchtigen. Harry, der mit dem Messer dastand wie eine Statue und dümmlich nach draußen glotzte. Die Musik, die nebenan dudelte, die leisen Stimmen von Natascha und Isabel.

Isabel …

»Das war's dann wohl«, sagte Harry.

Fabio hatte den vagen Eindruck, dass es bedauernd klang, doch darin täuschte er sich bestimmt. Harry war von ihnen allen doch am meisten daran gelegen, dass Isabel endlich *auf den Trichter kam*, wie er es nannte. Dass sie ihre Vergangenheit wiederfand und erfuhr, wer sie war und woher sie kam. Jedenfalls hatte Fabio das bisher immer angenommen.

»Auch das noch«, fuhr Harry fort.

Auf dem Parkplatz fuhr ein weiterer Wagen vor. Es war Giulios Jaguar. Er bremste scharf vor Daphne ab, und Raphaela stieg aus, mit derselben Grandezza wie die andere unerwünschte Besucherin, die vor ihr eingetroffen war.

»Das ist jetzt wie in einem bescheuerten Film«, sagte Harry. »Nur ein Blödmann von Drehbuchautor kann sich solche Sachen ausdenken. Wie kann so was in echt passieren?«

Fabio hörte nicht zu. Er sah, wie Raphaela die andere Frau kurz und unauffällig taxierte, bevor sie sich hochmütig abwandte und ebenfalls auf den Eingang zuhielt.

»Alter, ich würde sagen, jetzt geht es hier gleich rund. Es sei denn, du machst was.«

Als wäre sein Adrenalinspiegel nicht schon bis zum Anschlag hochgeschossen, öffnete sich just in diesem Moment die Tür zum Nebenraum, und Isabel kam zum Vorschein.

»Ich bin mit Bügeln fertig und wollte fragen, ob ich Pesto machen soll. Harry, du hast doch zu mir gesagt, Pesto wäre eine Wissenschaft für sich, und ich denke, es wird Zeit, dass ich es lerne …« Sie hielt inne und schaute aus dem Fenster. Raphaela geriet soeben außer Sicht. Sie erreichte den Eingang schneller als Daphne, die ein paar Schritte vor dem Portal stehen blieb und prüfend an der Fassade hochblickte.

»Was will sie hier?«, fragte Isabel. Ihre Stimme klang ruhig, aber Fabio bemerkte das winzige Zittern.

»Wer?«, fragte er mit angehaltenem Atem.

»Deine Ex.« Diesmal war ihr Ton nicht mehr ruhig, sondern eindeutig aufgebracht.

»Ich … weiß nicht«, sagte er, obwohl er mehr als eine leise Ahnung hatte, worum es gehen könnte.

»Wer ist die andere?«, fragte Isabel. Ihre Augen verengten sich, während sie Daphne fixierte, die immer noch draußen vor dem Eingang stand.

»Eine Kundin«, hörte Fabio sich sagen. Isabel hatte sie nicht erkannt! Er spürte Harrys anklagende Blicke im Rücken, als er zur Tür eilte. »Ich werde mal rausgehen, um alles Nötige mit ihr zu besprechen.«

»Wirst du auch mit Raphaela sprechen?«

»Äh … vielleicht nachher.«

Er eilte hinaus und in den Gang, der an den Gast- und Wirtschaftsräumen vorbei zum Eingangsbereich führte.

Raphaela kam ihm auf halber Strecke entgegengestöckelt. Sie strahlte, als sie ihn sah. »Schön, dass du da bist!«

»Keine Zeit, *scusi.*« Er ging hastig an ihr vorbei in Richtung Vestibül, wo soeben das rothaarige, katzenäugige Schreckgespenst erschienen war und sich suchend umschaute.

Isabel starrte auf die langsam zufallende Küchentür. Sie hatte die Hände so fest zu Fäusten geballt, dass ihre Nägel sich schmerzhaft in die Haut bohrten.

»Gib mir bitte ein Messer«, sagte sie zu Harry.

»Ich weiß nicht, ob das die passende Lösung ist«, sagte er.

»Womit soll ich sonst die Kräuter für das Pesto klein schneiden?«

»Äh … Ach so.« Er reichte ihr ein scharfes Messer und schob ihr das Brett mit den frisch abgezupften Basilikumblättern hin. »Wenn du willst, schneide ich es für dich klein. Ach so, ja, man muss es überhaupt nicht klein schneiden, die Kräuter kommen in den

Mixer, jedenfalls, wenn wir Pesto machen. Es gehört sowieso noch Öl dazu, und ein paar andere Zutaten auch.«

Sie hörte nicht auf ihn, sondern hackte auf die Kräuter ein, als gelte es ihr Leben, sie klein zu kriegen.

In ihr brodelte es. Anscheinend brauchte er ständig Weiber, um die er herumscharwenzeln konnte! Nicht nur, dass er sofort losraste, wenn eine blöde Kundin hier auftauchte! Nein, es musste auch schon wieder Raphaela sein! Was wollte die blöde Zicke ständig hier? Sie kam diese Woche schon das zweite Mal her, bloß, um ihre Nase überall reinzustecken und hinternschwingend durch das ganze Haus zu stolzieren! Und die größte Frechheit war, dass sie dabei so tat, als würde sie nur mal eben aus alter Freundschaft vorbeischauen! Isabel hätte ihr am liebsten den Hals umgedreht. Mittlerweile wusste sie, dass es da wohl einen Hochzeitstermin gab, mit diesem komischen Cousin von der Camorra, doch die Art und Weise, wie Raphaela hier auflief und ihren Ex und das neue *Schwarze Lamm* förmlich mit Blicken auffraß, riefen beträchtliche Zweifel in Isabel wach, dass Raphaela wirklich daran interessiert war, besagten Termin auch einzuhalten.

»Du solltest auf deine Finger aufpassen«, sagte Harry besorgt.

»Wozu denn? Auf ein oder zwei Pflaster mehr kommt es doch auch nicht an!«

»Mit Pflastern an den Fingern kannst du nicht so gut Klavier spielen.«

Vorübergehend abgelenkt, ließ sie das Messer sinken. »Kommst du wieder zu meinem Auftritt?«

»Aber hundertpro!« Er strahlte sie an und sah dabei mit seinem kurzen blonden Stoppelhaar und dem schmalen Gesicht so sehr wie ein halbwüchsiger Junge aus, dass Isabel sich fragte, wie so jemand schon in den höchsten Kreisen der Fachgastronomie als erstklassiger Sommelier gehandelt werden konnte. Aber guter Wein war schon seit seiner Jugend ein wichtiges Thema für ihn gewesen. Sein Vater hatte als Küfer in einem renommierten Weinbaubetrieb gearbeitet, und Harry hatte die Leidenschaft für edle Tropfen quasi bereits als Kind vor Ort aus den Fässern genuckelt. Außerdem war er ein guter Koch mit einer speziellen Begabung für Soufflés.

Das hatte Natascha ihr erzählt, so wie auch sonst alles, was sich in diesem Haushalt und dieser seltsamen kleinen Familie, die nicht durch Verwandtschaft, sondern Kollegialität und Freundschaft zusammengeschweißt wurde, im Laufe der letzten Jahre abgespielt hatte.

Harry war seit zwei Jahren Mitglied der Crew, wie Natascha es nannte, und sie selbst war schon doppelt so lange im Team. Ganze vier Monate lang hatte Raphaela es ausgehalten, bevor sie und Fabio sich fürchterlich in die Wolle gekriegt hatten und sie mit fliegenden Fahnen zu Giulio übergelaufen war.

»Was meinst du, warum sie hergekommen ist?«, fragte Isabel beiläufig.

Harry, der sich mit ein paar bleichen Geflügelteilen beschäftigte – sie würde nie lernen, sich an den Anblick roher Fleischstücke zu gewöhnen, schon gar nicht an solche, denen man noch ansah, dass sie zum Fliegen, Stelzen oder Schwimmen benutzt worden waren –, zuckte zusammen. »Wen meinst du?« Er schaute auf, aber er sah sie nicht an, sondern fixierte einen Punkt hinter ihr.

»Na, Raphaela natürlich«, sagte Isabel ungeduldig. »Sie will was von ihm! Ich sehe doch, wie sie ihn ständig anschaut!«

Natascha kam in die Küche. »Da ist was Wahres dran, fürchte ich.«

Isabel ließ das Messer sinken und drehte sich zu ihr um. »Du hast es auch bemerkt.«

»Das kann einem kaum entgehen.«

»Also, was will sie von ihm?«

»Dasselbe, was du auch von ihm willst, Herzchen.«

Isabel fühlte, wie sie errötete. »Ich habe keine Ahnung, wovon du sprichst.«

»Da kann ich dir auf die Sprünge helfen«, sagte Raphaela mit ihrer unverwechselbar rauchigen Stimme. Sie stand in der offenen Küchentür.

Isabel starrte sie an. Raphaela trug ein rotes, eng anliegendes Kleid in derselben Farbe wie ihr Lippenstift. Ihr Haar fiel wie ein glänzender Vorhang halb über ihr Gesicht, aber das Glitzern in ihren Augen war deutlich zu erkennen.

»Vielleicht bereue ich es ja, dass ich mich mit ihm gestritten habe«, sagte sie. »Vielleicht möchte ich mich gern wieder mit ihm vertragen.«

Hallo«, sagte Fabio. Es kam so kurzatmig heraus, als sei er ein paar hundert Meter gesprintet, und er hörte den Puls in seinen Ohren hämmern wie eine ganze Batterie Pressluftbohrer, als er vor Daphne stehen blieb. »Guten Tag.«

»Tag.« Sie schaute sich um. »Es ist ja wirklich toll hier geworden! Richtig edel!«

»Danke«, sagte er höflich, heldenhaft den Drang unterdrückend, sie an den Haaren zu packen und aus dem Haus zu schleifen, bevor Isabel womöglich aus der Küche kommen und sie sehen – und erkennen! – konnte. »Was führt Sie her?«

»Erinnern Sie sich nicht an mich?«

Fabio tat so, als müsste er überlegen. »Äh … doch, ja. Sie waren schon mal hier, wegen einer Hochzeit, oder? Sie sagten, Sie würden noch einmal darüber nachdenken und dann *Das Schwarze Lamm* vielleicht doch buchen. Haben Sie sich jetzt entschieden?« Der letzte Satz war draußen, bevor er ihn sich verkneifen konnte. Besorgt fragte er sich, ob sie den boshaften Unterton in seiner Stimme wahrgenommen hatte.

Daphne musterte ihn unter halb gesenkten Lidern hervor. »Nein, im Moment sieht es nicht danach aus.«

»Sind Sie hergekommen, um mir das zu sagen?«

Sie schüttelte den Kopf. »Wohl kaum. Ich habe neulich über drei Ecken gehört, dass Isabel noch hier in der Stadt sein soll.«

»Wer?«

»Meine Freundin«, sagte sie ungeduldig. »Isabel van Helsing, Sie erinnern sich?«

»Ja, und?«, gab er betont beiläufig zurück.

»Tun Sie nicht so.« Ihre Stimme wurde scharf. »Ich weiß, dass sie hier ist! Es war nicht bloß ein Gerücht, es stimmt! Hier drin trägt alles ihre Handschrift! Dasselbe Stuckolustro hat sie in meinem Badezimmer gemacht!«

Fabio fühlte sich, als hätte ihm jemand in den Magen geboxt. Er merkte, wie seine Schultern nach vorn sackten. »Sie haben Recht«, sagte er müde. Er wandte sich ab. »Ich gehe sie holen, einen Moment.«

»Sekunde.«

Er blieb stehen und wandte sich wieder zu ihr um. Ihre Augen leuchteten in demselben unwirklichen Grün wie ihr Kostüm. »Stimmt es, was ich außerdem gehört habe? Dass sie ihr Gedächtnis verloren hat?«

Fabio nickte zögernd.

Daphne gab ein ungläubiges, kurzes Lachen von sich und schüttelte den Kopf. »Ich dachte, es wäre ein Witz! Das ist ja … das ist … ein Ding!« Ihre Nasenflügel blähten sich, und in ihre Augen trat ein Anflug von Sensationslust. »Wie ist das denn passiert?«

»Sie ist die Treppe runtergefallen.«

Sie nickte langsam. »Ja, das hat er auch gesagt.«

»Wer?«

»Ach, das spielt doch keine Rolle, ein entfernter Bekannter. Arme Isi!«

In seinen Ohren klang ihr Bedauern so künstlich wie ihre Haarfarbe. Seine Stimme vibrierte vor Wut. »Vermutlich ist sie gestürzt, weil sie mitbekommen hat, wie Sie und dieser Erik … Im Grunde können Sie nur froh sein, dass sie nichts mehr davon weiß!«

»Sekunde mal, bleiben wir doch beim Thema. Sie meinen, sie kann sich an nichts von früher erinnern? An gar nichts? Sie weiß nicht mal, wer sie selber ist?«

»Das sagte ich doch schon. Ich gehe sie jetzt holen.«

»Nein!«, rief Daphne heftig aus. Sie lächelte, als könnte sie diese Gefühlswallung ungeschehen machen, und mit einer gezierten Bewegung strich sie sich das Haar aus der Stirn. »Warum denn so eilig? Wir können doch vorher noch ein bisschen … reden.«

Er musterte sie düster. »Worüber denn?«

»Na ja, der Bekannte, von dem ich gehört habe, dass sie hier wohnt, erzählte mir eine absolut unglaubliche Geschichte. Danach sind Sie wohl mit ihr … zusammen. Stimmt das?«

»Und wenn ja – was wäre dann?«

»Das wäre … wunderbar!« Daphne lächelte, zuerst zögernd und dann so breit, dass jeder ihrer makellosen Backenzähne zu sehen war.

»Was soll das jetzt?«, fragte Fabio gereizt. »Haben Sie es sich anders überlegt? Wollen Sie Erik lieber für sich selbst haben?«

»Ach, wer will denn schon Erik«, sagte sie wegwerfend. Sie blickte ihn groß an. »Es geht mir nur um Isi. Ich möchte, dass sie glücklich ist. Sie war so lange nur schrecklich unglücklich, wissen Sie.«

»Was soll das heißen?«

»Sie war mit ihrem Leben unzufrieden. Sie hat oft zu mir gesagt, sie würde so gern mal was völlig anderes machen, und manchmal sagte sie auch, sie wäre am liebsten eine ganz andere Person.«

Fabio suchte in ihrer Miene nach Anzeichen von Unaufrichtigkeit, konnte aber zu seiner Überraschung keine entdecken.

»Erklären Sie das bitte mal genauer!«

»Ach, sie mochte einfach ihr ganzes Leben nicht. Sie *hasste* es förmlich und fand es furchtbar öde, das hat sie mir selbst gesagt.«

»Was genau daran?«

»Na, alles. Die ewig gleiche Bussigesellschaft an den ewig gleichen mondänen Orten. Das dauernde Rumhängen und Geld für irgendwelchen Schwachsinn ausgeben, den sie sowieso nicht brauchte oder schon in mehrfacher Ausführung besaß.« Daphne wedelte unbestimmt mit der Hand. »Außerdem hatte sie ständig Pech mit Männern. Andauernd fiel sie mit ihren Typen rein.«

Bezogen auf Erik war das so klar wie nur was, dachte Fabio ergrimmt. Und bezogen auf ihn selbst erst recht. Wenn jemand in der Reihe ihrer Typen ein wirklich herausragender Reinfall war, dann zweifellos er.

»Schauen Sie, wenn Sie mit Ihnen glücklich ist, dann hat sie doch alles, was sie braucht und was sie wollte!« Daphne zog sich rückwärts gehend in Richtung Eingangstür zurück. »Warum soll sie in ihr unnützes, frustrierendes, langweiliges Leben zurückkehren? Vor allem, wenn sie sowieso nichts mehr darüber weiß? Warum kann sie nicht ganz einfach bei dem Mann bleiben, der sie liebt?«

Der Presslufthammer in seinen Ohren fing wieder an zu rattern, und während er stumm stehen blieb und tatenlos zusah, wie sie verschwand, hörte er immer wieder ihre letzten Worte. *Der sie liebt. Der sie liebt.*

Erst, als sie draußen war, löste sich seine Erstarrung, und er brachte es fertig, ihr zu folgen. Doch sie war bereits wieder in den Wagen gestiegen und hatte den Motor angelassen. Im Vorbeifahren winkte sie ihm fröhlich lächelnd zu.

Er schaute ihr hinterher und fragte sich, wie hirnlos er sich noch aufführen musste, bis irgendwer auf die Idee kam, ihm ganz fürchterlich in den Hintern zu treten.

Dieser Gedanke hatte kaum Gestalt angenommen, als ein weiterer Wagen in die Einfahrt bog. Es war ein Wagen aus Giulios Fuhrpark, aber nicht sein Cousin fuhr ihn, sondern seine rechte Hand Nero. Von Giulio war nichts zu sehen.

Während Fabio noch überlegte, ob er sich darüber freuen sollte, dass Nero allein gekommen war, stellte dieser sorgsam den Wagen neben dem Schild ab, auf dem die Gastparkplätze ausgewiesen waren. Wie sein Boss würde er nie unbewaffnet zu wichtigen Gesprächen auflaufen, aber es käme ihm niemals in den Sinn, falsch zu parken.

Er stieg aus und kam mit ernster Miene auf Fabio zu. »Sag mir nicht, dass ich dich töten muss.«

»Du musst mich nicht töten«, sagte Fabio.

»Ich tu's aber.«

»Dann mach es sofort und ziel nicht daneben.« Fabio fühlte sich ausgelaugt. Die Begegnung mit Daphne hatte ihn alles an Kraft gekostet, was ihm nach der von Spannungen zerrissenen Woche in Isabels Nähe noch geblieben war.

Nero bleckte seine spitzen Zähne und reckte seine dürre, zu kurz geratene Gestalt. Er wandte sich in Richtung Haus und spähte durch die offenen Küchenfenster ins Innere. »Es ist ein schwerer Fehler von dir, dass du dich noch immer mit ihr triffst.«

Fabio starrte ihn an. Das konnte der Kerl nicht ernsthaft meinen! Aber offensichtlich tat er es.

»Ich treffe mich nicht mit ihr.«

»Sie ist aber hier.«

»Ich habe sie nicht eingeladen.«

»Und zwar nicht zum ersten Mal«, fuhr Nero fort, ohne auf Fabios Protest einzugehen. »Warum sollte sie wohl sonst herkommen, außer, um sich mit dir zu treffen?«

»Herrgott noch mal, ich würde was drum geben, wenn sie es nicht täte!«

»Das glaube ich dir nicht. *Giulio* glaubt es dir nicht.«

Fabio ließ ihn einfach stehen und ging zurück ins Haus. Nero folgte ihm schnell wie ein Wiesel, die Hand unter der Achsel. Ihm war deutlich anzusehen, dass er gern Nägel mit Köpfen gemacht hätte. Möglichweise hatte Giulio ihm sogar bereits freie Hand gegeben, und er wartete nur noch darauf, dass er es ohne Zeugen tun konnte. Oder darauf, dass Fabio eine grobe Antwort zu viel gab. Wofür die Chancen heute durchaus gut standen.

»Wo ist sie?«, fragte Nero. Sein Kopf ruckte hin und her, als er sich umschaute.

»Nero, jetzt hör mal zu! Ich habe nichts mit ihr! Du tust gerade so, als hättest du uns zusammen im Bett erwischt, aber das ist Einbildung!«

»Wo ist sie?«

Laute Stimmen aus dem Küchentrakt machten weitere Fragen überflüssig.

Was soll das da werden?« Raphaela deutete mit spitzen Fingern auf das Brett mit den zermatschten Kräutern vor Isabel.

Isabel starrte abwechselnd auf das Messer und auf Raphaela. »Pesto.«

Raphaela warf den Kopf zurück und lachte. »Das ist nicht dein Ernst! Sie will Pesto machen und schneidet dafür die Kräuter mit dem Messer klein!«

Isabel warf Harry einen verwirrten Blick zu. Er hob frustriert die Schultern.

Natascha kam mit dem Korb voll frisch gebügelter Wäsche aus dem Nebenraum und musterte Raphaela abwägend. »Was willst du denn hier?«

»Euch allen *Hallo* sagen. Mir die Fortschritte anschauen, die ihr hier gemacht habt.« Sie schaute sich um und sog die von Kräuterduft geschwängerte Luft ein. »Mhm, das alles fehlt mir doch mehr, als ich dachte!« Beinahe bittend blickte sie Harry und Natascha an. »Wir hatten doch eine gute Zeit, oder?«

Isabel stand reglos da, die Arme um sich geschlungen, weil ihr mit einem Mal kalt war. Das Messer hatte sie weggelegt. Wozu sollte eine Küchenniete wie sie auch Pesto machen? Wahrscheinlich würden alle es hinterher sowieso wieder nur aus Höflichkeit essen, genau wie den anderen Kram, den sie bisher beim Kochen fabriziert hatte. Raphaela beherrschte diese Kunst ohnehin viel besser, und wenn sich alles in ihrem Sinne entwickelte, wäre sie vermutlich in ein paar Wochen wieder hier eingezogen und schwang das Zepter genau wie früher. Welchen vernünftigen Grund sollte sie auch haben, bei Giulio zu bleiben? Die dicken Autos, reichlich Schmuck und eine Platincard zum Einkaufen konnten es wirklich nicht sein. Welche Frau interessierte sich für all das, wenn sie einen Mann wie Fabio haben konnte?

Und welchen Grund sollte Fabio sonst haben, ihr ständig aus dem Weg zu gehen, damit sie bloß nicht in die Verlegenheit kamen, miteinander allein zu sein?

»Ups!«, sagte Raphaela. Sie zupfte eine der Schürzen vom Wäschestapel und hielt sie hoch. »Was soll das sein? Der neue Knitterlook? Wer hat die denn gebügelt? Meine Güte, damit kann Fabio doch nicht rumlaufen am Eröffnungsabend!«

»Natascha sieht nicht mehr so gut«, sagte Harry. »In ihrem Alter fällt das Bügeln immer schwerer.«

Natascha schaute drein, als hätte sie in eine Zitrone gebissen, doch sie sagte kein Wort, sondern riss Raphaela die Schürze aus der Hand, packte sie wieder auf den Korb und trug die ganze Wäscheladung in einen der benachbarten Vorrats- und Abstellräume.

Sie war kaum verschwunden, als die Küchentür aufflog und ein Mann hereinplatzte. Er war mager und von ungesunder Blässe, und es war offenkundig, dass er nicht in freundlicher Absicht kam. Er blickte sich hastig um, und als er Raphaela sah, brachte er es fertig, gleichzeitig wütend und unterwürfig auszusehen.

»Du sollst doch diesen miesen Burschen nicht besuchen!«

»Wo steht das geschrieben?«, fuhr Raphaela ihn an.

Fabio hatte hinter dem blassen Mickerling die Küche betreten und blieb bei der Tür stehen, die Hände in die Taschen seiner ausgefransten Jeans geschoben. »Sie wollte sowieso gerade wieder gehen.«

»Wollte ich das?«, fragte Raphaela lächelnd. »Und wer behauptet, dass du ein mieser Bursche bist, kennt dich nicht so wie ich.«

»Was meinst du damit?«, fragte der bleichgesichtige Hänfling.

»Ach, Nero. Frag doch nicht so dämlich.«

Isabel spürte einen Anflug von Übelkeit, als sie sah, wie besitzergreifend Raphaela Fabio musterte. Es war fast so, als wollte sie sich vergewissern, dass noch alle guten Teile an ihm dran waren.

»Du hast gesagt, du gehst einkaufen«, meinte Nero mit einem panischen Unterton in der Stimme.

»Ich *war* einkaufen.« Wie zum Beweis hob Raphaela den rechten Fuß. »Da, funkelnagelneue Schuhe. Drei Paar. Die anderen sind im Wagen. Aber den ganzen Tag nur einkaufen zu gehen wird mit der Zeit langweilig. Habe ich nicht das Recht, hin und wieder alte Freunde zu treffen? *Gute* alte Freunde?« Bei ihren letzten Worten senkte Raphaela bedeutungsvoll die Stimme und schaute Fabio an. Es war beinahe wie eine Berührung.

Isabels Blicke hatten sich an den neuen Schuhen festgesaugt. Es waren Riemchensandaletten mit zehn Zentimeter hohen Absätzen, ein neues Modell. Das stammte garantiert nicht von H&K, sondern von – Isabel taxierte sie genauer – ja, von Ungaro. Genau wie das Täschchen, das von Raphaelas Schulter baumelte und ebenso neu war wie die Sandaletten.

Vage fragte sie sich, woher es kam, dass sie sich an alle Belange rund um Damenschuhe und Handtaschen sowie Möbel- und Dekor-Arrangements bestens erinnerte, aber mit so primitiven Dingen wie der Zubereitung eines Pestos nicht mal ansatzweise klarkam.

Sie hätte am liebsten laut aufgeschrien. Oder das Messer auf den Boden oder gegen die Wand geworfen. Vorzugsweise in Raphaelas Richtung.

»Was soll das hier werden?«, hörte sie sich zu ihrer eigenen Überraschung selbst sagen. »Fragt *mich* eigentlich jemand, ob es mir passt, dass sie ständig vorbeikommt?«

Sie hob den Kopf und trat an Fabios Seite. »Er ist schließlich mein Lebensgefährte, oder nicht? Da ist es eine ziemliche Zumutung für ihn und mich, wenn seine Ex hier andauernd zu Besuch hereinschneit. Außerdem haben wir genug zu tun, um bis zur Eröffnung alles zu bewältigen, wir können es uns gar nicht leisten, durch unerwünschte Eindringlinge von der Arbeit abgehalten zu werden.«

Wie um Bestätigung heischend blickte sie zu Fabio auf, doch sein Gesicht blieb merkwürdig unbeteiligt. Er stand unter Anspannung, das merkte sie, doch er rührte sich nicht, sondern lehnte gegen die Wand, immer noch die Hände in den Taschen. Harry hatte sich das Brett mit den Kräutern geschnappt und schabte das klein gehackte Grünzeug zusammen mit anderen Zutaten für das Pesto in den Mixer. Natascha rumorte in der Kammer nebenan herum.

Bis auf die von den beiden verursachten Geräusche war es still in der Küche.

»Ich finde, sie hat völlig Recht!«, unterbrach Nero das lastende Schweigen. Er hampelte von einem Fuß auf den anderen, mit einer Hand am Aufschlag seines Sakkos. »Besser, du kommst jetzt mit, Raphaela. Du weißt doch, dass noch viel für die Hochzeit zu tun ist. Und Giulio …«

»Scheiß auf die Hochzeit!« Raphaela funkelte ihn an. »Hau ab, du Zwerg! Sonst sag ich ihm, dass du mir ständig auf den Hintern glotzt, wenn du glaubst, ich kriege es nicht mit!«

Nero fuhr zusammen. »Das ist nicht wahr!«

»Lüg nicht!«

»Wenn ich es wirklich mal tue, ist es keine Absicht!«, beteuerte er.

»Ich weiß gar nicht, ob ich überhaupt Lust habe, jemanden zu heiraten, um den laufend so ein missratener Hampelmann auf unmöglichen Absatzschuhen herumtanzt!«

»Wo sie Recht hat, hat sie Recht«, warf Natascha ein. Sie kam zurück in die Küche. »Diese Schuhe sind bescheuert. Männer mit Absätzen sind entweder schwul oder nicht ganz dicht.«

Nero stand schlagartig still. »Ich glaube, das war's«, sagte er.

»Das war was?«

»Ich bring sie um«, sagte Nero zu Fabio. »Ich hab's dir gesagt.«

»Sag es doch mir persönlich, wenn du dich traust«, empfahl Natascha ihm höflich.

»Deine Schuhe *sind* bescheuert«, erklärte Raphaela. »Der Anzug ist schon schlimm genug, aber die Schuhe sind das Letzte. Ich werde Giulio sagen, dass du auf keinen Fall zu unserer Hochzeit eingeladen wirst. Falls die Hochzeit überhaupt stattfindet.«

Nero äugte mit flackernden Blicken in die Runde. »Ich würde sagen, wir gehen beide jetzt, *Bellezza*. Bevor es riesengroßen Ärger gibt und du Dinge sagst, die du sicher hinterher sehr bereust.«

Raphaela achtete nicht auf ihn. An Fabio und Isabel gewandt, meinte sie: »Was ihr hier für eine Show abzieht, sieht doch ein Blinder mit Krückstock. Lebensgefährte, haha. Es könnte fast lustig sein, wenn ihr es nicht allein deswegen tätet, um Giulio zu verarschen. *Mich* zu verarschen«, fügte sie kühl hinzu.

»Das sollten wir hier nicht ausdiskutieren«, rief Nero.

»Ja, ja«, sagte sie ungeduldig. »Ich komm ja schon.« Sie warf ihre glänzende brünette Mähne zurück und stolzierte auf ihren hohen Hacken zur Tür.

»Was meinen Sie mit … verarschen?«, fragte Isabel mit bebender Stimme. Sie fror noch immer. Ihr war so kalt, als hätten sie nicht Ende August, sondern tiefsten Winter.

Als Raphaela an ihr vorbeistöckelte, schnappte sie einen Hauch Parfümduft auf. *Vendetta* von Valentino, von dem ein Teelöffel voll so viel kostete, wie sie an einem ganzen Shoppingtag bei H&K ausgegeben hatte.

Isabel suchte instinktiv nach einem Gegenstand, den sie durch die Küche schleudern konnte. Etwas, das möglichst hart und scharfkantig war.

Doch bevor sie fündig werden konnte, geriet Fabio in Bewegung.

Isabel gab einen quietschenden Laut von sich, als sie sich unversehens von ihm gepackt und in seine Arme gerissen fühlte. Seine Lippen pressten sich auf ihren Mund und öffneten ihn, und seine Zunge bahnte sich den Weg ins Innere. Der Kuss war grob und leidenschaftlich und wundervoll – und nur zu schnell vorbei.

»Das nur zum Thema *Verarschung*«, sagte er rau.

»Nette Nummer«, gab Raphaela zurück. »Aber nicht gut genug. Ich weiß nämlich mehr als du.« Sie grinste. »Ciao, *Bellezzo* …« Sie schürzte die Lippen und pustete Fabio einen Luftkuss zu. »Auf bald, *Amore mio*!«

Isabel schwankte hin und her, benommen von dem betörenden Kuss und dem köstlichen Gefühl seiner Hände auf ihrem Körper. Leider hatte er sie wieder losgelassen, kaum, dass Raphaela und ihr Begleiter – Isabel hielt ihn für eine Art Leibwächter oder Handlanger der Camorra-Fraktion – aus der Küche verschwunden waren. Folglich musste sie sich unauffällig an der Wand abstützen, weil sie sonst völlig aus dem Gleichgewicht geraten wäre. Ihre Knie wackelten, als hätte sie gerade den Eiffelturm bestiegen, und auch ihr rasender Puls passte dazu.

Fabio fluchte halblaut vor sich hin. *»Porca miseria! Maledetta!«*

Natascha stand in der Tür zur Vorratskammer, den leeren Wäschekorb wie einen Schild vor die Brust gedrückt. Sie betrachtete Fabio mit undurchdringlicher Miene. »Damit sprichst du ein wahres Wort gelassen aus.«

Der Kuss hatte nicht nur ihre Knie zum Zittern gebracht, sondern trieb sie auf unerfindliche Weise auch dazu, vor dem Dinner eine halbe Stunde zwischen Kleiderschrank und Spiegel hin und her zu laufen und sich zwischendurch mindestens zehn Mal umzuziehen. Nach insgesamt drei Shopping-Nachmittagen seit ihrer Entlassung aus dem Krankenhaus besaß sie zwar immer noch nicht das, was sie als anständige Garderobe bezeichnen würde, aber es war immerhin so viel, dass man sich darüber Gedanken machen konnte, was man anziehen wollte. Es gab zwei Hosen, zwei Röcke, vier verschiedene Oberteile, drei Paar Schuhe, ihre alten Kleidungsstücke nicht mitgerechnet. Entsprechend vielfältig waren die Kombinationsmöglichkeiten, denn sie hatte beim Kaufen darauf geachtet, dass jedes Teil farblich und vom Stil her zu den anderen Sachen passte. Es war alles in Pastelltönen gehalten, weil das ihren Typ am besten unterstrich.

Sie trug gerade den rosa Spitzenrock mit dem eingearbeiteten Spitzensaum und dazu ein lila Top mit gerüschtem Ausschnitt, als es an der Zimmertür klopfte.

Isabel fuhr sich mit beiden Händen durch die Haare und war erleichtert, dass es bloß Natascha war.

»Ich bin gleich fertig«, sagte sie. »Wie sehe ich aus?«

»Wenn du deine Frisur meinst: wie Frankensteins Braut.«

»Nein, ich kämme mich noch, das kommt nur vom Umziehen. Ich meine das hier.« Sie deutete auf den Rock und das Oberteil. »Ist das in Ordnung so?«

»Nett«, sagte Natascha. »Und wie findest du meins?«

Sie trug einen knallengen Rock und eine Glitzerbluse, die nichts von dem verbarg, was sie im Übermaß vorzuweisen hatte.

»Heiß«, sagte Isabel. »Wer kommt heute?«

»Olaf. Er hat immer noch die beste Arbeit geleistet.«

»Ist das nicht ziemlich schlimm für dich?«, fragte Isabel.

»Was meinst du?«

»Na, die ganzen Handwerker ...«

»Handwerker sind die besten aller Männer«, sagte Natascha im Brustton der Überzeugung. Sie runzelte die Stirn. »Warte mal, du denkst ... Glaubst du etwa, ich würde das nur für die neuen Toiletten machen? Mich quasi auf dem Altar der Gebäudesanierung aufopfern?«

»Ich war von Anfang an der Meinung, dass du eine sehr loyale Arbeitnehmerin bist«, meinte Isabel höflich.

Natascha warf den Kopf zurück und lachte. Es klang rostig und rau, aber zugleich auch auf unbestimmte Art erotisch. Und es brachte ihren Busen auf eine Art zum Beben, bei der garantiert jeder aufrechte Handwerker augenblicklich den Hammer fallen ließ. Isabel bekam nicht zum ersten Mal einen Eindruck davon, wie Natascha auf Männer wirken musste. Sie wog an die neunzig Kilo und war weit entfernt von allen Idealmaßen, aber sie trug immer noch dieselben Girlie-Klamotten wie vor zwanzig Jahren, nur bei der Kleidergröße machte sie Zugeständnisse, die hatte sich im Laufe der letzten Jahre geändert.

»Du weißt es ja noch gar nicht«, sagte sie. »Aber ich bin hier Teilhaberin. Harry übrigens auch. Deswegen sind wir auch so anhänglich. Wir hoffen beide, dass über die Einnahmen bald das reinkommt, was wir an Gehalt niemals kriegen können. Wovon auch? Der arme Junge war ja komplett abgebrannt, und zwar buchstäblich.«

Isabel fuhr sich mit dem Kamm durch die Haare und betrachtete prüfend das Ergebnis. Sie fand, dass sie immer noch einen leichten Rauschgoldengel-Touch hatte, aber daran konnte sie nichts ändern. Jede Welle ihres Kraushaars war echt – auch eine Tatsache, die sie nach ihrem Gedächtnisverlust gewusst hatte, ohne erst ihren Wahrheitsgehalt überprüfen zu müssen.

»Du siehst wirklich süß aus«, sagte Natascha. »Und weißt du, was ich glaube? Dass du ihm reichlich den Kopf verdreht hast.« Es klang eher besorgt als begeistert.

»Wem?«, fragte Isabel. »Fabio?«

»Logisch, wem sonst? Ach, klar, Harry natürlich auch. Und diesem Typ, der neuerdings dein Agent ist. Wie hieß er gleich?«

»Hubertus Frost.«

»Wenn Olaf nicht auf dicke Titten stehen würde, hätte er sich auch schon in der Reihe deiner Fans angestellt. Der Dachdecker wollte übrigens neulich wissen, ob du noch zu haben bist.«

»Und da hast du ihm gesagt, dass ich mit Fabio verlobt bin?«

»Bist du das?«, fragte Natascha. Sie seufzte. »Ach, Mist. Es entwickelt sich alles so verdammt anders, als ich zuerst angenommen hatte.«

»Was hattest du denn zuerst angenommen?« Isabel fragte sich, woher das ungute Gefühl kam, das sich mit einem Mal in ihr ausbreitete.

»Ich hatte einfach nicht weit genug gedacht. Irgendwie war ich immer der Meinung, dass bloß die Eröffnung anständig über die Bühne gehen müsste, und dann wäre alles im Lack.« Natascha trat zu Isabel vor den Spiegel und nahm ihr den Kamm aus der Hand, um sich damit durch die eigene Mähne zu fahren. Gedankenverloren betrachtete sie ihr Gesicht im Spiegel und fuhr mit dem Zeigefinger der freien Hand über ihre Mundwinkel, um die Konturen der Lippenstiftfarbe zu korrigieren.

»Jetzt taucht diese dumme Gans ständig auf, und schon ist wieder die nächste Katastrophe in Sicht.«

»Was genau meinst du mit Katastrophe?«, fragte Isabel vorsichtig.

Natascha legte den Kamm auf die Frisierkommode und strich sich den Rock glatt. »Natürlich ist sie wieder scharf auf ihn, so weit sind wir uns sicher einig, oder?«

»Sind wir das?« Isabel brachte die Worte nur mühsam heraus. Gleichzeitig dachte sie: Man sieht mir viel zu deutlich an, wie eifersüchtig ich bin!

Sie tat einen Schritt zur Seite, als könnte sie ihren Gesichtsausdruck wegwischen, einfach dadurch, dass sie sich nicht mehr selbst im Spiegel sah.

Natascha folgte ihr mit ihren Blicken und seufzte. »Keine Sorge, er würde sie nicht mehr mit der Kneifzange anfassen.«

»Weil er Angst vor seinem Cousin hat?«

Natascha ließ sich auf einen der beiden Sessel fallen, die vor dem Fenster standen. »Jeder, der halbwegs normal ist, hat Angst vor ihm.«

»Ist er so mächtig?« Isabel schluckte. »Ich meine, ist er so ein großer …« Sie suchte nach dem richtigen Wort. »Boss?«

»Nach meiner Theorie ist er in Neapel die Lachnummer vom Dienst, deshalb ist er nach Deutschland gekommen. Nicht, um die hiesigen Pizzabäcker einzuschüchtern, sondern weil hier jede Menge Russen sind, mit denen er zusammenarbeiten kann.«

»Handelt er mit … Rauschgift?«, fragte Isabel, fasziniert und abgestoßen von den Abgründen, die sich da im Familienumfeld von Fabio auftaten.

»Nein, mit gebrauchten Autos.«

Isabel erschauerte. Entschlossen trat sie wieder vor den Spiegel. Falls man ihr jetzt noch eine Regung ansah, dann ganz sicher keine Eifersucht. Höchstens eine Spur von Sensationslust, gepaart mit leiser Bangigkeit. Immer, wenn sie an solche Arten des Broterwerbs dachte, kam ihr die Frage in den Sinn, auf welche Art sie selbst sich wohl früher ihren Lebensunterhalt verdient haben mochte. Möglicherweise konnte sie froh sein, dass sie alles vergessen hatte! Woher wollte sie wissen, ob sie in ihrem früheren Leben nicht genauso schlimm gewesen war wie Giulio!

Sie sah ganze Kolonnen gestohlener Edelkarossen vor sich, die auf einen Wink dieses Italo-Mafiosos unwiederbringlich gen Osten verschwanden und diesem durchgeknallten Wicht genug Geld einbrachten, um eigene Luxusschlitten zu finanzieren. »Das Problem ist nicht das, was er beruflich macht«, erläuterte Natascha, als hätte sie soeben Isabels Gedanken mitgelesen. »Sondern seine Wut auf Fabio.«

»Wegen der Erbschaft von ihrer Oma?«

»Ich weiß nicht. Auch wenn Fabio ihm diese angeblichen Schulden bezahlen würde – es würde aus meiner Sicht nicht viel nützen.«

»Du liebe Zeit, wieso das denn?«, fragte Isabel verwirrt.

»Weil Giulio dann keinen Hebel mehr hat, um Druck auszuüben.«

»Es geht also um Raphaela, oder? Sie ist der eigentliche Grund für Giulios Hass!«

Natascha schüttelte den Kopf. »Das alles hat seine Ursachen in der Vergangenheit. Sie konnten sich schon als Jungs nicht ausstehen. Fabio hatte die schönere Mutter und das bessere Fahrrad. Fabio hatte ein Mountainbike, Giulio nur ein Hollandrad. Ein Damenfahrrad«, setzte Natascha bedeutungsvoll hinzu. »Ohne Gänge!«

Isabel hob verblüfft die Brauen. »Das ist ja kaum zu glauben!«

»Du sagst es.«

»Anscheinend ein Fall von Überkompensation«, sagte Isabel nachdenklich. »Vor allem die Sache mit Raphaela. Ich verstehe nur nicht, was sie dazu brachte, sich ihm zuzuwenden. Nach einem Mann wie Fabio!«

»Du meinst, warum eine Frau wie sie so einen Kotzbrocken nimmt, wenn sie doch ein Sahneschnittchen haben kann?«

Fabio als Sahneschnittchen zu bezeichnen wäre Isabel nicht unbedingt in den Sinn gekommen, aber sie musste zugeben, dass der Vergleich passte. »Dass die Macht des Geldes so stark ist, hätte ich nie gedacht.«

»Das ist die Frage.«

»Welche Frage?«

»Ob es wirklich allein die Macht des Geldes ist.«

»Welche sollte es denn bei Giulio sonst sein? Etwa sein sonniges Wesen? Sein gutes Aussehen? Seine ausgeglichene Art?«

»Manche Männer sehen unter aller Kanone aus und haben ein Rad ab«, philosophierte Natascha. »Aber trotzdem haben sie was an sich ...«

»Das ist krank«, protestierte Isabel.

»Eben. Es gibt Frauen, die darauf abfahren. In Vegas kannte ich mal eine, die stand darauf, wenn ein Kerl ihr beim Sex an den Haaren zog. Wir anderen Mädels waren froh, als sie endlich einen fand, der sie heiratete.«

»Wieso, hat sie danach mit ihren alten Vorlieben gebrochen?«

»Nein, sie wurde in den Flitterwochen endgültig kahl und konnte danach nur noch mit Perücke auftreten.« Natascha blickte Isabel forschend an. »Du bist so richtig in ihn verknallt, oder?«

Isabel holte Luft. »Wie kommst du darauf?«

»Nur so.« Natascha stand auf. »Wir sollten essen gehen. Ich hab Hunger.«

Beim Essen war die Stimmung leicht gezwungen, obwohl alles hervorragend schmeckte.

Es gab Hühnersalat nach einem Rezept aus dem siebzehnten Jahrhundert, eine eigenwillige Komposition mit Kräutern, Rosinen und Zitronat und mit frischen gekochten Hühnerbrüstchen, die mit den übrigen Zutaten mariniert und auf einem dekorativen Salatbett angerichtet waren. Als Hauptgang gab es Hechtfilets mit Oliven, Mangold und Tomatenwürfelchen, ein lombardisches Rezept, wie Natascha während des Kochens erläutert hatte. Als Isabel sie fragte, ob sie es schon einmal gemeinsam gekocht hätten, meinte Natascha, sie könne sich nicht daran erinnern.

Zwei Servierkräfte und einer der neuen Hilfsköche, die mit ihnen gegessen hatten, verabschiedeten sich schon vor dem Dessert, weil sie am folgenden Tag früh aufstehen mussten. Sie arbeiteten nebenher für einen großen Caterer und waren für eine Hochzeit eingeteilt. Als eine der jungen Frauen schwärmerisch davon erzählte, wie hübsch die Dekoration in dem bereits aufgebauten Festzelt geraten sei, kam Isabel ins Grübeln, wie immer, wenn jemand die Rede aufs Heiraten brachte.

Fabio starrte die meiste Zeit über schweigend auf seinen Teller und trank dazu reichlich von dem Chianti, den Harry aus den neuen Beständen kredenzte. Eigentlich sollte es davon nur ein Probiergläschen für jeden geben, aber dieser Vorsatz hatte sich nach der dritten, spätestens nach der vierten Flasche verflüchtigt. Harry hatte gemeint, er würde einfach Nachschub bestellen, der Lieferant hätte ihm sowieso für weitere Chargen einen Sonderpreis angeboten und es wäre Blödsinn, das nicht auszunutzen.

Als es Zeit für den Nachtisch wurde, ging Isabel in die Küche, um die gefüllten und überbackenen Pfirsiche aus dem Backofen zu holen. Sie hatte sie eigenhändig abgebrüht und enthäutet und mit einem Makronen-Rum-Gemisch gefüllt, alles nach Naschas Anweisungen mit Amaretto besprengt und zum Überbacken unter den Grill geschoben, nachdem sie die leeren Teller vom Fischgang abgeräumt hatten.

Behutsam stellte sie eines der dampfenden Förmchen vor Fabio ab. »Bitte sehr. Guten Appetit. *Buon appetito.*«

»Danke«, sagte er, während er zu ihr aufblickte. »*Mille grazie.*«

Anscheinend redete er mehr Italienisch, wenn er Wein getrunken hatte. Isabel mochte den Klang seiner Stimme, wenn er Italienisch sprach. Sogar seine Flüche heute in der Küche hatten sich aufregend angehört. Vor allem in Verbindung mit dem heißen Kuss, den er ihr kurz davor gegeben hatte.

Einträchtig löffelten sie das Dessert.

»Wie heißt das noch gleich?«, fragte Isabel. Sie wusste es natürlich noch, aber sie wollte, dass Fabio es sagte. Wenn ihm auch schon nicht nach weiteren Küssen der Sinn stand, wollte sie wenigstens ein Paar Brocken Italienisch hören.

»*Pesce agli Amaretti*«, sagte er mit seiner leicht angerauten Stimme.

»Und der Fisch?«, fragte sie atemlos.

»*Luccio alle olive e biete con dadolata di pomodori.*«

Isabels Löffel blieb auf halbem Weg zum Dessertschälchen hängen. Fabio schaute nicht länger auf seinen Teller, sondern in ihr Gesicht. Plötzlich schienen sie allein im Raum zu sein. In ihrem Kopf dröhnte und summte es. Natascha hatte Recht, durchzuckte es sie. Mein Gott, ich bin in ihn verknallt! Und ich möchte so sehr mit ihm ins Bett, dass ich schon fast schreien könnte!

»Olaf, lass uns rauf in mein Zimmer gehen und Fußball gucken«, sagte Natascha.

»Ach«, sagte Olaf interessiert. »Kommt heute Fußball?«

»Keine Ahnung. Wir könnten den Fernseher anmachen und nachsehen.«

»Gibt es keinen Espresso mehr?«

»Der ist ausgegangen«, sagte Harry hastig. »Morgen muss ich neuen besorgen.« Er stand auf und streckte sich. »Ich räum rasch ab und verschwinde dann zum … Harfespielen.«

Isabel überlegte flüchtig, wie merkwürdig es war, dass Harry zum Harfespielen verschwinden wollte, zumal doch die Harfe gleich da drüben in der Ecke stand. Doch das war mit einem Mal von größtmöglicher Bedeutungslosigkeit. Hauptsache, er verschwand.

Sie erwiderte unverwandt Fabios Blick. Die Luft zwischen ihnen erschien ihr mit einem Mal schwerer als vorher, wie aufgeladen, von einer fremdartigen, namenlosen Energie.

Und dann waren sie wirklich allein. Die anderen waren gegangen, verschwunden wie flüchtige Schatten, die sich nur vorübergehend am Rande ihrer Wahrnehmung bewegt hatten. Der Tisch war bis auf die beiden Kerzenhalter abgeräumt, und es war still im Raum.

»Kannst du noch mehr davon sagen?«

Fabio ließ sie nicht aus den Augen. »Was meinst du?«, murmelte er.

»Wörter. Auf Italienisch. Rezepte.«

»Warum?«

»Ich ... ähm, ich bin doch eine Küchenhilfe.« Ihre Stimme klang piepsig und zugleich atemlos, eine seltsame Mischung. »Ich hab zwar vergessen, wie es geht, aber das kann man ja ändern. Und weil ich in einem italienischen Restaurant arbeite, sollte ich wissen, wie die Gerichte ausgesprochen werden, die auf der Speisekarte stehen.«

»Also gut«, sagte Fabio leise. Er räusperte sich. *»Faraona alla moda di Apiro con verdure fritte, pomodoro e cipolla all'agro.«*

Isabel unterdrückte ein Stöhnen.

Fabio stand auf. Im flackernden Licht der Kerzen hatte sein Gesicht einen unirdischen Ausdruck, ein wenig von einem Engel, ein wenig von einem Dämon. *»Alborelle in concia alla Brienese. Costolette di agnello scottadito.«* Er kam langsam um den Tisch herum auf sie zu. *»Sono pazzo per te. Voglio fare l'amore con te.«*

»Das klingt ... lecker. Was heißt das? Ist es eine Vor- oder eine Nachspeise?«

»Stai zito, Piccina. Per questo Dio mi punirà.«

Isabel holte tief Luft, oder genauer: Sie versuchte es. Auf merkwürdige Weise schien ihr die Fähigkeit zum Atmen abhanden gekommen zu sein. Sie wollte nur noch dem schmelzenden Klang seiner Stimme lauschen. Ihn über Essen reden zu hören brachte sie dazu, sich zu wünschen, die Hühnerbrust in seinem Salatbett zu sein. Oder wenigstens die Makrone auf seinem Pfirsich.

Er streckte die Hand aus und legte sie an ihre Wange. Seine Finger fühlten sich warm und ein wenig schwielig auf ihrer Haut an. Isabel hätte gern ihre eigene Hand gehoben und sie über seine gelegt, um sie dort festzuhalten, wo sie lag. Es fühlte sich so gut an, von ihm berührt zu werden. Doch sie konnte sich nicht bewegen. Sie konnte nur versuchen, weiterzuatmen, obwohl diese simple Tätigkeit für sich allein betrachtet schon schwierig genug war.

»Isabel …« Er stand dicht vor ihr und blickte auf sie herunter. »Soll ich noch mehr sagen? Auf Italienisch?«

»Ähm … Wäre es sehr unverschämt, wenn ich dich bitte, mich lieber noch mal zu küssen?«

Fabio wusste, dass er schon wieder verbotenes Terrain betreten hatte, doch er war absolut machtlos dagegen. Ganz klar, dass er diese Weichen selbst gestellt hatte. Er hätte Daphne ja nicht wegschicken müssen. Aber er hatte es getan. Vermutlich, weil er genau das hier wollte.

Er musste Isabel einfach küssen, und wenn es das Letzte wäre, was er in seinem Leben tun dürfte. Anscheinend musste er diesen Fehler mehrmals begehen, um zu kapieren, wie falsch es war.

Heute Nachmittag in der Küche hatte er sich noch einreden können, dass er es in ihrer aller Interesse getan hatte. Um Raphaela zu zeigen, dass sie sich irrte, und um zu verhindern, dass Giulio wieder ausrastete.

Doch in diesem Moment war niemand da, dem er irgendwas beweisen musste. Nur er selbst und Isabel. Isabel … Hatte er wirklich je gedacht, sie wäre eine unterkühlte Zicke? Ein Snob ohne Herz und Seele? Was war er für ein Idiot gewesen!

Was auf keinen Fall heißen sollte, dass er nicht jetzt genauso ein Idiot war. Ein noch viel schlimmerer eigentlich. Ein Obertrottel, sofern das die Steigerung von Idiot war. Er war so bescheuert, dass es im Grunde gar nicht mehr zu überbieten war!

Der einzige Trost war, dass er erst recht verrückt werden würde, wenn er sie jetzt nicht endlich küssen und anfassen konnte!

»Isabel«, flüsterte er. Seine Stimme klang in seinen eigenen Ohren wie ein verrostetes Reibeisen, aber sie schloss die Augen und neigte sich seiner Berührung entgegen wie eine Blume der Sonne.

Er beugte sich über sie und küsste sie, und sie kam ihm sofort mit solchem Hunger entgegen, dass sich der winzige Rest seiner Beherrschung auflöste wie Rum beim Flambieren: Sie verdampfte und verschwand auf Nimmerwiedersehen unter einer zischenden Stichflamme und ließ nichts zurück außer kochend heißer Begierde.

Sie fingen gleich an Ort und Stelle auf dem Esstisch an, dann machten sie in der Küche weiter. Fabio trug Isabel, und Isabel trug den Kerzenhalter.

»Findest du es da nicht zu unbequem?«, wollte er keuchend wissen, während er sie auf die Arbeitsplatte setzte.

»Nein, ich finde es erotisch.« Isabel stellte die Kerze

neben sich ab und schlang ihre Beine um seine Hüften. Sie legte beide Hände auf seine Schultern. »Ich wollte schon immer mal von einem Koch an seinem Arbeitsplatz vernascht werden.«

»Kann es sein, dass du unersättlich bist?« Eigentlich hätte er sagen sollen, dass er selbst unersättlich war, aber jedes Mal, wenn er Sex mit ihr hatte, schien ein lustiger kleiner Teufel in ihm zu erwachen, der Witzchen reißen und sie lachen und kichern hören wollte. Und bei ihr selbst schien es ähnlich zu sein, denn in dem einen Moment konnte sie ihn noch berühren und seinen Körper mit beinahe ehrfürchtigen Blicken betrachten – Himmel, er liebte es, auf welche Art sie ihn anschaute, er kam sich fast wie ein Gott dabei vor! –, während sie ihn bereits im nächsten Augenblick sanft an einer empfindlichen Stelle kneifen und ihn mit einem mutwilligen Funkeln im Blick fragen konnte, ob das etwa alles für sie allein wäre.

Die Lust war zwischen ihnen wie ein dampfender Kessel, bei dem jeden Moment der Deckel hochfliegen konnte, aber auch das Lächeln und die Freude waren immer nur einen kurzen Atemzug entfernt.

Als sie vor ihm auf der Arbeitsplatte saß, hielt er inne, um sie zu betrachten. Wie ein zerzauster Kobold blickte sie zu ihm auf, dass wirre Haar stand wie eine helle Gloriole um ihren Kopf, und ihre Augen schimmerten im Licht der Kerze wie unergründliche Teiche. Sie lächelte ihn an, süß, ein wenig unsicher – und genauso erregt wie er selbst.

Er wollte alles gleichzeitig tun. Fluchen und sie loslassen und ihr die Wahrheit sagen. Sie schütteln, bis sie sich wieder an alles erinnerte und ihn zum Teufel schickte. Sie schütteln, bis ihr alles egal wäre und sie ihre Vergangenheit, was immer es für eine war, in die Tonne steckte.

Und sie küssen und halten. Sie lieben. Ja, mehr als alles andere wollte er sie lieben.

Er war ein Narr. Ein verrückter, hirnverbrannter Narr. Und er war verliebt wie noch nie zuvor in seinem Leben.

»Woran denkst du?«, flüsterte sie, während sie mit beiden Händen über seinen nackten Brustkorb strich und dabei sein offenes Hemd herunterstreifte.

»An nichts«, gab er mit belegter Stimme zurück. »An gar nichts. Nur an das hier.«

Er zog sie in seine Arme und küsste sie. Und nahm diesen Kuss als Startzeichen, alles andere für den Rest der Nacht vollständig auszublenden.

Isabel blieb stehen, als sie den Chefarzt inmitten seines Gefolges auf sich zurauschen sah. Er hatte einen Finger im rechten Ohr stecken und ruckte heftig daran herum, während er mit zuckenden Augenbrauen fachmedizinische Verlautbarungen von sich gab, von denen Isabel kaum ein Wort verstand. Schräg hinter ihm ging Doktor Mozart, der erfreut lächelte, als er Isabel bemerkte.

»Isabel! Wie schön, Sie zu sehen! Möchten Sie zu mir?«

Isabel nickte und wartete, bis der Chefneurologe mit den Schwestern und Assistenzärzten weitergegangen war, dann ergriff sie die Hand, die Doktor Mozart ihr zur Begrüßung hinstreckte. Sie erwiderte das

Lächeln des Oberarztes. »Freut mich ebenfalls. Wie geht es Ihnen?«

»Das müsste ich Sie fragen!« Er musterte sie. »Sie sehen fantastisch aus!«

»Danke schön. Das liegt am Kleid. Es ist neu, und es ist auf Figur geschnitten. Macht im Vergleich zu einem Krankenhausnachthemd also definitiv mehr her.«

»Sie sehen auch ohne neues Kleid gut aus!«

Sie kicherte, und er wurde rot, als er merkte, was er von sich gegeben hatte.

»Wollen wir einen Kaffee trinken?«, fragte er.

»Nur, wenn ich Sie nicht von der Arbeit abhalte. Ich kann auch warten.«

»Nein, ich habe sowieso gerade Pause, die Visite ist vorbei. Kommen Sie.«

Er hakte sie unter und ging mit ihr in die Cafeteria. Sie holten sich Cappuccino und setzten sich an einen Fenstertisch.

»Erzählen Sie«, sagte er.

Isabel verrührte den Milchschaum in ihrer Tasse. »Alles läuft so weit gut.«

»Sind Ihre Erinnerungen wieder da?«

Sie schüttelte den Kopf. »Nein, keine Spur.« Nachdenklich blickte sie ihn an. »Nur einmal, da war … da hatte ich ein komisches Gefühl. So, als würde es irgendwie in mir … rumoren.«

»Wann war das?«

»Gestern. Ich habe eine Frau gesehen. Eine Kundin vom *Schwarzen Lamm*.«

»Schwarzes Lamm?«

»Fabios Restaurant.« Sie bemerkte seinen fragenden Blick und setzte hinzu: »Mein Verlobter.«

»Ah, der neue Edel-Italiener in dem alten Landhaus. Das ist Ihr Verlobter?«

»Ja«, sagte sie, und sie merkte, wie ihr Herz schneller schlug, weil sie von Stolz erfüllt war und weil sie nach der letzten Nacht immer noch nicht wusste, wohin mit ihren Gefühlen.

»Man spricht schon davon, dass es morgen zur Eröffnung keine freien Plätze mehr gibt«, sagte Doktor Mozart.

»Für Sie würde ich Platz schaffen!«

»Ich habe schon einen Tisch bestellt«, meinte er lächelnd. »Wir gehen mit ein paar Kollegen hin.«

»Wunderbar.« Sie freute sich, doch dann wurde sie wieder ernst. »Ich muss Sie was fragen.«

»Nur zu. Ist es wegen dieser Frau, die Sie gestern gesehen haben?«

»Auch. Ich … Es …« Sie druckste herum und suchte nach der passenden Formulierung. Es kam ihr so absurd vor, darüber zu sprechen, doch wenn sie nicht mit ihm darüber reden konnte, mit wem dann?

»Ich hätte ihn nur fragen müssen, wer die Frau war«, sagte sie. »Es wäre weiter kein Problem gewesen. Aber ich … hab's nicht getan.«

»Warum nicht?«

»Na, zum einen hatte ich mich furchtbar geärgert.«

»Über die Frau oder Ihren Verlobten?«

»Über eine andere Frau«, sagte sie widerstrebend. »Seine Ex. Sie ist eine Nervensäge, und sie kommt mindestens zweimal die Woche vorbei, um uns allen auf den Geist zu gehen.«

»Was will sie dort?«

»Fabio«, sagte sie schlicht.

»Oh.«

»Ja, oh. Das trifft es.«

»Und er? Will er sie auch noch?«

Isabel spürte, wie ihr das Blut in die Wangen stieg. Sie senkte die Augen und schüttelte den Kopf. »Nein, er will sie nicht mehr.« Ganz bestimmt nicht, fügte sie in Gedanken hinzu. Nicht nach der letzten Nacht. Nie wieder!

»Was war das zum anderen?«

Verwirrt hob sie den Kopf. »Was meinen Sie?«

»Na, Sie sagten vorhin: *zum einen*. Fehlt also noch *zum anderen*.«

»Ach so, ja. Also, zum einen ist es so, dass ich dieses komische Gefühl hatte, gestern, als ich die Frau sah. Es war, als ob ich sie kennen würde. Sie hatte irgendwas ... Vertrautes an sich.« Sie hob die Tasse und trank einen Schluck, dann merkte sie, dass ihre Hand zitterte, und die Tasse landete mit einem Klirren wieder auf dem Tisch.

»Ich hätte ihn nur nach ihrem Namen fragen müssen«, flüsterte sie.

»Aber Sie haben es nicht getan.«

»Nein. Sagen Sie mir, warum.«

Er schaute sie an. »Sagen *Sie* es mir.«

»Ich ...« Sie wollte es sagen, brachte es aber nicht heraus. Erneut trank sie einen Schluck Cappuccino, aber er war zu bitter und schmeckte, als hätte er bereits Stunden in der Maschine vor sich hingesiedet. Kein Vergleich zu dem köstlichen, cremigen Kaffeegetränk im *Schwarzen Lamm*.

»Wovor haben Sie Angst, Isabel?«

»Vielleicht davor, mich zu erinnern.«

»Warum denken Sie das?«

Sie lachte gezwungen. »Sie müssen das fragen, oder?«

»Was meinen Sie?«

»Sie stellen immer diese typischen Therapeutenfragen. *Warum meinen Sie das. Warum denken Sie so. Was fühlen Sie dabei.*«

»Was fühlen Sie, Isabel?«

Das Lachen verging ihr. »Ich weiß nicht.« Sie zögerte. »Doch, ich weiß es wohl. Oder sagen wir, *eines* weiß ich.«

Sie verstummte und rührte gedankenverloren in ihrer Tasse. »Ich liebe ihn«, fuhr sie unvermittelt fort. »Ich bin total … verrückt nach ihm. Das ist mir noch nie passiert.« Sie lachte erneut, diesmal mit einem Unterton von Hysterie. »Ich bin bescheuert, oder? Völlig durchgeknallt! Ich behaupte hier einfach, dass mir das noch nie passiert ist, aber ich weiß ja überhaupt nichts von früher! Mir kann vor dem Gedächtnisverlust alles Mögliche passiert sein!«

»Aber Sie wollen es nicht mehr wissen«, sagte er sanft. »Weil Sie sich davor fürchten.«

Sie schüttelte den Kopf, als wollte sie es leugnen, doch dann warf sie wütend den Löffel neben die Untertasse. »Ja, verflixt noch mal! Ich *habe* Angst davor! Ich fürchte mich davor, mich an Dinge zu erinnern, die mich … die mich von ihm wegbringen!« Besorgt schaute sie ihn an. »Kann ich mich deshalb nicht erinnern? Weil ich es vielleicht in Wahrheit gar nicht will?«

»Ja, das kann gut sein. Sie hatten ein schweres Schädel-Hirn-Trauma mit retrograder Amnesie, aber in den meisten Fällen dieser Art kommt die Erinnerung bald zurück. Es sei denn, der Befund wird durch psychogene Umstände verstärkt.«

»Und was kann man dagegen tun?«

»Zunächst sollten Sie sich fragen, *ob* Sie was dagegen tun möchten.«

»Ich weiß nicht«, sagte sie ehrlich. »Ich weiß es wirklich nicht.«

Er deutete auf ihre Tasse. »Ihr Cappuccino ist kalt geworden. Soll ich Ihnen einen neuen besorgen?«

»Nein, ich glaube, ich gehe jetzt.«

»Wenn ich irgendwas für Sie tun kann …«

»Oh, das können Sie.« Sie lächelte ihn an, traurig und ein wenig verloren. »Kommen Sie heute Abend in den *Grünen Engel*.«

»Was findet da statt?«

»Wissen Sie noch, wie wir drüber geredet haben, dass ich vielleicht Klavier spielen kann? Heute Abend können Sie rausfinden, ob es stimmt.«

Fabio stand vor dem Haus und versuchte zu verdauen, was er vor sich sah. Natürlich hatte er bereits jede Menge Villen gesehen und selbst schon etliche Prachtgebäude betreten. Das alte Gemäuer, das er für *Das Schwarze Lamm* herausgeputzt hatte, war in den letzten Wochen ebenfalls zu einer sehenswerten Attraktivität geworden und gehörte mittlerweile zu jener Reihe von Objekten, die von In-Architekten für erwähnenswert gehalten wurden. Vor ein paar Tagen hatte ihn sogar ein Redakteur von einem dieser Hochglanz-Magazine angerufen und ihn gefragt, ob er mit ihm eine Homestory machen wollte, Thema *Perlen zwischen Spätbarock und Biedermeier*.

Doch das war nichts im Vergleich zu dem hier. Nicht etwa, weil es sich sonderlich von den anderen Villen dieses Nobelviertels abhob, sondern weil es Isabels Haus war. Es lag auf einem kunstvoll in japanischem Stil angelegten Grundstück mit einem Zierteich und parkartiger Bepflanzung, der man die Hand des erfahrenen Landschaftsgärtners ansah. Halb hinter akkurat getrimmten Buchsbaumhecken und einer Natursteinmauer verborgen, kündete es mit jedem seiner sichtbaren Bogenfenster und Erker von solidem Reichtum. Dazu hätte es nicht mal des hochmotorigen Daimlers bedurft, der in der Einfahrt stand.

Fabio runzelte die Stirn, als er den Wagen sah. Es war derselbe, mit dem Daphne gestern zum *Schwarzen Lamm* gekommen war.

Er trat einen Schritt zurück und schaute zum Haus, doch es tat sich nichts. Nirgends war eine Bewegung zu erkennen, und doch war er sicher, dass jemand im Haus war. Er hätte klingeln können, aber er tat es nicht. Und natürlich hätte er einfach hineingehen können, doch auch das ließ er lieber bleiben.

Der Schlüssel schien Löcher in seine Hosentasche zu brennen. Vielleicht war es aber auch das silberne *I*, an dem der Schlüssel immer noch befestigt war, der Buchstabe, der für ihren Namen stand.

Hier war nun das Haus, in dem sie lebte. Ob es wirklich zu ihr passte, konnte er nicht sagen, um das zu beurteilen, hätte er hineingehen müssen. Doch er war sicher, dass er dadurch alles noch viel schlimmer gemacht hätte. Und wer konnte schon sagen, wie es drinnen aussah. Vielleicht war es ganz anders, als er es sich vorstellte. Vielleicht war *sie* ganz anders, wenn sie sich in ihrer gewohnten Umgebung wiederfand. Sie würde sich erinnern, und alles, was sich zwischen ihnen abgespielt hatte, wäre im Nachhinein nichts weiter als eine Episode, und zwar eine mit dem Beigeschmack von Betrug, Ausbeutung und Missbrauch.

Er ballte die Fäuste, bis seine Fingernägel in seine Handflächen schnitten, doch der Schmerz reichte nicht, um ihn von der Wahrheit abzulenken.

Isabel schaute sich suchend um. Sie war das erste Mal in seinem Zimmer, zumindest konnte sie sich an frühere Besuche hier drin nicht erinnern. Die beiden Nächte, die sie mit ihm verbracht hatte, waren sie in ihrem Zimmer gewesen; er hatte gemeint, dort wäre es gemütlicher und geräumiger. Damit hatte er zweifellos Recht. Sein Schlafzimmer war sogar noch kleiner als das von Harry, dem sie vor ein paar Tagen einen Stapel gebügelter Bettwäsche gebracht hatte und daher wusste, wie es bei ihm aussah. Nataschas vier Wände wiederum waren ein wenig größer als die von Harry; zu beiden Zimmern gehörte jeweils ein kleines Duschbad. Sie selbst war mit ihrer Hochzeitssuite vermutlich platzmäßig am besten bedient, nicht nur, weil der Raum gut und gerne so groß war wie Harrys und Nataschas Apartments zusammen, sondern weil er auch über ein in seinen Ausmaßen geradezu fürstlich großes Bad verfügte, mit Dusche, Wanne, Bidet und allem Drum und Dran, wie man es in einem guten Hotel bei einem Doppelzimmer erster Güte erwarten würde.

Fabios Zimmer dagegen war kaum so groß wie ihr Badezimmer und damit geradezu lächerlich winzig, woran auch die winzige Nasszelle nichts änderte. Damit war wohl auch geklärt, warum er unten im Aufenthaltsraum seine Arbeitsecke mit PC und Bücherregal hatte und warum sogar seine Hantelbank da unten stand. In seinem Schlafzimmer war kaum genug Platz für ein Bett, ein Nachttischchen und einen Schrank sowie ein schmales, herausklappbares Wandbord, das von Zetteln und anderem Schriftkram überquoll.

Isabel öffnete zögernd den Schrank und fand darin nichts Außergewöhnliches, nur Schuhe und Kleidung und ein paar Aufbewahrungskisten, nicht gerade perfekt aufgeräumt, aber auch nicht allzu nachlässig. Es war die eher zweckorientierte Ordnung eines viel beschäftigten Junggesellen, der in seinem Leben andere Prioritäten hatte als einen akkurat aufgeräumten Kleiderschrank.

Sie zog kurz die Kleiderbügel auseinander und war nicht überrascht, einen Smoking und zwei gute Anzüge zu finden. Flüchtig fragte sie sich, wie er wohl damit aussah. Vermutlich ebenso wie in Jeans und schmutzigem Polohemd – nämlich umwerfend. Aber ganz bestimmt nicht so gut wie in der Aufmachung, die ihn wie einen vom Olymp herabgestiegenen Gott aussehen ließ und die ihm die Natur mitgegeben hatte – seine nackte Haut.

Ihr wurde warm, als sie daran dachte. Sie hatten sich gestern Abend im Aufenthaltsraum und in der Küche zuerst alle Kleider vom Leib gerissen und sie hinterher wieder angezogen, nur um sie sich gegenseitig anschließend oben in ihrem Zimmer langsam und genüsslich wieder abzustreifen.

Sie machte den Schrank zu und widmete sich dem Papierkram auf dem Klappbord. Es war private Post dabei, Briefe von ihr unbekannten Personen, die sie nicht lesen konnte, weil sie auf Italienisch geschrieben waren. Außerdem fand sie eine Papiertasche mit Fotos, die sie fasziniert betrachtete. Sie konnten noch nicht alt sein, denn auf manchen von ihnen war auch Fabio zu sehen, und er sah darauf genauso aus, wie sie ihn kannte. Er trug auf zwei oder drei Fotos sogar die abgeschnittenen Jeans, mit denen er tagsüber hier immer herumlief. Meist zeigten ihn die Bilder gemeinsam mit einer Frau in den Fünfzigern, die ihm so stark ähnelte, dass es sich nur um seine Mutter handeln konnte. Sie saßen nebeneinander auf einer Segeljolle und lachten in die Kamera. Im Hintergrund waren auf einem der Fotos das blaue Meer und ein Strandstück zu sehen, auf einem anderen ein Küstenabschnitt mit ansteigendem Felsufer und Zypressen. Offensichtlich hatte er dort, wo immer es war, Urlaub mit seiner Mutter verbracht.

Isabel merkte, wie ein leise ziehender Schmerz in ihre Schläfen stieg, während ihr wieder einmal bewusst wurde, wie kläglich wenig sie über ihn wusste. Ihr Leben war leer, fast völlig befreit von allen Erfahrungen, auf die andere Menschen in ihrem Alter zurückblicken konnten, und die Tatsache, dass sie zu Fabio gehörte, war bisher die einzige Gewissheit und eine Art Anker für sie gewesen, doch gerade diese vermeintliche Gewissheit war in Wirklichkeit so dünn und haltlos wie ein Grashalm im Wind. Im Grunde erging es ihr mit ihm wie mit ihr selbst: Sie hatte keine Ahnung, wer er überhaupt war. Sie wusste nichts von seinem Leben, nichts davon, wie er sich zu dem Mann entwickelt hatte, der er heute war.

Sie wusste nur eins: Sie liebte ihn.

»Immerhin«, sagte sie halblaut.

»Immerhin was?«, kam es von der Tür.

Erschrocken fuhr sie herum und fegte mit dieser unachtsamen Bewegung das halbe Ablagebord leer. Papier segelte in Mengen zu Boden, und ohne zu zögern bückte Isabel sich, um es aufzuheben. Mit glühenden Wangen blickte sie zu Fabio auf, der mit undeutbarer Miene in der Tür stand und sie betrachtete.

»Immer … Immerhin lohnt es sich, bei dir ein bisschen aufzuräumen«, sagte sie in halb ersticktem Tonfall. Während sie mit einer Hand unbeholfen Blätter zusammenlegte, deutete sie mit der anderen auf den Schrubber, den sie vorhin in weiser Voraussicht neben der Tür abgestellt hatte. Nur Idioten ließen sich beim Schnüffeln erwischen, ohne eine halbwegs glaubhafte Ausrede parat zu haben. Dass sie trotzdem eine Idiotin war, begriff sie erst, als sie einen Stapel Blätter aufhob und dabei merkte, dass das Zimmer mit Teppichboden ausgelegt war. Na klasse, dachte sie sarkastisch, während sie sich aufrichtete.

Ihr Blick fiel auf das obere Blatt des Stapels, den sie in den Händen hielt. Es war eine Krankenhausrechnung über die chefärztliche neurologische Behandlung. Sie musste schlucken, als sie den Endbetrag sah.

»Das ist … Was ist das?«, fragte sie betreten.

Er nahm ihr die Rechnung aus der Hand und faltete sie zusammen. »Darum kümmere ich mich schon.«

»Ähm … Bin ich nicht krankenversichert?«, fragte sie verunsichert.

»Vermutlich schon, aber ich habe keine Ahnung, wo.«

Sie wich seinen Blicken aus und fragte sich, was

sie gegen die rabenschwarze Verzweiflung tun sollte, die mit einem Mal wieder in ihr hochstieg. »Wir wissen wohl nicht wirklich viel voneinander, oder?«

Er nahm ihr den Papierstapel aus der Hand und legte ihn auf das Klappbord. »Wir finden schon heraus, wo du deine Versicherung hast, und dann reichen wir die Rechnungen ein. Es ist kein Problem.«

»Rechnungen?« Betroffen holte sie Luft. »Du meinst – Plural?«

Er legte ihr die Hände auf die Schultern und suchte ihren Blick. »Denk jetzt nicht drüber nach, okay?«

Sie fühlte die vertraute Schwäche, wie immer, wenn er sie berührte. Zögernd hob sie die Hand und legte sie auf seine Brust, dorthin, wo sie seinen Herzschlag spüren konnte. Sie schaute zu ihm auf und suchte in seinem Gesicht einen Ausdruck oder eine Regung, ohne genau zu wissen, wonach sie Ausschau hielt. Sie hoffte trotzdem, es zu finden, auch wenn sie keine Ahnung hatte, was es war.

»Fabio«, sagte sie hilflos.

Sein Blick verdunkelte sich. Verlangen und Lust, Empfindungen, die sie schon bei ihm gesehen hatte, aber dann fand sie auch das andere. Etwas Tieferes, Sanfteres, ein Gefühl, das ihr wärmer und verheißungsvoller erschien als die Begierde, die sie beide seit Wochen zueinander zog.

Er drückte sie an sich und legte seine Hand um ihren Hinterkopf, um ihr Gesicht an seine Brust zu ziehen, dorthin, wo ihre Nase sich genau in die Mulde über seinem Schlüsselbein graben und sie seinen Geruch einatmen konnte, während ihre Stirn die glatte Wärme seines Halses spürte und ihr Kinn den oberen Bogen seiner Rippen berührte. Sie legte die Arme um ihn, um ihm ganz nah zu sein, so nah, dass es ihr wieder leicht fiel, alles andere einfach zu vergessen. Sich vorzustellen, dass es nie anders zwischen ihnen gewesen war.

»Was ist?«, meinte er sanft. »Du wolltest mich doch noch was fragen, oder?«

Ja, das wollte sie. Sie wollte ihn nach dieser Frau fragen, die gestern Nachmittag hier gewesen war, doch sie brachte es nicht fertig.

»Die Fotos«, meinte sie leise. »Wollen wir uns die zusammen ansehen, und du erzählst mir ein bisschen über dich?«

Sie meinte, ein schwaches Seufzen von ihm wahrzunehmen, doch darin konnte sie sich auch geirrt haben, denn nach ein paar Atemzügen schob er sie leicht von sich und lächelte sie bereitwillig an. »Natürlich. Ich habe auch noch andere Fotos, von früher. Wir können sie gern anschauen, und du fragst alles, was du wissen möchtest.«

Sie setzten sich nebeneinander auf sein Bett und betrachteten die Fotos. Bei der Frau handelte es sich tatsächlich um seine Mutter. Sie hieß klassisch und schlicht Maria und war dreiundfünfzig. Auf einigen der Bilder war auch ihr Mann zu sehen, Fabios Stiefvater und Inhaber des Restaurants, in dem er kochen gelernt hatte. Fabio holte weitere Fotos aus dem Nachttisch, auf denen er jünger war und die ihn teilweise mit Kollegen in Kochmontur zeigten, als lachenden, hoffnungsvollen jungen Künstler der feinen Küche.

Isabel stellte Fragen zu seiner Laufbahn, ließ aber alles aus, was ihr zu privat erschien.

Nur nicht zu tief bohren, dachte sie, denn wer konnte schon voraussehen, was dabei zu Tage trat!

Sie musste daran denken, worüber sie heute mit Doktor Mozart gesprochen hatte. Ja, es ließ sich nicht leugnen. Sie *hatte* Angst, und gleichzeitig wusste sie, dass diese Angst nicht unbegründet war. Tief im Inneren spürte sie, dass ihr einschneidende Veränderungen bevorstanden.

Fabio holte weitere Fotos aus den Tiefen seines Schranks, ein altes Steckalbum mit Kinderbildern.

Er zeigte ihr ein Gruppenbild mit artig aufgestellten Kindern.

»Das war ich bei meiner Einschulung.«

Sie betrachtete das Foto. Augenblicklich verflüchtigte sich ihre melancholische Stimmung und machte ehrlicher Begeisterung Platz. Sie zeigte auf einen breit grinsenden, rettungslos verstrubbelten Jungen in der zweiten Reihe. »Wie niedlich! Bist du das?«

»Klar, erkennt man das nicht?«

»Hm, die Augen und die Ohren … Doch ja, schon.« Sie kicherte. »Aber so ganz ohne Zähne …«

Er lachte. »Ja, das war Pech. Sie sind alle innerhalb von ein paar Wochen ausgefallen, und es hat ziemlich lange gedauert, bis die neuen da waren. In der ersten Klasse nannten mich alle Fabio Ohnezahn. Ich war noch jahrelang sauer, weil ich so gegrinst habe, als der Fotograf uns knipste.«

»Die anderen lächeln doch auch.«

»Ja, aber die mit den Zahnlücken waren schlauer und haben den Mund dabei nicht aufgemacht.«

Sie blätterte in dem Album und betrachtete ein anderes Foto. »He, das sieht ja sportlich aus! Ein super Fahrrad hattest du da! Ein echtes Mountainbike, oder?«

»Äh … Ja.«

»Und der kleine Dicke da neben dir ... der schaut ziemlich unglücklich drein. Was war los mit ihm? Hm, vielleicht lag es am Fahrrad, oder? Sieht aus wie ein Damenrad.« Isabel verengte die Augen. »Kommt mir irgendwie bekannt vor ... Nein, das kann nicht sein, oder? Sag bloß, das ist dein komischer Cousin Giulio?«

»Doch, er ist es«, sagte Fabio.

»Und jetzt ist er immer noch neidisch auf dich. Du hattest das schöne Fahrrad, die Erbschaft von eurer Oma und Raphaela. Das konnte und kann er nicht vertragen. Er schleppt immer noch das Trauma aus seiner Kindheit mit sich.«

»Da ist im weitesten Sinne was dran«, sagte Fabio.

»Was meinst du, worüber er sich mehr ärgert? Das Fahrrad oder Raphaela?«

»Schwer zu sagen. Ich schätze, er hat vielleicht gerade beruflich eine kleine Durststrecke und deswegen besonders schlechte Laune. Wahrscheinlich würde er einfach gern jemanden umbringen, dann würde er sich besser fühlen.«

»Kann man ihn nicht einsperren?«

»Sobald er jemanden umgebracht hat – sicher.«

Isabel wollte nicht über Giulio reden, denn von ihm kam das Thema unweigerlich auf Raphaela, und die könnte, soweit es nach Isabel ging, sofort und für alle Zeiten nach Neapel verschwinden. Am besten auf direktem Wege in den Vesuv.

Isabel blätterte das Album durch und fand weitere Fotos, die Fabio als Lausbub zeigten. Er lachte auf allen Bildern, ein putziger, immer vergnügter Knirps.

Sie klappte das Steckalbum wieder zu und seufzte. »Ach, ich wünschte, von mir gäbe es auch so süße Fotos!«

»Die gibt es sicher.«

»Aber du hast sie noch nicht gesehen, oder?«

Sein Gesicht verschloss sich, und er nahm ihr das Album aus der Hand, um es zusammen mit den anderen Bildern wieder im Schrank zu verstauen. »Nein, leider nicht.« Er machte die Schranktür zu und drehte sich zu ihr um. Sein Blick wurde seltsam eindringlich, und Isabel spürte, dass er ihr etwas sagen wollte, etwas …

»Ich muss dich noch was fragen«, sagte sie hastig.

Er wirkte verdutzt. »Ja, was denn?«

»Kommst du heute Abend zu meinem Auftritt?«

»Ich weiß nicht … Morgen ist die Eröffnung, da ist noch viel zu tun … Isabel …« Er stockte.

»Bitte«, sagte sie leise. »Nur heute. Und wenn es das letzte Mal ist.«

»Was meinst du mit *das letzte Mal*?«

»Na ja.« Isabel räusperte sich. »Wenn dir mein Klavierspiel nicht gefällt, brauchst du natürlich nicht mehr zu kommen.«

»Natürlich«, sagte er.

»Also kommst du?«

»Natürlich.« Er setzte sich wieder neben sie, die Hände vor den Knien verschränkt.

Sie schaute ihn von der Seite an, und dabei stellte sie fest, dass seine Augen in einem beinahe unwirklichen Blau leuchteten. Er erwiderte ihren Blick so intensiv, dass sie fast meinte, es auf der Haut spüren zu können. Sie saß so dicht neben ihm, dass sie mit dem Bein seinen Schenkel berühren konnte, wenn sie es ein klein wenig nach rechts bewegte.

Sie dachte nicht groß darüber nach, sondern tat es einfach. Wie sie es auch drehte und wendete – sie war verrückt nach ihm, und das, obwohl sie noch heute Morgen geglaubt hatte, nach dieser Wahnsinnsnacht nie wieder Sex zu brauchen. Oder jedenfalls nicht so bald. Mhm, sie hatte sich definitiv geirrt …

»Eigentlich wollte ich ja hier putzen und nicht faul auf dem Bett rumsitzen«, sagte sie atemlos.

Er grinste leicht. »Was für ein Glück, dass man hier mit dem Schrubber nicht viel anfangen kann.«

»Ich könnte auch das Bett beziehen.«

»Wir könnten was anderes mit dem Bett anstellen.« Er schaute kurz auf seine Armbanduhr. »Hast du denn überhaupt noch Zeit bis zu deinem Auftritt?«

»Jede Menge.«

»Das ist gut. Komm her.« Seine Hände schoben sich bereits unter ihre Bluse und zogen sie aus dem Rockbund. Gleich darauf bewegten sich seine Fingerspitzen zielstrebig ihren Rücken entlang und dann nach vorn, wo sie ihre Brüste fanden.

Ihr Herz tat einen Satz und kam dann stolpernd wieder in Gang.

Er ließ sie los, aber nur für die kurze Zeit, die er brauchte, um sich ruckartig das Hemd über den Kopf zu zerren und den Gürtel an seiner Hose zu öffnen. Mit hungrigen Blicken folgte sie der schmalen Linie der schwarzen Haare, die von seinem Nabel abwärts zwischen den beiden offenen Hälften des Reißverschlusses verschwand. Impulsiv zog sie ihm die Hose noch weiter auseinander und beugte sich über ihn. In ihrem Kopf wollten sich Gedanken sammeln und zu Fragen formen, doch sie ließ es nicht zu. Es gab nur noch ihn, seinen Körper, seinen Geruch, seine heißen Hände und seine Arme, in die sie sich verkriechen wollte, als gebe es kein Morgen.

Fabio hatte keine Ahnung, wie das Stück hieß, das sie spielte, aber genau wie alle anderen Zuhörer in der voll besetzten Bar saß er stumm da und hörte zu. Immerhin hatte er den Mund wieder zugeklappt, nachdem Harry ihn freundlicherweise darauf aufmerksam gemacht hatte, dass er aussah wie ein sabbernder Idiot – mit exakt diesen Worten.

Sie saß hinter dem Flügel, als ob sie ihr Leben lang nichts anderes getan hätte, wie verwachsen mit dem Schemel, den Rücken durchgedrückt und doch lässig genug in ihrer Haltung, um den Eindruck von Entspanntheit und Mühelosigkeit zu vermitteln. Sie trug ein enges, rotes Kleid und farblich dazu passende Sandaletten, beides günstig in einem Secondhandladen erstanden, wie sie betont hatte. An ihr sah es aus, als hätte sie es gerade eben in der teuersten Boutique an der Fifth Avenue gekauft.

Das Haar fiel ihr in feinen, glänzenden Wellen über die Wange, wenn sie den Kopf schräg nach vorn neigte, die Augen halb geschlossen und den Blick in eine unbestimmte Ferne gerichtet, und es floss wie Seide über ihre Schultern, wenn sie das Gesicht wieder hob und über den Flügel hinweg ins Publikum schaute.

Sie spielte lauter Evergreens, typische Klaviermusik für gemütliche Bars, Lieder, die jeder kannte, sei es aus Filmen oder von alten Schallplatten. Fabio, sonst ein absoluter Musikbanause, der sich höchstens für guten, ehrlichen Rock interessierte, hätte jeden Song mitsummen können. Doch das hatte er natürlich nicht getan, denn dann wäre ihm vielleicht ihre Stimme entgangen, die von ebenso klarer, heller Süße war wie alles an ihr.

Sie sang und spielte gerade *As time goes by* aus Casablanca, als Harry sich zu ihm neigte und ihn aus seiner Versunkenheit riss. »Du hast rausgefunden, wer sie ist, oder?«

Fabio zuckte zusammen. Er hatte mit niemandem darüber gesprochen, wo er gestern gewesen war, doch anscheinend hatte Harry seine eigenen Methoden, Dinge zu durchschauen, die ihn nichts angingen.

»Und wenn es so wäre?«, fragte er zurück, um Zeit zu schinden.

»Dann würde ich meinen, es ginge klar, dass du es ihr erzählst, Alter.«

»Keine Sorge, das mach ich schon noch.« Fabio hatte das Gefühl, sich verteidigen zu müssen. »Ich wollte es eigentlich längst getan haben«, setzte er hinzu. »Eigentlich heute schon.« Er hörte selbst, wie dämlich das klang, und frustriert suchte er nach Argumenten, die sein Verhalten weniger egoistisch erscheinen ließen. »Bis jetzt gab es noch keine richtige Gelegenheit«, schloss er lahm.

Harry hob nur die Brauen.

»Woher weißt du eigentlich, dass ich es weiß?«, erkundigte Fabio sich.

»Ich hab dir beim Telefonieren zugehört.«

»Hat man eigentlich in seinem eigenen Haus kein Privatleben mehr?«

»Kommt drauf an. Wenn man seine weiblichen Angestellten in der Küche vögelt, wohl eher nicht. Die Küche ist ein Raum, der für alle zugänglich ist.« Harry hob die Hände, als Fabio aufbrausen wollte. »Ich hab nicht zugeschaut, Alter, ehrlich nicht. Aber ihr wart … laut.«

Natascha kam von der Damentoilette zurück und setzte sich wieder zu ihnen an den Tisch. »Dicke Luft oder was?«

»Nein, alles im grünen Bereich«, behauptete Fabio.

»Also, mit anderen Worten, du hast immer noch keinen Plan, wie du es ihr sagen willst, oder?«

»Wie ich ihr *was* sagen soll?«

»Dass du rausgefunden hast, wer sie ist.«

Fabio spießte Harry mit vorwurfsvollen Blicken auf, doch der grinste nur kläglich. »Sie hat gesagt, dass sie morgen Salz in meine Horsd'œuvres kippt, wenn ich es ihr nicht verrate. Und dass sie Olaf den Schlüssel für den Weinkeller gibt.«

»Schön zu wissen, wem deine Loyalitäten gehören«, sagte Fabio.

»Der Kleine konnte noch nie ein Geheimnis für sich behalten«, warf Natascha ein. »Vergiss nicht, dass ich sozusagen Mutterstelle an ihm vertrete.«

Sich Natascha als Harrys Mutter vorzustellen kam Fabio so absurd vor, dass er fast gelacht hätte. Aber nur fast. Viel lieber hätte er sein Glas genommen und es an die Wand geworfen. Rasch trank er es aus – nicht, weil er vermeiden wollte, in einem Akt sinnloser Zerstörung guten Whisky zu vergeuden, sondern einfach nur, um überhaupt etwas zu tun.

Er lauschte ein paar Takte in Richtung Klavier. Isabels Stimme war sanft und scheinbar leise, doch sie füllte jeden Winkel des Raums und zog alle Anwesenden in Bann. *A Kiss is just a kiss, a sigh is just a sigh … As time goes by …*

Drüben am anderen Ende der Bar hockten ein paar Typen, von denen er einen schon gesehen hatte. Er war Arzt in dem Krankenhaus und hieß Mozart. Der

Bursche starrte Isabel mit einer Hingabe an, die keinen Zweifel daran ließ, dass er gern viel mehr wäre als nur ihr behandelnder Arzt. Isabel hatte Fabio von seinem Angebot erzählt, sie in eine beschützende Wohngemeinschaft aufzunehmen. Logisch, dass der gute Doktor sich dabei selbst als Oberbeschützer im Auge hatte. Fabio hätte dem Kerl gern eins auf die Nase gegeben. Auch diesem silberhaarigen Typ an der Bar, der sich als ihr Agent aufspielte und dummerweise auch noch ziemlich große Ähnlichkeit mit Robert Redford hatte. Wie konnte jemand, der Hubertus Frost hieß, wie Robert Redford aussehen?

»Wie hast du es denn eigentlich rausgekriegt?«, wollte Natascha wissen.

»Was?«, fragte Fabio geistesabwesend zurück.

»Na, wer sie ist.«

»Das war nicht weiter schwer. Ich habe die Versicherung angerufen.«

»Welche Versicherung?«

»Die Autoversicherung. Ich hatte ja das Kennzeichen.«

»Von ihrem Wagen?«

»Nein, es ist der Wagen ihres Verlobten.« Das Wort fühlte sich wie Säure in seinem Mund an, und er hätte am liebsten ordentlich mit Whisky nachgespült. Leider war sein Glas leer, und er winkte dem Ober, der gerade am Nachbartisch bediente. Im nächsten Augenblick ließ er den Arm hastig wieder sinken, bevor die Geste bei irgendwem falsch ankam: Soeben hatte eine Gruppe von Leuten das Lokal betreten, die er lieber nicht so schnell wiedergesehen hätte.

»Der Wagen, mit dem dieses rothaarige Luder diese Woche da war«, sagte Harry. »Ihre Freundin.«

»Ich würde es begrüßen, wenn du die Worte *rothaarig* und *Luder* nicht zusammen benutzt«, erklärte Natascha würdevoll, während sie bezeichnend eine Strähne ihres eigenen Haares um den Finger wickelte. »Wohnt er bei ihr? Dieser blonde Blödmann? Wie hieß er gleich, Erwin oder so?«

Fabio hätte ihr sagen können, dass der blonde Blödmann Erik Blomberg hieß. Doch wen interessierte das jetzt noch. »Nein«, sagte er. »Sie wohnen nicht zusammen.«

»Wie konntest du dann ihr Haus finden? Hast du den Kerl danach gefragt?«

Das hätte er tun können, aber dann hätte er diesen Erik wahrscheinlich schon an der Haustür zusammengeschlagen. Folglich hatte er einen Weg gewählt, der unpersönlicher war. Nachdem er neulich im Zuge von Raphaelas und Giulios Hochzeitsplänen mitbekommen hatte, wie das mit den Heiratsanmeldungen funktionierte, war er über die öffentlichen Trauungs-Listen im örtlich zuständigen Rathaus schnell auf Isabels Anschrift gestoßen.

»Du bist wohl nicht besonders gesprächig heute, oder?«, meinte Natascha. Sie folgte seinen Blicken und gab ein missbilligendes Geräusch von sich. »Ach nein. Je später der Abend, desto mieser die Gäste. Mein Lieblingsspruch, wenn ich diese drei sehe.«

Sie schauten zu, wie Giulio, Nero und Raphaela einen Tisch in der Nähe des Klaviers belegten. Sie setzten sich, nachdem zwei Frauen und ein Mann dort ihren Platz geräumt hatten, und der empörte Gesichtsausdruck der drei Gäste sowie Neros impertinentes Grinsen ließen darauf schließen, dass diese Freigabe nicht ganz freiwillig vonstatten ging.

Isabel hatte aufgehört zu spielen. Die Leute applaudierten, aber sie schien es nicht zur Kenntnis zu nehmen. Sie starrte die Gruppe der Neuankömmlinge an, dann wechselte ihr Blick zu Fabio. In ihrem Gesicht arbeitete es, und Fabio meinte, in ihren Augen einen Ausdruck von Verzweiflung und Wut zu erkennen.

»Was die wohl hier wollen?«, fragte Harry.

»Ärger machen«, sagte Natascha.

Fabio hatte denselben Eindruck, denn in diesem Moment schaute Raphaela sich um und sah ihn. Mit einem Lächeln, das nichts Gutes verhieß, stand sie auf. Auf ihrem Weg zu seinem Tisch kam sie an der Bühne vorbei, wo sie stehen blieb und mit Isabel ein paar Worte wechselte. Sie gab sich keine Mühe, leise zu sprechen. Fabio konnte zwar ihre Stimme hören, aber wegen des allgemeinen Geräuschpegels und der Musik, die jetzt wieder vom Band kam, verstand er kein einziges Wort.

Beunruhigt sah er, wie Isabels Gesicht einen fassungslosen Ausdruck annahm. Sie schaute ihn mit weit aufgerissenen Augen an, als könnte sie nicht glauben, was sie da eben gehört hatte.

»Was zum Teufel …«, sagte Harry neben ihm.

Raphaela wandte sich lächelnd vom Klavier ab und kam auf Fabio zustolziert, das Haar lässig zurückgeworfen. In ihrem Designerpulli und ihren bestickten Jeans sah sie aus wie die Königin aller Musikbars. Während sie näher kam, schoss es Fabio flüchtig durch den Sinn, dass sie früher, als sie mit ihm zusammen gewesen war, Klamotten von H&K getragen hatte. Jetzt lief sie nur noch in teuren Designeroutfits herum. Bei Isabel war es genau umgekehrt, sie hatte den Designerkram *vor* ihrer Beziehung mit ihm getragen. Das Problem dabei war nur: Eigentlich hatten sie überhaupt keine Beziehung. Das, was sie hatten, war nichts weiter als gestohlene Zeit. Zeit, die *er* sich gestohlen hatte.

Raphaela hatte den Tisch erreicht, an dem er zusammen mit Harry und Natascha saß. Sie blieb dicht neben ihm stehen. »Hallo, Leute«, sagte sie mit ihrer rauchigen Stimme.

Fabio schaute seitlich an ihr vorbei zu Giulio, der auf seinem Stuhl hin und her rutschte und aussah, als würde er im nächsten Moment aufspringen und angerannt kommen.

Isabel saß immer noch konsterniert am Klavier, aber noch während Fabio versuchte, ihren Gesichtsausdruck näher zu ergründen, stand sie langsam auf und schaute ihn an, als hätte er ihr ein Messer in den Rücken gestoßen.

Er stand ebenfalls auf, um zu ihr hinüberzugehen, doch Raphaela trat ihm in den Weg.

»Hi«, sagte sie.

»Was hast du eben zu ihr gesagt?«, fragte er.

»Zu deiner kleinen ... Bügelhilfe? Dass sie hübsch Klavier spielt. Wenn sie ein bisschen übt, könnte sie bestimmt auf der einen oder anderen Weihnachtsfeier auftreten. Obwohl sie das natürlich nicht nötig hat, bei all ihrem Geld.«

Raphaela warf ihm aus den Augenwinkeln einen spöttischen Blick zu, während sie so tat, als sehe sie sich in dem Lokal um. »Netter Laden hier. Es gefällt sogar Giulio, und dabei steht der sonst mehr auf Discos.«

»Was genau hast du zu ihr gesagt?«, herrschte Fabio sie an. Beklommen sah er, wie Isabel sich zwischen den Tischen hindurchbewegte und näher kam. Einmal blieb sie kurz stehen, weil jemand ihr eine Frage stellte. Sie antwortete, ohne ihre Blicke von Fabio abzuwenden. Ihrem Gesichtsausdruck zufolge hätte eben die Welt untergegangen sein können.

Raphaela verzog beleidigt das Gesicht. »Na, die Wahrheit natürlich! Dass du sie bloß als billige Hilfskraft ausnützt! Dass sie dir in dem ganzen Ausbau- und Renovierungsstress im *Schwarzen Lamm* als praktische Zusatzputzfrau gerade recht kam! Und vor allem habe ich ihr gesagt, dass sie vorher überhaupt nichts mit dir zu tun hatte und dass diese so genannte Verlobung nichts weiter war als eine dreiste Lüge!« Sie stach mit dem Finger in seine Brust. »Ich habe nämlich zufällig mitgekriegt, was du zu dieser rothaarigen Ziege im *Schwarzen Lamm* gesagt hast. Ich stand vor der Küchentür und überlegte, ob ich reingehe oder mir noch von draußen eine Weile anhöre, worüber deine Angestellten streiten, als ich zufällig mit halbem Ohr mitkriegte, was du mit dieser *Kundin* im Vestibül zu besprechen hattest.«

Isabel war hinter ihr stehen geblieben. »Stimmt es, was sie sagt?«, fragte sie. Ihre Stimme hörte sich anders an als sonst, ganz klein und zerbrochen. »Dass wir … dass wir überhaupt nicht zusammen waren? Dass du nur die Situation ausgenutzt hast?«

Fabio machte gar nicht erst den Versuch, sich herauszuwinden. Natürlich hätte er alles auf Giulio schieben können. Oder auf die Umstände. Oder er hätte sagen können, dass er es nur getan hatte, weil er sie liebte. Vielleicht hätte er auch sagen können, dass es eine Mischung aus alledem gewesen war, die ihn dazu verleitet hatte, sich in diese hirnrissige Lage zu manövrieren – schließlich wäre das sogar die reine Wahrheit gewesen. Die ihm natürlich kein Mensch geglaubt hätte, am allerwenigsten Isabel selbst. Na gut, vielleicht noch Natascha und Harry. Schließlich waren sie von Anfang an dabei gewesen und hatten alles ziemlich genau mitgekriegt. Doch was hatten die in diesem Moment schon zu melden?

»Verschwinde«, sagte Fabio.

Im nächsten Augenblick erkannte er bestürzt, dass Isabel diese an Raphaela gerichtete Bemerkung auf sich bezog. Mit einem entsetzten Ausdruck in den Augen wandte sie sich zum Gehen. Geistesgegenwärtig trat er einen Schritt vor und fasste sie beim Arm. »Nicht du!« Er warf Raphaela einen drohenden Blick zu, den sie mit zusammengekniffenen Augen erwiderte.

»Ich geh schon. Aber ich komme wieder.« Brüsk drehte sie sich um und marschierte zu Giulio und Nero zurück an den Tisch. Mit theatralischer Geste ließ sie sich auf den Stuhl fallen und fing gestikulierend an zu reden. Fabio sah, wie Giulios und Neros Mienen vor Ungläubigkeit erstarrten und wie dann beide auf Kommando die Hände unter ihre Sakkos schoben. Giulio sagte irgendwas, und Nero stand langsam auf.

»Ich glaube, du gehst jetzt besser«, sagte Natascha. »Sieh zu, dass du Land gewinnst. Ich halte ihn auf.«

Fabio brauchte keine zweite Aufforderung. Isabels Oberarm immer noch fest im Griff, strebte er in Richtung Ausgang.

»He, was hast du vor?«, rief sie aus. »Ich muss noch spielen! Mein Auftritt …«

»Der ist für heute beendet.«

»Aber ich habe die Gage schon kassiert! Was glaubst du, wovon ich diese blöde Krankenhausrechnung bezahlen wollte?«

»Ich habe dir doch gesagt, dass ich mich darum kümmere, oder?« An der Tür blieb er kurz stehen und schaute ihr in die Augen. Sie wirkte verstört, verletzt und aufgebracht, und an der Art, wie sie die Augen zusammenkniff, erkannte er, dass sich heftige Kopfschmerzen bei ihr anbahnten. »Du kannst sowieso nicht mehr spielen. Nicht heute. Du musst dich hinlegen.«

»Das kannst du prima, oder?«, stieß sie hervor.

»Was kann ich prima?«

»Mein Leben organisieren! Alles, was mich betrifft, an dich reißen! Alle Entscheidungen für mich treffen! Der Herr braucht eine Bügelhilfe? Voilà, da haben wir doch zufällig gerade jemanden, der das Gedächtnis verloren hat. Wie praktisch! Es fehlt eine Putzhilfe? Hm, wieso nicht die Frau ohne Gedächtnis? Ach ja, und weil es sich gerade so anbietet, kann sie auch das Möhrenschrappen übernehmen!« Sie hielt inne. »Deine eigene miese Möhre inklusive!«

»Ich habe nicht …«, hob Fabio an. Aus den Augenwinkeln sah er, wie Natascha sich Nero in den Weg stellte, ihm den Inhalt ihres Cocktailglases ins Gesicht schüttete und ihm eine heftige Ohrfeige verpasste.

»Du mieses Schwein!«, schrie sie ihn an. »Was fällt dir ein, meinen Hintern zu begrapschen!«

»Aber ich hab doch gar nicht …«

»Das kann jeder behaupten!«

Nero starrte Natascha an, zuerst entgeistert und dann mordlüstern.

»Wir gehen besser«, sagte Fabio.

Beim Verlassen des Lokals hörte er mit halbem Ohr die erregten Wortfetzen, die zwischen Nero und Natascha hin und her flogen. Ein letzter Blick über die Schulter zeigte ihm den Fortgang des inszenierten Dramas – soweit es überhaupt eine Inszenierung war, statt der letzte Akt einer ohnehin schon lange schwelenden Auseinandersetzung zwischen den beiden. Natascha verpasste Nero noch eine Ohrfeige. Gleichzeitig hielt sie ihn am Ärmel fest, damit er nicht einfach verschwinden konnte. Oder besser: damit er Fabio nicht nach draußen folgen konnte.

»Was soll das eigentlich?«, rief Isabel. Sie stemmte sich gegen seinen Griff und versuchte, sich loszumachen. »Willst du vor der Wahrheit weglaufen und mich gleich mitnehmen, oder was?«

Ja, dachte er. Ja, das würde ich gerne!

»Nein«, sagte er. »Ich zeige dir die Wahrheit. Oder sagen wir: einen Teil davon.«

Isabel ließ sich weiterziehen. Sie fühlte sich immer noch wie erschlagen von Raphaelas Worten und versuchte fieberhaft, Ordnung in ihre Gedanken zu bringen. Doch alles kreiste um das, was Raphaela ihr vorhin am Klavier mit zuckersüßer Stimme und leutseligem Lächeln mitgeteilt hatte.

»Du spielst wirklich gut, finde ich. Klappt jedenfalls besser als das Bügeln, wie? Ach übrigens, hat Fabio eigentlich schon erwähnt, dass er gar nicht wirklich mit dir verlobt ist?«

»Was meinst du?« Es hatte mehr wie das erschreckte Krächzen eines Papageis geklungen statt nach einer Frage.

»Na ja, in Wahrheit brauchte er wohl ziemlich dringend eine Haushaltshilfe, so kurz vor der Eröffnung. Und da kamst du gerade recht.«

»Du … du lügst!«

»Na ja, wahrscheinlich hatte er auch ein bisschen Druck in der Hose, und du siehst nicht schlecht aus. Sonst hätte er sich bestimmt jemanden gesucht, der besser bügeln kann. Schau doch nicht so entsetzt! Glaubst du mir nicht? Ist aber so. Du musst nur rübergehen und ihn fragen. He, weißt du was? Ich geh jetzt zu ihm und sage ihm, dass er dir endlich reinen Wein einschenken soll. Das fände ich nur fair, nachdem du armes Ding dir wochenlang für ihn die Finger wund geschrubbt hast!«

»Steig ein.« Fabio drängte sie auf den Beifahrersitz seines Wagens und warf die Tür zu. Isabel presste die Finger gegen ihre Schläfen. Die Schmerzen wurden mit jedem Herzschlag schlimmer, und sie ahnte, dass sie wieder keine Tabletten in ihrem Täschchen hatte. Warum nahm sie eigentlich nie die nötigsten Dinge mit? Wie kam es, dass sie zwar stets Puderdose, Lippenstift und Kamm dabeihatte, aber nie solche nützlichen Dinge wie Tabletten, Geld, Handy und Papiere?

Natürlich wusste sie es. Sie hasste große Handtaschen. Sie mochte es nicht, sperrige Gegenstände mit sich herumzuschleppen. Wenn sie nicht selbst fahren musste und auch nicht vorhatte, etwas einzukaufen, ließ sie alles zu Hause und nahm nur ein bisschen Schminkzeug und ihren Schlüssel mit.

Zu Hause … In ihrem Kopf begann es zu rumoren, und plötzlich waren die Schmerzen so schlimm, dass sie am liebsten gewimmert hätte. Es fühlte sich an, als würde sie gegen eine Wand laufen, wieder und wieder. So ähnlich war es auch an den anderen Tagen gewesen, wenn die Schmerzen gekommen waren. Doch heute war die Wand anders. Sie schien dünner und dabei zugleich nachgiebiger geworden zu sein. Wenn sie nur noch ein wenig …

Nein! Isabel stöhnte. Sie wollte es nicht! Nicht um den Preis, den sie dafür bezahlen musste!

Fabio hatte sich hinters Steuer gesetzt und den Wagen gestartet. »Es ist nicht weit«, sagte er. »Eine gute halbe Stunde vielleicht.«

»Fahren wir nach Hause?«, fragte sie, obwohl sie bereits ahnte, wie die Antwort lauten würde.

»Zu dir nach Hause«, bestätigte er.

»Du weißt, wo ich wohne?« Ihre Stimme klang tonlos, und sie suchte in ihrer winzigen Tasche weiter nach den Tabletten, obwohl sie genau wusste, dass sie nicht daran gedacht hatte, die Packung einzustecken.

»Ja«, antwortete er lapidar.

Danach verfiel er in Schweigen, und auch sie sagte kein Wort mehr. Stumm blickte sie geradeaus durch die Windschutzscheibe in die Dunkelheit und gab sich Mühe, an nichts zu denken, was die Schmerzen verschlimmern würde.

Er fuhr auf die Autobahn und gab Vollgas. Isabel schloss die Augen, als könnte sie so die Wirklichkeit ausblenden, doch im Inneren war ihr klar, dass ihre Vergangenheit unaufhaltsam näher kam.

Irgendwann merkte sie, dass er angehalten hatte. Seine Hand berührte sie an der Schulter.

»Isabel, wir sind da.«

Sie öffnete die Augen und sah die Mauer, die das Haus umgab. Weiter vorn war ein schmiedeeisernes Tor.

Die Wand, gegen die sie die ganze Zeit gerannt war, verwandelte sich in einen Vorhang. Er war noch dicht und dunkel, aber sie wusste, dass sie ihn mit einem Ruck zur Seite reißen konnte, wenn sie es wollte. Doch wollte sie es?

Die Frage stellte sich gleich darauf nicht mehr, denn Fabio stieg aus, kam um den Wagen herum und half ihr hinaus. Anschließend ging er die paar Schritte bis zum Gitter der Einfahrt. Er holte einen Schlüssel aus der Hosentasche und öffnete das seitlich angebrachte Tor.

Isabel folgte ihm mit steifen, abgehackten Schritten und kam sich dabei vor wie ein Roboter, den jemand aufgezogen hatte und der weitergehen musste, ohne eigenen Willen und unbeseelt, wie eine Maschine, die nicht mehr anhalten konnte.

Im matten Licht der Außenbeleuchtung schritt sie neben Fabio über den Kiesweg des gepflegten Anwesens, das auf jeden Betrachter vermutlich anheimelnd wirkte. Ihr selbst erschien die breite, geschnitzte Holztür wie das Maul eines bösartigen Riesen, der sie gleich verschlingen würde. Der Wagen, der dort in der Einfahrt stand … Es war nicht ihrer, er gehörte …

Der Vorhang war nur noch ein dünnes, durchsichtiges Gespinst, und niemand würde mehr daran ziehen müssen, um ihn zu entfernen.

Im nächsten Moment öffnete sich die Haustür, und ein Mann erschien. Er war groß, blond und attraktiv. Es war der Mann aus ihrem Traum. Der Mann, den sie hatte heiraten wollen.

»Isabel!«, rief er. »Mein Gott, du bist wieder da!«

»Ja«, sagte sie. »Ja, ich bin wieder da.«

Es klang wie die schlichte Bestätigung einer offensichtlichen Tatsache, aber es war eine Feststellung im doppelten Sinne.

Als würde sie sich auf zwei Ebenen gleichzeitig bewegen, spürte sie, wie ihre Wahrnehmungen in Bewegung gerieten. Es war, als kämen ihre Gedanken und Gefühle mit der Wucht von Hochgeschwindigkeitszügen aus entgegengesetzten Richtungen angerast, um sich an einem vorher bestimmten Punkt zu treffen. Sie erwartete einen schrecklichen Zusammenprall, doch es war kaum mehr als ein mentales Klicken, ein schwaches Ineinandergleiten, als sich Vergangenheit und Gegenwart verbanden und wieder ein nahtloses Ganzes ergaben.

»Ja«, wiederholte sie. »Ich bin wieder da.«

Sie schaute sich zu Fabio um, der abwartend stehen geblieben war. Ihr Kopf schmerzte immer noch, wenn auch nicht so heftig wie vorhin. Doch selbst, wenn das Kopfweh doppelt so schlimm gewesen wäre – es wäre immer noch nichts gegen den schrecklichen Schmerz, der gerade ihr Herz auseinander riss.

Ihre Erinnerungen waren zurückgekehrt. Und damit auch die Erkenntnis, dass alles eine Lüge war.

»Ich gehe dann wohl besser«, sagte Fabio mit schleppender Stimme. »Du … weißt ja jetzt alles wieder, oder?« In seinem Gesicht arbeitete es. »Isabel, ich … Was ich dir noch sagen wollte … Du und ich … Wir beide …«

Sie sparte sich die Antwort. Ein *Wir beide* gab es nicht, hatte nie existiert. Jedes Wort, das sie noch an ihn verschwendet hätte, wäre zu viel gewesen. Ohne ihn noch einmal anzublicken, ging sie an Erik vorbei ins Haus und warf die Tür hinter sich zu.

Sie ging ins Wohnzimmer und war nicht überrascht, Daphne dort vorzufinden. Sie kam Isabel mit ausgestreckten Armen entgegen.

»Liebes! Endlich bist du wieder unter den Lebenden! Wir haben uns solche Sorgen um dich gemacht!«

Isabel wich ihr aus und ließ sich der Länge nach aufs Sofa fallen. Fabio hatte gelogen, dass sich die Balken bogen, aber in einem Punkt hatte er Recht gehabt: Sie musste sich hinlegen. Merkwürdigerweise waren die Kopfschmerzen inzwischen fast völlig verschwunden, aber dafür fühlte sie sich bis in die Knochen erschöpft.

»Was macht ihr beide eigentlich hier?«, wollte sie wissen.

Komisch, dachte sie. Eigentlich sollte es mich interessieren. Aber das tat es nicht. Es war ihr absolut gleichgültig. Alles, was sie im Augenblick wollte, war ihre Ruhe.

»Wir haben nach dem Rechten geschaut«, sagte Daphne. »Schließlich hast du mir mal einen Schlüssel für das Haus gegeben. Irgendwann musste ja die Post reingeholt werden. Und die Blumen waren auch schon ganz vertrocknet. Ich habe mich nur um dein Eigentum gekümmert!«

»Wie lange? Die ganzen vier Wochen? Habt ihr wenigstens mein Bett frisch bezogen?«

»Wofür hältst du mich?«, fragte Daphne beleidigt.

»Ich dachte, du bist auf Sylt! Und dann warst du … nirgends! Du ahnst nicht, was ich rumtelefoniert habe!«

»Aber du hast mich nicht als vermisst gemeldet.«

»Du bist schon mal für ein paar Wochen verschwunden«, sagte Daphne. »Damals, als Erik mit dieser …«

»Du hast Recht«, fiel Isabel ihr ins Wort. »Also betrachte es einfach als unglückselige Wiederholung früherer Vorkommnisse. Was es im Grunde ja auch war.« Sie legte die Hand über die Augen und wünschte, diese Unterhaltung wäre schon vorbei.

Erik stand in der Wohnzimmertür. »Wie geht es dir?«

»Es würde mir entschieden besser gehen, wenn ihr beide verschwindet und mich in Frieden lasst.«

»Wie kannst du das sagen!« Daphne eilte zu ihr und schaute eindringlich auf sie herab. »Freust du dich denn gar nicht, Erik wiederzusehen?«

»Nein«, sagte Isabel wahrheitsgemäß.

»Das liegt nur daran, dass du dein Gedächtnis verloren hast! Dieser italienische Möchtegern-Starkoch hat mir davon erzählt! Eine unglaubliche Geschichte!«

»Sie stimmt. Oder genauer: Sie hat gestimmt. Ich habe mich inzwischen wieder erinnert. Und zwar an *alles*.«

»Oh«, sagte Daphne. Sie senkte die Lider und trat einen Schritt zurück.

»Sind das Manolos, die du da trägst?«, fragte Isabel. »Hast du dir die gleichen gekauft wie ich?«

»Ähm …«

»Sag es nicht«, sagte Isabel. »Ihr habt fünf Minuten. Oder nein, drei. Drei sind mehr als genug. Holt eure Siebensachen und verschwindet. Aber zieh vorher meine Schuhe aus.«

Daphne rauschte mit verbissener Miene hinaus und zur Treppe.

»Und lass die Schlüssel hier!«, rief Isabel ihr nach.

Erik blieb unbewegt in der Tür stehen.

»Was ist mit dir?«, fragte Isabel. »Willst du nicht dein Zeug packen gehen?«

»Es sind nur ihre Sachen, die geholt werden müssen«, sagte Erik. »Ich bin bloß gekommen, um ihr zu sagen, dass ich dieses Spiel nicht mitmache. Spätestens morgen hätte ich dich da rausgeholt.«

Isabel nahm die Hand von den Augen und schaute ihn an. »Warum?«

Er schüttelte den Kopf. »Nicht, um dich zu heiraten, keine Sorge. Die Idee mit der Hochzeit war sowieso nicht so berauschend. Das wurde mir schon während der Planung klar. Ich nehme an, dir ging es nicht viel anders.«

»Da muss ich dir zustimmen. Bleibt nur die Frage, warum du mir überhaupt einen Antrag gemacht hast.«

»Ach, keine Ahnung. Du warst immer so nett und süß und kultiviert, und ich hatte mich richtig dran gewöhnt, mit dir auszugehen und in Urlaub zu fahren. Und mein Steuerberater fand die Idee auch ganz ausgezeichnet.«

»Weil du damit Steuern sparen kannst oder weil du dich an der Börse verspekuliert hattest?«

Er wurde rot. »Ich hatte dich wirklich gern!«

»Aber verknallt warst du immer in Daphne.«

Er hob die Schultern. »Was soll ich sagen? Ich kann's nicht ändern. Sie ist ein Biest, aber ich bin verrückt nach ihr.«

»Warum hast du dann nicht sie gefragt, ob sie dich heiraten will?«

»Weil sie zu der Zeit leider noch vergeben war.« Eriks Miene hellte sich auf. »Ich könnte sie *jetzt* fragen!«

»Tu das«, empfahl Isabel ihm. »Aber nicht hier. Ich brauche Ruhe.«

»Natürlich«, sagte Erik. »Und vergiss nicht, auch das Gute daran zu sehen.«

»Was meinst du?«, fragte Isabel erschöpft. Sie konnte nicht verhindern, bei seiner Bemerkung automatisch an Fabio zu denken. Ob er darauf hinauswollte?

Wollte er nicht, wie sich gleich darauf herausstellte.

»Na, jetzt kannst du die ganze Hochzeitsplanung wieder absagen«, meinte Erik, schon im Hinausgehen. »Du hast doch gesagt, wie sehr dich das stresst. Wiedersehen!«

Nachdem die beiden verschwunden waren, sagte Isabel sich, dass sie aufstehen und im Haus nach dem Rechten stehen sollte, doch sie brachte es nicht fertig. Eine seltsame Mattigkeit hielt sie gefangen. Es war fast so, als hätte sie ihre ganze Kraft damit verbraucht, ihr Gedächtnis wiederzufinden. Ein Wort fiel ihr ein, das Doktor Mozart ausgesprochen hatte. *Psychogen*. Ja, das war sicher der Hauptgrund für die verlängerte Amnesie. Sie hatte sich nicht an ihr früheres Leben erinnern wollen, denn das hätte bedeutet, sich Erik und Daphne stellen zu müssen. Und ihrer eigenen Hochzeit. Ob sie ihn wirklich geheiratet hätte, wenn sie die beiden nicht in der Hochzeitssuite belauscht hätte?

Isabel horchte in sich hinein und fürchtete, sich

selbst die Antwort auf diese Frage schuldig bleiben zu müssen. Aber nach wenigen Augenblicken sah sie ein, dass es müßig war, noch darüber nachzudenken. Es hatte keinen Sinn, sich über alternative Kausalverläufe den Kopf zu zerbrechen. Nicht, wenn das alles sowieso Schnee von gestern war.

Denn in diesem Fall hätte sie sich auch überlegen müssen, ob es mit Fabio hätte klappen können, wenn sie sich unter anderen Umständen kennen gelernt hätten. Oder wenn sie sich nie erinnert hätte und bei ihm geblieben wäre. Nach dem Motto: Und wenn sie nicht gestorben sind …

Mit solchen Fragen konnte und wollte sie sich nicht beschäftigen! Sie war reingelegt worden, aber jetzt hatte sie ihr Leben wieder! Ihr richtiges Leben! Dieser ganze *Was-wäre-wenn*-Kram war höchstens was für hoffnungslose Romantiker. Oder für Karnickel. Und vor allem für naive Blondchen, die sich nicht mit den Realitäten abfinden konnten und die nicht einsehen wollten, dass es überall nur so wimmelte von Lügnern, Betrügern und Ausbeutern.

Ich bin zwar blond, aber nicht blöd, dachte Isabel, während sie unweigerlich dem Schlaf entgegendriftete. Aber was, verdammt noch mal, war sie dann? Wieso war sie überhaupt erst auf diese blond-blöde *Was-wäre-wenn*-Frage gekommen? Und weshalb, zum Teufel, fing sie auf einmal an, in Gedanken zu fluchen? Das war doch gar nicht ihre Art! Oder?

Zum Glück war sie zu müde, um darüber nachzudenken. Ihr fehlte sogar die Kraft, aufzustehen und das Licht auszumachen. Binnen weniger Sekunden war sie eingeschlafen.

Der Wecker hatte am nächsten Morgen einen anderen Klang als sonst, und es dauerte eine Weile, bis Isabel merkte, dass der Wecker gar kein Wecker war, sondern das Telefon. Es klingelte beharrlich, doch Isabel weigerte sich, auch nur die Augen zu öffnen. Sie hatte einen entsetzlichen Traum gehabt …

Gleich darauf wurde ihr klar, dass es kein Traum gewesen war. Stöhnend griff sie nach einem Kissen und zog es sich übers Gesicht, während das Telefon klingelte und klingelte.

»Hör auf!«, murmelte sie. Im nächsten Augenblick herrschte Stille, und Isabel nahm verblüfft das Kissen von ihren Augen. Blinzelnd sah sie sich um. Ja, das war ihr Wohnzimmer. Weit und breit keine Blümchentapete. Kein *Schwarzes Lamm*. Kein Kaffeeduft, der von der Restaurantküche im Untergeschoss bis herauf in den zweiten Stock zog und sie nach unten lockte, zu den anderen, die schon mit dem Frühstück auf sie warteten.

Ein wildes Tier mit harten Krallen wollte sich anschicken, ihr Inneres zu zerfetzen, genau wie am Abend zuvor.

Hör auf, befahl sie ihm. Doch es half nichts. Anders als das Telefon ließ sich der Schmerz nicht wegkommandieren. Und den Kaffee musste sie sich auch selbst kochen.

Das Sofa war bequem, doch zum Schlafen eignete es sich nur eingeschränkt. Ihr Nacken und ihr Rücken taten ihr weh, als sie mit steifen Beinen in die Küche taperte und die Kaffeemaschine in Gang setzte. Nur am Rande fiel ihr auf, dass sie dasselbe Gerät besaß wie Fabio im *Schwarzen Lamm*, bloß eine Nummer kleiner. In Sachen Kaffeekochen waren sie beide Profis, sozusagen. Nur, dass sie meist für sich allein Kaffee machte und Fabio für einen ganzen Raum voller Gäste. Heute Abend zum Beispiel, bei der Neueröffnung. Da würde die Maschine der größten nur denkbaren Belastung standhalten müssen. Meine Güte, was waren sie die ganze Zeit aufgeregt gewesen wegen der Eröffnung!

Isabel trank den Kaffee viel zu heiß und verbrannte sich die Lippen.

»Maledetto!«, stieß sie hervor, während sie die Tasse wegstellte.

Erst auf der Treppe nach oben merkte sie, dass sie schon wieder geflucht hatte. Diesmal sogar laut. Und auf Italienisch. Was das wohl zu bedeuten hatte? Auf keinen Fall etwas Gutes! Fluchen zeugte von mangelnder Beherrschung und niedrigem Niveau!

Nun, es konnte nur daran liegen, dass jemand ihre Küche benutzt und hinterher nicht aufgeräumt hatte. In der Spüle und auf der Anrichte stapelten sich schmutzige Teller und Gläser, und zwar garantiert schon länger als seit gestern. Von wegen *nach dem Rechten sehen!*

Auch das Bad war benutzt und konnte eine gründliche Reinigung vertragen. In der Dusche lagen rote Haare, und die Toilette … Daphne, dieses Miststück!

Isabel fielen sofort noch andere, wesentlich aussagekräftigere Ausdrücke ein, ein Teil davon ebenfalls auf Italienisch, und sie zögerte nicht, ein paar der Vokabeln laut auszusprechen, einfach nur, um den Klang zu hören. Es war nicht übel, wie sie zugeben musste. Außerdem tat es überraschend gut, ihre frisch erworbenen Sprachkenntnisse auf diese Weise auszuprobieren.

Vielleicht sollte ich öfter auf Italienisch fluchen, überlegte sie, während sie die Putzutensilien aus der Besenkammer holte.

Sie zögerte nicht, ihren Vorsatz in die Tat umzusetzen. Ausgiebig übte sie das Fluchen, und gleichzeitig machte sie sich entschlossen an die Arbeit. Sie konnte nicht duschen, solange Daphnes Haare noch dort herumlagen!

Normalerweise kam einmal die Woche eine Putzfrau vorbei, doch die hatte während des letzten Monats vermutlich vor verschlossener Tür gestanden.

Statt Daphne einen Ersatzschlüssel auszuhändigen, hätte sie wohl besser der Haushaltshilfe einen überlassen. Dann wäre das Haus wenigstens sauber, und niemand hätte ihre Manolos missbraucht.

Wenigstens hatte Daphne die schmutzigen Handtücher in den Wäschebehälter gestopft. Isabel versagte es sich heroisch, sie zu zählen, doch als sie die ganze Ladung in die Waschmaschine stopfte, konnte sie nicht umhin zu bemerken, dass es sich mindestens um einen ganzen Wochenbedarf handelte.

Nachdem sie das Bad und die Küche gereinigt hatte, machte sie sich über das restliche Haus her. Die Fenster hatten schon beim Aufstehen so ausgesehen, als könnten sie eine gründliche Reinigung vertragen, und dem Aubusson in der Diele konnte ausgiebiges Saugen sicher nicht schaden. Die Täfelung im Treppenhaus glänzte nach einer sorgfältigen Politur mit einem biologisch abbaubaren Wachs wie neu, und auch die Gästetoilette im Erdgeschoss strahlte Stunden später infolge einer Spezialbehandlung mit Entkalker und Edelstahlmittel wie frisch von Olaf installiert.

Das viele Schrubben und Putzen versetzte sie in einen eigenartigen Rausch, und sie fragte sich, warum sie das früher nie selbst gemacht hatte und stattdessen lieber ins Fitnessstudio gegangen war. Statt das Geld für den Personal Trainer rauszuwerfen, hätte sie sich auf diese sinnvolle und befriedigende Weise dieselbe Bewegung kostenlos verschaffen können. Außerdem hatte es den Vorteil, dass hinterher alles wunderbar sauber war. Wieso war sie nicht früher schon auf diesen einleuchtenden Zusammenhang gekommen?

Beim Thema Geld fiel ihr ein, dass sie noch eine dringende Verpflichtung zu erledigen hatte. Sie rief beim Krankenhaus an und ließ sich mit Doktor Mozart verbinden.

Er war erfreut, ihre Stimme zu hören, schien aber nicht allzu überrascht, dass sie ihr Gedächtnis wiedergefunden hatte.

»Sie standen dicht davor, das hat man gemerkt«, meinte er. »Übrigens – Sie spielen wundervoll Klavier! Werden wir künftig öfter einen Auftritt erleben können?«

Sie dachte kurz nach. »Darüber habe ich mir noch keine Gedanken gemacht«, sagte sie schließlich ehrlich. »Wissen Sie, ich hab's sogar richtig professionell gelernt. Am Konservatorium. Ich galt als Talent. Dann hatte ich einen Unfall. Komplizierter Trümmerbruch des rechten Handgelenks. Hat lange gedauert, bis das verheilt war. Ich durfte wegen der Verletzung nicht spielen, und weil mir langweilig wurde, hab ich was anderes studiert.«

»Innenarchitektur.«

Sie erinnerte sich, dass sie es ihm in der Cafeteria erzählt hatte. »Richtig«, sagte sie.

»Also sind Sie heute Innenarchitektin?«

»Eigentlich bin ich nichts«, bekannte Isabel, während sie vergeblich versuchte, die Beklommenheit zu unterdrücken, die sich in ihr ausbreiten wollte. »Während des Studiums am Konservatorium habe ich meinen Mann kennen gelernt, und dann geschah der Unfall …«

»Bei dem Sie sich die Hand verletzt hatten?«

»Ja. Und bei dem mein Mann ums Leben kam.«

»Das tut mir Leid!«

Sie hörte die Betroffenheit in seiner Stimme und lächelte wehmütig. »Das war ebenfalls ein Grund, warum ich nicht mehr spielen wollte.«

»Ist das lange her?«

»Fast acht Jahre. Er war mein Professor, ein Niederländer. Daher der Name. Ein wunderbarer Mann. Etwas älter als ich, aber wir harmonierten perfekt, nicht nur in der Musik.« Sie hielt inne. »Das zweite Studium war dann eher eine Verlegenheitslösung. Eine Art Beschäftigungstherapie. Nach einer Weile habe ich gemerkt, dass es nicht wirklich das ist, was ich wollte, und so ließ ich es wieder sein.«

»Und stattdessen haben Sie sich aufs Schwimmen verlegt?«

Sie musste lachen. »Nein, das ist noch länger her. Ich war früher in einem Schwimmverein. Damals lebten meine Eltern noch, und mein Vater war Schwimmtrainer. Er hatte es sich in den Kopf gesetzt, dass ich bei den Olympischen Spielen mitmache. Ich war sogar im Kader für die Jugendmannschaft.«

»Ein vielseitiges Talent.« Er zögerte, dann fuhr er fort: »Haben Sie noch Familie?«

»Nein.« Isabel spürte den Aufruhr, der durch diese

einfache Wahrheit in ihr ausgelöst wurde. Sie hatte tatsächlich niemanden, der ihr wirklich nahe stand. Ihre Eltern waren bei einem Bootsunglück ums Leben gekommen, als sie vierzehn gewesen war, und Jan, ihr Mann, war schon im ersten Jahr ihrer Ehe in einem Straßengraben gestorben, nachdem er auf eisglatter Fahrbahn die Kontrolle über den Wagen verloren hatte. Sie selbst war mit einer kaputten Hand und einem gebrochenen Herzen davongekommen.

Ja, sie wusste, wie weh es tat, geliebte Menschen zu verlieren und plötzlich allein dazustehen, aber sie hatte es schon mehrmals überwunden. Sie würde es auch diesmal schaffen. Auch wenn es so verdammt wehtat, dass sie hätte schreien können.

Nicht wegen Erik, und auch nicht wegen Daphne. Nein, ganz bestimmt nicht wegen Daphne. Sie kannten einander zwar seit dem Beginn des später abgebrochenen Innenarchitekturstudiums, aber ihre Beziehung war eher oberflächlich geblieben.

Fabio kannte sie erst seit vier Wochen, seit dem missglückten Versuch, eine Lokalität für ihre abgeblasene Hochzeit zu buchen. Doch diese vier Wochen hatten ausgereicht, um …

Nein, hör auf!, schrie sie sich selbst innerlich an.

»… noch etwas fragen?«, meinte Doktor Mozart.

Isabel hätte um ein Haar den Hörer fallen lassen, weil sie ihn vollkommen vergessen hatte.

»Bitte?«, fragte sie verwirrt.

»Sie sagten vorhin, Sie wollten mich noch etwas fragen«, wiederholte er freundlich.

»Ach so, ja. Es geht um die Krankenhausrechung. Könnten Sie bitte veranlassen, dass die Verwaltung

Sie mir nochmals schickt? Diesmal an meine richtige Anschrift.«

Am anderen Ende der Leitung herrschte Stille, und Isabel fürchtete bereits, er werde Fragen wegen ihrer angeblichen Verlobung stellen, doch zu ihrer Erleichterung erkundigte er sich lediglich nach ihrer Adresse.

Sie nannte sie ihm und bedankte sich für seine Mühe, und er versicherte ihr, dass nichts, was er für sie tun könne, ihm Mühe bereite. Zum Abschied versprach sie ihm, gelegentlich zu einer Nachuntersuchung vorbeizukommen, damit er seinen Abschlussbericht verfassen konnte. Fälle von Amnesie, so meinte er, begegneten einem nicht jeden Tag, nicht einmal einem Facharzt für Neurologie. Nachdem sie aufgelegt hatte, stand sie eine Weile verloren im Zimmer, den Hörer des Telefons immer noch zwischen den Händen. Sie beschwor sich, an irgendwelche harmlosen Dinge zu denken. Bloß nicht an Fabio. Auf keinen Fall an Fabio!

Dann schon eher an einen neuen Staubsauger, eines von diesen Geräten, die den Boden vorher nassmachten, bevor sie ihn absaugten. Putzen und Saugen in einem also, das war ungeheuer praktisch. Und hatte sie sich nicht schon immer mal ein neues Bügelbrett zulegen wollen? Zugegeben, sonst hatte ihre Zugehfrau sich immer um diese Arbeiten gekümmert, im Grunde hatte sie noch nie selbst gebügelt. Jedenfalls früher nicht, bevor sie Fabio kennen gelernt hatte …

Damit war sie schon wieder bei dem Thema, an das sie nicht denken wollte.

Sie beschloss, sich abzulenken, und ging unter

die Dusche. Anschließend hatte sie Grund, das Bad nochmals zu putzen, das half für eine weitere Viertelstunde. Danach musste die fertige Wäsche in den Trockner, und dann rief sie den Gärtner an, weil dringend der Rasen gemäht und die Rabatten gedüngt werden mussten.

Dabei fiel ihr ein, dass die neu angelegten Rabatten vor dem *Schwarzen Lamm* auch noch eine ordentliche Ladung Dünger hätten vertragen können, und in die Auffahrt zu den Parkplätzen musste noch Kies gestreut werden, davon hatte Fabio gestern Morgen erst gesprochen … Verflucht, sie dachte schon wieder dran! Wann hörte das endlich auf?

Der Gärtner hatte erst in der nächsten Woche wieder einen Termin frei, und Isabel sagte sich, dass in dieser Zeit die Rabatten vollkommen verwildern würden, wenn sie nichts dagegen unternahm.

Sie hatte das große Hauptbeet vor dem Haus schon zur Hälfte von Unkraut befreit, als sich hinter ihr jemand räusperte. Isabel fuhr herum und ließ um ein Haar den Eimer fallen, in dem sie die ausgerupften Gewächse für die Biotonne sammelte.

»Hallo«, sagte Natascha. Sie stand draußen vor dem Gitter der Einfahrt und schaute zu Isabel in den Vorgarten. »Na, wenn da nicht jemand fleißig ist! Hätte ich jetzt echt nicht gedacht, dass du deine Gärtnerarbeiten selbst machst!«

»Und ich hätte nicht gedacht, dass du *überhaupt* denkst«, gab Isabel zurück, während sie vergeblich versuchte, ihren beschleunigten Herzschlag unter Kontrolle zu bringen. Aus den Augenwinkeln lugte sie seitlich über die Mauer, doch dort war niemand zu sehen. Offenbar war Natascha allein gekommen.

Das Tor war offen. Nachdem Erik und Daphne gestern gegangen waren, hatte niemand sich die Mühe gemacht, es zu verschließen. Natascha kam in den Vorgarten und reichte ihr eine große Plastiktüte.

»Hier, das hast du im *Schwarzen Lamm* vergessen.«

Isabel brauchte nicht in die Tüte zu schauen, um zu wissen, dass es sich um die wenigen Habseligkeiten handelte, die sie im Laufe der letzten Wochen gekauft hatte. Lauter Zeug, das sie normalerweise nie eines zweiten Blickes gewürdigt hätte.

Steck es in die Altkleidersammlung, wollte sie sagen. Doch sie brachte es aus unerklärlichen Gründen nicht über die Lippen. Abrupt warf sie die Tüte hinter sich aufs Beet.

»Danke«, sagte sie kühl. »Ich nehme an, das war's. Tschüss.«

»Ups, da ist jemand sauer auf mich, oder?«

Isabel wandte sich ab und fuhr fort, büschelweise Löwenzahn und Klee aus der Erde zu rupfen und in den Eimer zu werfen.

»Das mit der Putzfrauenlegende war ein bisschen mies von mir«, räumte Natascha ein. »Aber du musst zugeben, dass du eine kleine Lektion vertragen konntest, so zickig, wie du dich vorher benommen hast! Meine Güte, so ein Snob wie du ist uns vorher noch nie über den Weg gelaufen!« Sie sah sich anerkennend um. »Nette Hütte hast du hier. Gekauft oder geerbt?«

»Es ist mein Elternhaus«, sagte Isabel.

Natascha warf einen Blick auf die offene Garage und schnalzte mit der Zunge, als sie den Porsche sah.

»Deine Eltern müssen schwer bei Kasse sein. Ist das ihr Wagen da drüben?«

»Er gehört mir. Meine Eltern sind tot.«

»Oh, tut mir Leid. Meine übrigens auch. Ich bin in einem Waisenhaus aufgewachsen.«

Falls sie damit beabsichtigt hatte, bei Isabel auf die Jammertour zu punkten, hatte sie sich verkalkuliert. Isabel schwieg verbissen, während sie den Eimer in die Garage zur Biotonne trug und mit wütendem Schwung das Unkraut hineinkippte. Sie überlegte, ob sie vielleicht bereits heute den Rasen mähen sollte. Zum einen konnte er es dringend vertragen, und zum anderen würde es dabei so laut zugehen, dass Natascha zwangsläufig mit ihrem Gequassel aufhören musste. Doch ihr taten jetzt schon die Schultern und Arme weh. Nicht, weil sie sich beim Unkrautjäten überanstrengt hatte, sondern weil sie nur ein dünnes Top trug und vergessen hatte, sich mit Sunblocker einzureiben. Die Mittagssonne knallte ungehindert auf das große Beet neben der Einfahrt, und vermutlich hatte sie ihr nicht nur die Haut verbrannt, sondern auch das Gehirn ausgedörrt, denn anderenfalls hätte sie Natascha sicherlich zum Teufel geschickt statt zuzulassen, dass sie sich einfach an ihre Fersen klebte und ihr ins Haus folgte.

»Wow«, sagte Natascha, während sie den Eingangsbereich begutachtete und durch den offenen Durchgang ins Wohnzimmer schlenderte. »Edel geht die Welt zu Grunde, was?«

»Ich habe nicht die Absicht, zu Grunde zu gehen.« Isabel marschierte in die Küche und goss sich ein großes Glas Mineralwasser ein.

»Danke.« Natascha, die anscheinend hartnäckiger

war als jeder Schatten, nahm ihr das Glas aus der Hand und trank es in einem Zug leer. »Schönes Haus hast du hier. Nur viel zu groß, um allein zu leben.«

Damit berührte sie einen wunden Punkt. Tatsächlich hatte Isabel schon mehrmals kurz davor gestanden, das Haus zu verkaufen. Das erste Mal, als sie volljährig geworden war und das Familiengericht ihr die eigene Verfügungsgewalt über das Vermögen ihrer Mutter übertragen hatte, und dann wieder nach dem Unfall, bei dem Jan gestorben war. Doch bisher hatte sie es nicht fertig gebracht, vielleicht, weil ihr die Energie dafür gefehlt hatte.

Vielleicht war es an der Zeit, das jetzt endlich durchzuziehen und woanders ganz von vorn anzufangen, in einer netten Eigentumswohnung, die nur halb so groß war wie das Haus und für die sie weder Gärtner, Putzfrau noch Videoüberwachung brauchte.

»Du hast Recht«, sagte sie.

Natascha wirkte verblüfft. »Womit?«

»Das Haus ist zu groß, ich werde es verkaufen.«

»Hm, na ja … Wenn du meinst. Ich wollte dir da aber nichts einreden. Nur, weil ich dich mal zum Bügeln abkommandiert habe, musst du jetzt noch lange nicht das Haus verkaufen.«

»Keine Sorge, ich bin dir nicht hörig. Ich wollte es sowieso verkaufen.«

Natascha sah sich in der Küche um und betrachtete die integrierte Esstheke, hinter der ein großer Durchgang zum Wohnbereich führte. »Das ist Philippe Starck, oder? Und das Sofa da drüben … Rolf Benz?«

»Beinahe. Koinor.«

»Auch sehr nobel«, meinte Natascha. »Nicht wirklich

vergleichbar mit der Ikea-Hochzeitssuite im *Schwarzen Lamm*, wie?«

»Nicht annähernd«, sagte Isabel. Gleichzeitig fragte sie sich, ob das, was sie da gerade fühlte, vielleicht ein schlechtes Gewissen war. Wieso, zum Teufel, sollte sie ein schlechtes Gewissen haben? Sie hatte zufällig eine Menge Geld von ihrer Mutter geerbt und später noch sehr viel mehr von Jan. War das etwa ihre Schuld? Sie hätte sonst was drum gegeben, wenn beide stattdessen heute noch leben würden!

»Jetzt hör mal zu«, fuhr sie hitzig fort. »Meine Mutter hat mir zufällig ihr Vermögen hinterlassen, meine Großeltern hatten eine große Kartonagefabrik. Und später habe ich noch mehr von meinem Mann geerbt, der ebenfalls reiche Eltern hatte. Aber das ist noch lange kein Grund, mich ...«

»Du warst verheiratet?«

»Ja, stell dir vor! Und zwar *glücklich*!« Isabel warf frustriert und wütend die Arme hoch. »Was willst du überhaupt noch hier? Meine Sachen hast du mir gebracht, jetzt kannst du wieder gehen! Oder was liegt sonst noch an?«

»Na, du stellst Fragen! Zufällig ist heute Abend Eröffnung, und da können wir jede Hand brauchen! Wir zählen fest auf dich!«

Isabel starrte sie an. »Das kann nicht dein Ernst sein!«

»Aber was denn!« Natascha wirkte beleidigt. »Bist du wirklich so nachtragend? Nur wegen dieser kleinen Bügelgeschichte ...«

»Bügeln?«, schrie Isabel. Sie war so außer sich, dass sich ihre Stimme überschlug.

»Oder lag es am Putzen?«, meinte Natascha nachdenklich. »Ich hatte allerdings den Eindruck, dass du es nicht so schrecklich ungern machst.« Sie deutete auf den Putzeimer und den Schrubber, die beide noch am Fuße der Treppe standen. »Hier hast du auch geputzt, oder? Riecht noch richtig frisch.«

Isabel drehte sich wortlos um und ging zur Haustür, um sie aufzureißen. »Auf Wiedersehen. Oder nein, besser nicht. Sagen wir lieber *Ciao*.«

»Meine Güte, du kannst doch nicht bis ans Ende deiner Tage sauer auf mich sein!«, rief Natascha. »Du hast viel dabei gelernt, und du hattest Spaß daran, wir hatten alle miteinander eine wirklich lustige Zeit und schöne, gemütliche Essensabende. Warum willst du das jetzt abstreiten!«

»Ich streite es gar nicht ab«, hörte Isabel sich zu ihrer eigenen Überraschung sagen.

»Na siehst du! Und wir haben die ganze Zeit nicht gewusst, wo du wohnst, sonst hätten wir es dir garantiert gesagt! Also, womit hast du ein Problem?«

»Bestimmt nicht mit Bügeln oder Putzen«, fauchte Isabel.

»Ja, was war es denn dann? Etwa die Küchenarbeit?«

Isabel spürte, wie sie errötete, doch sie weigerte sich, weitere Kommentare abzugeben.

Nataschas Miene hellte sich auf. »Ich verstehe! Es ist wegen dieser blöden Karnickelsache, stimmt's? Aber nach allem, was ich bisher so mitgekriegt habe, bist du dabei durchaus auch auf deine Kosten gekommen. Also, direkt gelogen habe ich damit eigentlich nicht, oder?«

Isabel merkte, wie aus dem Erröten eine Art Flammenwerfer wurde. Ihr Gesicht brannte vor Wut und

Verlegenheit. Sie stieß unwillkürlich ein paar Worte hervor, was Natascha dazu brachte, einen Schritt zurückzutreten und sie überrascht zu mustern. »Alle Achtung! Das war ziemlich krass eben. Weißt du ungefähr, was du da gesagt hast?«

»Es war Italienisch«, sagte Isabel steif.

»Sag bloß!« Natascha grinste.

»Bist du jetzt fertig?« Isabel wollte die Tür zuknallen, doch Natascha stemmte ihre massive Schulter dagegen.

»Nein, ich war noch nicht fertig! Er hat es nicht absichtlich gemacht!«

Isabel wollte die Tür festhalten, doch sie konnte den Zusammenprall zwischen Holz und Fett nicht mehr verhindern.

»Du hast mir wahrscheinlich die Schulter gebrochen«, meinte Natascha. »Aber du kannst Wiedergutmachung leisten.«

Isabel blickte sie ungläubig an. »Was zum Teufel meinst du mit *nicht absichtlich*?«

»Kann es sein, dass du neuerdings ziemlich oft fluchst? Ist diese Veranlagung mit deinem Gedächtnis zurückgekommen?«

Isabel wollte gerade betonen, dass sie niemals fluchte, weder früher noch heute, doch nach dem, was sie eben von sich gegeben hatte, hätte sich das ziemlich fadenscheinig angehört.

Natascha räusperte sich. »Es war nur Giulios Schuld.«

»Ja, klar«, sagte Isabel abfällig. »Er ist an allem schuld, was Fabio macht. Zum Beispiel auch daran, dass Fabio unter Vorspiegelung falscher Tatsachen eine Frau ohne Gedächtnis dazu bringt, seine … Möhren zu schrappen!« Sie hieb sich wütend mit der Faust in die Handfläche. »Wie kannst du behaupten, dass es *nicht absichtlich* war! Oder dass es Giulios Schuld war! Das ist absurd!«

»Wenn du mir drei Minuten Zeit geben würdest, könnte ich es dir erklären.«

»Drei sind zu viel.« Isabel schaute auf die Uhr. »Ich gebe dir eine.«

»Also hör mal …«

»Fünfzig Sekunden. Wenn sie um sind, hole ich den Rasenmäher.«

»Willst du mich damit umnieten?«

»Nein, Rasen mähen. Und ich warne dich, das Ding ist laut. Man versteht kilometerweit kein Wort mehr. Vierzig Sekunden.«

»Na gut. Alles fing an dem Tag an, als Nero mich erschießen wollte …«

Fabio kam sich vor wie ein Automat. Wenn er sich bewegte – und das tat er ständig –, glitt er wie auf Schienen umher. Seine Beine schienen Teil eines gut funktionierenden Mechanismus zu sein, und seine Augen richteten sich immer dorthin, wo es nötig war. Seine Hände fanden wie perfekt programmierte Greifwerkzeuge immer die richtigen Zutaten und Kochutensilien, und er hörte sich wie aus weiter Ferne Anweisungen geben und Bestellungen bestätigen, als käme seine Stimme von einem Sprachcomputer.

Seine innere Stimme, die ihm immer wieder monoton all seine Schandtaten der letzten Wochen aufzählte, verschlimmerte zusätzlich alles. Er hatte längst aufgehört, sich selbst zu beschimpfen, denn es gab keine Flüche, die übel genug waren, um seinen miesen Charakter zu beschreiben.

Hin und wieder merkte er, wie Natascha ihm aus den Augenwinkeln mitleidige Blicke zuwarf, wodurch er sich noch elender fühlte. Er hätte sich am liebsten in seinem Zimmer verkrochen, doch das musste bis später warten. Immerhin war dies der Abend, auf den er Monate lang hingearbeitet hatte – der Neubeginn seiner beruflichen Existenz. Dass es gleichzeitig der Tag war, an dem er privat im tiefsten Knick aller Zeiten steckte, durfte heute niemand merken.

Schließlich war er nicht nur der Chef des Hauses, sondern auch *Chef de Cuisine*, und wenn das neue *Schwarze Lamm* künftig in der Gastronomiewelt eine Rolle spielen wollte, musste alles wie am Schnürchen klappen.

Natascha hatte ihm bereits verschwörerisch mitgeteilt, dass sie sicher war, einen namhaften Restaurantkritiker unter den Gästen erkannt zu haben.

Fabio hatte es eigenartig unberührt zur Kenntnis genommen. Umwuselt von Unterköchen und Servierkräften schuf er seine im Laufe der Woche durchkomponierten und einstudierten Kreationen, lauter köstliche italienische Gerichte, angefangen von raffinierten Antipasti über schaumige Süppchen, fantasievolle Salate und exakt *al dente* gekochte Pastavariationen bis hin zu kross gebratener Jungente, zu Fischragout, Lammkoteletts und klassischem Saltimbocca.

Natascha hatte die Oberherrschaft über die Süßspeisen inne. Sie machte ihre Sache souverän wie immer und kommandierte die beiden Jungköche herum, die unter ihren scharfen Blicken Zabaione rührten und Sorbets anrichteten. Zwischendurch zog sie die Schürze aus und ging im feinen kleinen Schwarzen (das bei ihr eher ein großes Schwarzes war) hinüber in den Gastraum, um den Stand der Bestellungen zu überwachen und die Zufriedenheit der Gäste zu eruieren.

Harry gab als Sommelier seine Glanzvorstellung. Im Smoking und mit gegelten Haaren sah er wie ein Hollywood-Jungstar aus, und er komplettierte die Vorstellung mit jenem Hauch von Hochnäsigkeit, die einen echten Meisterkellner ausmachte. Die Gäste, vor allem die Frauen, hingen an seinen Lippen, wenn er mit akzentuierter Upperclass-Aussprache die zum Menü passenden Weine empfahl.

»Die Leute bestellen den neuen Supertoskaner wie verrückt«, flüsterte er Fabio im Vorbeigehen zu. »Wenn das so weitergeht, müssen wir morgen schon nachordern! Getränkemäßig läuft es bombastisch!«

Die beiden Servierdamen in ihren dezenten dunklen Kostümen standen immer unauffällig bereit, den Gästen alle Wünsche von den Augen abzulesen, während die Kochmannschaft in der Küche Hand in Hand arbeitete und ein essbares Kunstwerk nach dem anderen fabrizierte. Im Hintergrund spielte leise klassische Musik, natürlich Verdi, und auf den Tischen funkelten Kristallgläser und Silberbesteck im Kerzenlicht um die Wette.

Das sorgfältig restaurierte Ambiente des alten Landhauses bot mit den dunklen Deckenbalken und den polierten Dielenbrettern einen würdigen Rahmen für dieses besondere kulinarische Event, aber das gewisse luxuriöse Etwas, diese leichte, aber angenehme Dekadenz – das hätte es nie gegeben ohne Isabels gekonnte Dekorationen.

Fabio konnte nicht aufhören, an sie zu denken,

obwohl er mit aller Macht versuchte, es zu unterdrücken. Im Normalfall hätte es ihm leicht fallen müssen, alles zu verdrängen, schließlich hatte er genug zu tun. Ständig waren neue Entscheidungen und exakt darauf abgestimmte Aktionen nötig. Trotzdem kreisten seine Gedanken andauernd um sie. Es reichte schon, von einem der Hilfsköche die geschrappten und klein geschnittenen Möhren für die Suppe in Empfang zu nehmen. Oder eine saubere Schürze aus dem Wäscheregal zu holen, in der noch frisch eingebügelte Falten zu sehen waren.

Immer, wenn er seine Blicke durch die Küche schweifen ließ, um die Koordination im Auge zu behalten, meinte er, sie hinter einem der hier Anwesenden hervortreten und ihn anlächeln zu sehen. Doch es war jedes Mal nur eines der Serviermädchen, die zufälligerweise beide blond waren und ihn zu allem Überfluss auch noch beide ständig anhimmelten, als wäre er Antonio Banderas persönlich. Zusätzlich nervten sie ihn damit, dass sie Janine und Sandra hießen, genau wie die beiden Frauen, mit denen er nach der Trennung von Raphaela hin und wieder ausgegangen war. Natürlich konnten sie nichts dafür, und bei der Auswahl kompetenter Fachkräfte beim Servieren konnte er nicht einfach jemanden wegen seines Vornamens ablehnen, das wäre idiotisch gewesen.

Aber er war ja ohnehin ein Idiot, sonst hätte er nicht bei der einzigen Frau, die ihm jemals wirklich etwas bedeutet hatte, alles vermasselt.

Natascha kam vorbei und riss ihn aus seinen Gedanken. »Zeit für den Chef, sich bei den Gästen blicken zu lassen.«

Er blickte auf die große Uhr, die an der Längsseite

des Raumes angebracht war. Bisher hatte er gar nicht auf die Zeit geachtet, aber der Abend war tatsächlich bereits fortgeschritten. Üblicherweise ließ der *Chef de Cuisine* sich mindestens einmal bei seinen Gästen sehen und plauderte kurz mit ihnen. Nahm Anregungen und Lob entgegen, ließ sich ein wenig hofieren. Das gehörte nun mal dazu in der Welt der feinen Küche und der gehobenen Gastronomie.

Normalerweise entledigte er sich dieser Verpflichtung nicht ungern, aber heute war ihm ganz und gar nicht danach. Er hatte den deutlichen Eindruck, jeder müsste ihm ansehen, was für ein Blödmann und Betrüger er war. Ein paar Leute waren unter den Gästen, die es sowieso schon wussten. Besonders dieser Doktor Oberschlau Mozart und der silberhaarige Hubertus Redford Frost. Sie saßen immer noch bei Espresso und Digestif, er hatte die Bestellungen der beiden Tische hervorragend im Kopf. Hoffentlich waren sie an dem Lamm und dem Zanderfilet erstickt und hatten schwer an der Mokkacreme zu schlucken gehabt! Aber vermutlich hatte ihnen alles ebenso vorzüglich gemundet wie den übrigen Gästen, sonst würden sie nicht mehr dort hocken und ihn durch ihre bloße Anwesenheit nerven.

Außerdem war natürlich das Trio Infernal gekommen. Giulio, Raphaela und Nero hatten es sich nicht nehmen lassen, ihn heute wieder heimzusuchen. Als Harry mit der Hiobsbotschaft in die Küche kam, hatte Fabio endgültig die Nase voll. Er ging in den Aufenthaltsraum und rief seine Tante in Neapel an, Giulios Mutter, um sie dafür um Verzeihung zu bitten, dass er höchstwahrscheinlich ihren Sohn in den Knast bringen würde.

»Ich habe lange versucht, es zu umgehen, Tante Amalia«, sagte er. »Die Familie bedeutet mir viel. Aber er benimmt sich allmählich zu schlimm. Er hat damit gedroht, mein Personal zu erschießen, und ich fürchte, er wird es tun. Das kann ich nicht dulden, ich bin ein guter Arbeitgeber. Kann sein, dass er sogar mich erschießt. Das würde Mama ziemlich traurig machen.«

»Erschießen, eh? Dann lass dir mal von mir was erzählen, mein Junge …«

Nun ja. Nach dem Gespräch hatte er sich besser gefühlt, aber nicht so viel, dass seine Laune sich entscheidend zum Positiven gewandelt hätte.

Sie sank sogar extrem, als plötzlich Raphaela auftauchte. Sie kam in die Küche, als wäre sie nur mal kurz zwischendurch weg gewesen und würde jetzt wieder ihren Stammplatz einnehmen.

Fabio unterdrückte ein Stöhnen und fragte sich, was er je an ihr gefunden hatte. Hm, dieses enge purpurfarbene Kleid, das sie da anhatte, und das glänzende schwarze Haar und die feucht lockenden Augen …

Nein, es war zu lange her, und außerdem war sie einen Tick zu verrückt für ihn. Fast so verrückt wie Giulio.

»Was willst du denn hier?«, wollte er schlecht gelaunt wissen.

»Na, wenn der Prophet nicht zum Berg kommt … Ich wollte dir sagen, wie formidabel du heute wieder gekocht hast!«

»Was hattest du, Fisch oder Kalb?«

»Den Zander«, sagte sie schmollend. »Tu doch nicht so, als wüsstest du es nicht ganz genau! Ich weiß, dass du immer alle Tische mit allen Bestellungen im Kopf hast! In dem Punkt ist dein Gedächtnis perfekt. Obwohl du sonst gerne alles schnell vergisst. Zum Beispiel das mit uns …«

Fabio sah sich stirnrunzelnd um, doch das Küchenpersonal war zu beschäftigt, um von Raphaelas kleiner Ansprache Notiz zu nehmen.

»Raphaela, du solltest wieder zurück zu Giulio gehen. Du weißt, dass er schnell ausrastet, und das würde mir gerade heute Abend noch fehlen.«

»Wir wissen beide, dass er das Feuer nicht gelegt hat, auch wenn er hinterher damit angegeben hat, dass er's war.«

Fabio verdrehte entnervt die Augen. Natürlich wusste er, dass ein Kabelbrand in der Restaurantküche der Grund gewesen war, immerhin war das von versierten Experten festgestellt worden, die nichts anderes zu tun hatten, als solche Schäden zu untersuchen. Bei Brandstiftung hätte die Versicherung keinen Cent bezahlt.

»Darauf will ich nicht hinaus«, sagte Fabio. »Sondern darauf, dass es dir gefällt, wenn er vor Eifersucht rasend wird und ständig dicht davor steht, endgültig die Beherrschung zu verlieren. Aber du solltest wissen …«

»Ich würde es wirklich mal gern erleben«, sagte sie. Ihre Nasenflügel blähten sich leicht, und in ihre Augen trat ein erregtes Funkeln. »Ich finde es irgendwie … scharf. Vor allem die Pistole. Auch, dass Nero eine trägt. Man fühlt sich in Begleitung der beiden so machtvoll. Und gleichzeitig ausgeliefert …«

Fabio zuckte unwillkürlich zusammen. Er erinnerte sich an den Tag, als sie ihm den Vorschlag mit der

Peitsche und den Handschellen unterbreitet hatte. Diesem Experiment hätte er sich vielleicht noch tapfer gestellt, doch ihr Ansinnen, Harry und Natascha dabei zusehen zu lassen, war zu viel für ihn gewesen. Höchstwahrscheinlich hatten Giulio und Nero in diesen delikaten Fragen weniger Bedenken. Immerhin war nun klar, was sie an diesem Mafiosogehabe fand.

Er überlegte gerade, ob er ihr das Geheimnis verraten sollte, das er heute von Giulios Mutter erfahren hatte, als ein kleiner Tumult vor der Küchentür ihn aufmerken ließ.

Harry blieb wie angewurzelt stehen und ließ ein Tablett fallen – zum Glück ohne Gläser – und Sandra (oder Janine, die beiden waren kaum auseinander zu halten) gab einen schrillen Schrei von sich, während Natascha perplex gegen das nächstbeste Hindernis knallte, weil sie ihre Augen auf Giulio heftete, der sich mit entschlossener Miene und gezückter Pistole in der Tür aufgebaut hatte. Seine Augen flackerten, während er in die Runde schaute. Als er Raphaela sah, trat ein mörderischer Ausdruck auf sein Gesicht.

»Das war einmal zu viel«, zischte er. »Zuerst die Sache mit dem Fahrrad! Dann die Erbschaft von Oma! Und dann auch noch die Lüge über deine Verlobung! Die du nur erfunden hast, um dich ungestört wieder an meine Braut ranmachen zu können! Und heute gibst du mit diesem neuen Laden an, den du von *meinem* Geld aufgezogen hast! Jetzt reicht es endgültig!«

»Mir schon lange«, brummte Fabio.

»Ich will endlich mein Geld!«

»Willst du wirklich schießen?«, fragte Raphaela. Sie befeuchtete sich die Lippen und lächelte Giulio an. »Du bist so ... cool!« Eilig fügte sie hinzu: »Aber du musst ihn wirklich nicht umbringen, weißt du. Ich fänd's nicht gut, mit jemandem verheiratet zu sein, der lebenslänglich im Gefängnis sitzt.«

Giulio knirschte mit den Zähnen und schien sich zu besinnen. »Keine Sorge, damit mach ich mir selbst nicht die Hände schmutzig.« Sein Kopf bewegte sich zur Seite, wo gerade wie auf Kommando Nero auftauchte. »Wozu hat man Personal.«

»Da vorn steht er«, sagte eine kühle Stimme vom Gang her.

Fabios Kopf ruckte hoch. Isabel! Sie war hier!

Und im nächsten Moment trat sie auch schon in sein Blickfeld. Er merkte, wie ihm der Mund aufklappte, genau wie gestern, als er sie am Klavier gesehen hatte. Sie trug ein tief ausgeschnittenes Kleid aus cremefarbener Seide, mit eng geschnittener Taille und glockig schwingendem Saum, und dazu ein paar helle Pumps, die aussahen, als wären sie auf die Haut gemalt. Ihr Haar schien weit stärker zu glänzen als sonst, ein einziger hell schimmernder Wasserfall aus sanften Löckchen.

Sie muss beim Friseur gewesen sein, durchfuhr es Fabio. Und der Schmuck ... An ihren Ohrläppchen und ihrem Hals funkelte es nur so!

Doch er stellte sofort fest, dass ihre Augen den ganzen künstlichen Kram um ein Vielfaches überstrahlten.

»Meine Herren, hier ist der Mann, von dem ich Ihnen erzählt habe«, sagte sie zu irgendwelchen Leuten, die offenbar mit ihr hergekommen waren.

Fabio traute seinen Augen nicht, als wie aus dem Nichts zwei Männer vortraten und sich auf Giulio stürzten, der vergeblich versuchte, seine Pistole wieder wegzustecken. Einer der Männer packte seinen Arm und verdrehte ihn, bis ein knackendes Geräusch zu hören war, während ein anderer ihn von hinten in den Schwitzkasten nahm und ihm befahl, bloß nicht rumzuzicken.

»Das ist ein Missverständnis«, brachte Giulio wimmernd hervor. »Die Pistole ist nicht echt!«

»Das kann nicht sein«, meinte Raphaela. »Glauben Sie ihm nicht.«

»Es ist aber so!«, schrie Giulio.

Raphaela musterte ihn ungläubig. »Wenn das stimmt, wäre das ziemlich krank. Das ist für mich definitiv ein Grund, dich nicht zu heiraten.«

»Aber ich liebe dich doch!«, rief Giulio.

»Mit einer unechten Pistole? Mach dich nicht lächerlich!«

»Er hat Recht«, sagte der Mann, der Giulio die Pistole entrissen hatte und anscheinend ein Kriminalbeamter in Zivil war. »Ist so eine Art Faschingsfabrikat. Nicht mal Schreckschuss.«

»Macht nichts«, meinte sein Kollege ungerührt. »Schutzgelderpressung mit Faschingspistole ist genauso strafbar wie mit einer echten Waffe.«

»Es war keine Erpressung!«, schrie Giulio. Er rieb sich den schmerzenden Arm und funkelte wütend in die Runde, während ihm einer der beiden Beamten Handschellen anlegte und ihn vom Boden hochzerrte. »Er schuldet mir das Geld!«

»Das sagen sie alle«, meinte der Beamte.

»Nehmen Sie den Hinterausgang«, empfahl Isabel. »Dann können Sie auch gleich seinen Komplizen verfolgen.« Sie zeigte aus dem Fenster auf den Parkplatz. »Das ist dieser Typ mit dem Frettchengesicht, der eben in den gestohlenen Wagen dort steigt. Er hat auch eine Pistole.«

»Keine Sorge, den schnappen wir schnell, das ist ein auffälliges Fabrikat.«

»Der Wagen ist nicht gestohlen!«, protestierte Giulio. »Er gehört mir! Ich bin ein ehrlicher Kfz-Händler mit einem ordentlich angemeldeten Gewerbe, und Nero Foscarini ist mein persönlicher Assistent. Er ist bei mir als Prokurist angestellt, das können Sie jederzeit überprüfen!«

»Prokurist?«, fragte Raphaela pikiert. »Hoffentlich ist wenigstens seine Pistole echt!« Sie schaute zu, wie die Beamten Giulio durch den Hinterausgang hinaus auf den Parkplatz und zu ihrem Dienstwagen zerrten.

»Was seid Ihr bloß alles für Weicheier!«, beschwerte Raphaela sich bei Fabio. »Von wegen Camorra und Russenmafia und so!« Sie hob die Brauen und blickte sich um. »Mhm, aber immerhin hast du ein wirklich nettes neues Restaurant hier, das finde ich irgendwie … spannend.«

»Hoffentlich nicht so spannend, dass Sie uns ständig mit Ihren unerwünschten und nervtötenden Besuchen belästigen.« Isabel trat an Fabios Seite und nahm seine Hand. Er starrte sie konsterniert an, während sie fortfuhr: »Mein Verlobter hat keine Zeit, sich ständig mit aufdringlichen Ex zu befassen.«

»Verlobter?«, meinte Raphaela skeptisch. »Hab ich da was verpasst?«

»Sieht so aus«, sagte Isabel. »Wir lieben uns halt, wissen Sie. Manchmal werden aus Lügen Wahrheiten. Dann sind plötzlich alle Fragen überflüssig.«

»Wie nett«, meinte Raphaela säuerlich. Achselzuckend wandte sie sich zum Gehen.

Fabio schluckte fassungslos, als Isabel lieblich lächelnd zu ihm aufblickte. Doch schon im nächsten Moment wich das Strahlen von ihrem Gesicht, und sie entriss ihm ihre Hand, als hätte sie sich verbrannt. Mit unbewegter Miene trat sie einen Schritt zur Seite und schaute zu, wie Raphaela mit hoch erhobenem Kopf davonstolzierte.

»Die sind wir los«, sagte Natascha. »He, kann es sein, dass die vergessen haben, zu bezahlen? Damit haben wir unsere ersten Zechpreller! Und das gleich am Eröffnungsabend!«

»Was für ein Tag«, meinte Harry. »Hat irgendwer was gemerkt, oder ist unser guter Ruf schon ruiniert, bevor er überhaupt entstehen kann?«

»*Ich* hab's gemerkt«, jammerte Sandra oder Janine. »Ich glaube, ich kriege gerade tierisch Durchfall! Mir hat niemand gesagt, dass hier Schutzgelderpresser rumhängen!«

»Er ist nicht ganz dicht, aber hat noch nie jemandem was getan«, sagte Fabio.

Natascha zog zweifelnd die Brauen hoch. »Und warum hast du uns dann ewig in dem Glauben gelassen, er würde uns umlegen?«

»Weil ich nicht wusste, dass es nur Schau war. Seine Mutter hat's mir heute erzählt. Sie sagte, dass er absolut harmlos ist. Er leidet bloß an dem zwanghaften Bedürfnis, sich wichtig zu machen, weil zwei seiner Cousins große Nummern bei der Camorra sind.« Er hob die Hände. »Ich nicht. Ich bin ein Cousin von der ehrlichen Fraktion. Genau wie Giulio. Nur, dass ich nicht so verrückt bin wie er. Höchstens ein bisschen bescheuert: Ich hätte mehr Familienkontakt halten sollen, dann hätte ich besser Bescheid gewusst.«

»Das, was du an Familienkontakt hattest, war schon zu viel«, wehrte Harry ab.

Fabio hörte nicht mehr zu, denn soeben schickte Isabel sich an, zu verschwinden. Er trat ihr eilig in den Weg. »Was hast du vor?«

»Ich gehe.«

»Wohin?«

»Nach Hause.«

»Du würdest dich da nur fürchterlich langweilen!«

»Das kannst du nicht beurteilen.«

»Hier hättest du eine Aufgabe!«

»Als was? Als Bügelmamsell?«

»Isabel … Ich würde auch ein Klavier anschaffen! Du könntest in der Bar spielen!«

»Vergiss es.« Sie ging um ihn herum und eilte davon.

Er blieb stehen und schaute ihr nach.

»Ein Klavier«, sagte Harry zweifelnd. »Alter, das ist vielleicht nicht gerade das beste Argument in so einer Situation!«

Sie war so wütend wie schon lange nicht mehr, als sie durch den Gang marschierte. Allzu schnell kam sie nicht voran, nicht mit den Schuhen. Sie hatte nicht widerstehen können, ihr neuestes und bestes Paar Manolo Blahniks anzuziehen. Zusammen mit dem Yves-Saint-Laurent-Kleid, das sie vor drei Monaten in Paris gekauft hatte. Nur, um es dieser Ziege Raphaela zu zeigen. Und allen anderen auch.

Schaut her, ich bin wieder ich! Nicht mehr diese naive kleine Küchenfee, die keine Ahnung hatte, wie man Pesto macht, und die sogar zu blöd zum Gemüseputzen war. Und die sich mal eben vom Chef des Hauses auf der Arbeitsplatte vernaschen ließ, nur weil sie irrtümlich der Meinung war, dass sie ein Paar waren.

Verflucht, wieso war sie überhaupt hergekommen? Weshalb tat sie sich das noch an? Die Story über Giulio, den Camorra-Killer, die Natascha ihr da aufgetischt hatte, war ihr zwar heute Nachmittag noch ziemlich bedrohlich vorgekommen, doch vorhin hatte sich schlagartig alles in Wohlgefallen aufgelöst.

Sie kam sich doppelt dämlich vor. Nicht nur, dass sie sich förmlich überschlagen hatte, die Polizei in Marsch zu setzen. Sie musste auch noch selbst hier auftauchen, um sich zu vergewissern, dass die – in Wahrheit nur eingebildete! – Gefahr gebannt war. Und sich dazu auch noch anziehen, als ginge sie zu einer erstklassigen Dinnerparty.

Na schön, genau genommen war es eine Art erstklassige Dinnerparty, alle Leute hatten sich enorm aufgebrezelt, das war nicht zu übersehen. Sie stellte es fest, als sie vor dem Gastraum stehen blieb und hineinschaute. Nur ganz kurz und ausschließlich aus rein professionellem Interesse heraus. Sie wollte lediglich wissen, wie ihre Deko zur Geltung kam, wenn Leute mittendrin saßen und tafelten.

Sie war förmlich erschlagen von dem Anblick. Das strahlende Licht von den Wandlüstern, das schimmernde Kristall auf dem weißen Damast der Tischdecken, der sanft glänzende dunkle Holzboden, die wunderbaren antiken Möbel … Und über allem die beschwingte Musik von Verdi und der köstliche Duft von Espresso und edlem Wein …

Sie zuckte zusammen, als jemand sie von hinten

beim Ellbogen fasste und vorwärts schob. Es war Fabio, der sie in die Mitte des Raumes zog und dann stehen blieb. Sie wollte sich losmachen, doch er hielt sie eisern fest.

Sofort hatten sie die Aufmerksamkeit aller Gäste auf sich gezogen. Beifällige Bemerkungen wurden laut.

»Ah, der Chef!«

»Endlich lässt er sich blicken!«

»Wer ist denn die junge Dame, die er da bei sich hat?«

Isabel fühlte sich im Mittelpunkt zahlreicher Blicke und wand sich unbehaglich, doch er machte keine Anstalten, seinen Griff zu lockern. Im Gegenteil, er legte sogar seinen Arm um sie.

»Guten Abend, meine Damen und Herren! Jetzt, nachdem Sie alle gegessen haben, kann ich es wohl wagen, Sie herzlich im neuen *Schwarzen Lamm* willkommen zu heißen. Man sagt ja, mit vollem Magen ist man bereit, so manchen Schnitzer zu verzeihen.«

Gelächter war zu hören, und hier und da wurden launige Bemerkungen laut.

»Von wegen Schnitzer«, sagte jemand. »Das war First Class, genau wie in Ihrem alten Laden, Signore!«

»Sogar noch besser!«, rief eine Frau. »Es ist einfach wundervoll hier! Diese Atmosphäre! So einzigartig!«

»Sie kochen genial!«

»Kann man von diesen gefüllten Oliven das Rezept haben, oder ist es geheim?«

Fabio holte Luft, und zu ihrer Bestürzung erkannte Isabel, dass er vor Anspannung zitterte. Sie hätte vorhin schon merken müssen, wie außer sich er war, denn sein italienischer Akzent war stärker hervorgetreten als je zuvor, seit sie ihn kannte. Sein Griff hatte sich gelockert, sie hätte sich ohne weiteres losreißen und weglaufen können, doch ihre Füße schienen am Boden zu kleben. Sie sagte sich, dass sie sich lächerlich machen würde, wenn sie jetzt losrannte, schon deswegen, weil Doktor Mozart und Hubertus Frost hier waren. Die beiden würden erwarten, dass sie ihnen zumindest Guten Abend sagte. Sie fühlte sich merkwürdig erleichtert, weil sie damit eine Erklärung dafür gefunden hatte, dass sie hier stand wie festgenagelt. Es hatte nichts mit Fabio zu tun. Überhaupt nichts!

»Meine Damen und Herren, ich danke Ihnen für die Komplimente und freue mich, dass es Ihnen allen so gut geschmeckt hat!« Sein Akzent war noch deutlicher zu hören, und Isabel spürte, dass seine Anspannung sich steigerte.

»Dass dieses Restaurant heute eröffnet werden konnte, ist aber nicht allein mein Verdienst. Vor allem nicht die Atmosphäre, die Sie vorhin erwähnt haben. Das habe ich einer wunderbaren Frau zu verdanken, die hier neben mir steht. Ihr Name ist Isabel, und eigentlich ist die Arbeit in einem Restaurant gar nicht ihr Ding. Trotzdem hat sie wochenlang ihre ganze Energie in diesen Laden hier gesteckt.«

Die Leute klatschten und lachten.

»Gut gemacht!«

»Das hat sich wirklich gelohnt!«

»Verraten Sie uns auch, wo man so eine Assistentin findet?«

Fabio legte einen Arm und Isabels Schultern. »Assistentin? O nein, das ist sie nicht. Sie ist … Sie ist die Frau, die ich liebe.«

Isabel wäre zu Boden gesunken, wenn er sie nicht gehalten hätte.

»O mein Gott«, stammelte sie. »Das ist ... Das ist ...«

»Die verdammte Wahrheit«, sagte er, so leise, dass nur sie es hören konnte. »Bleib bei mir, oder ich gehe zurück nach Neapel, kaufe mir ein Boot und werde Fischer.«

Sie schaute zu ihm auf und fand es merkwürdig, dass sein Gesicht vor ihren Augen verschwamm. Dass sie angefangen hatte, zu weinen, begriff sie erst, als ihr die Tränen in den Ausschnitt tropften. Und dass sie kaum hörbar vor sich hinfluchte, wäre ihr überhaupt nicht aufgefallen, wenn Fabio sie nicht unterbrochen hätte.

»Principessa«, sagte er sanft, während er sie vor den Augen aller Anwesenden in die Arme zog. »Ich weiß, dass ich ein verdammter Idiot und ein dämlicher Macho und ein hirnloser Mistkerl bin. Und natürlich ein Montagsmann. Aber könntest du mich vielleicht trotzdem jetzt küssen?«

Sie brauchte keine zweite Aufforderung und tat es, durchdrungen von ihrer Liebe und dem seligen Bewusstsein, dass sie beim Friseur gewesen war und ihre besten Schuhe und ihr schönstes Kleid angezogen hatte. Nicht, weil sie jemanden beeindrucken wollte, wirklich nicht. Aber es konnte nun mal nicht schaden, wenn eine Frau bei ihrem eigenen Happy End richtig gut aussah.

Das schmeckt nicht nur dem Montagsmann ... ☺

Kleine Auswahl italienischer Rezepte

Prataioli marinati su radicchio
Marinierte Pilze auf Radicchio
Vorspeise (leicht, aber pfiffig)

Zutaten für 4 Personen

500 g Champignons,
1 Radicchio
3 EL Olivenöl,
1/2 TL Salz,
1 TL brauner Zucker,
50 ml Balsamicoessig,
1 EL gehackter Rosmarin,
2 Knoblauchzehen,
Pfeffer

Zubereitung

Champignons putzen und blättrig schneiden. Öl erhitzen, Pilze andünsten. Mit Salz und Zucker bestreuen. Knoblauch pressen und darüber geben. Unter Wenden braten, bis die Pilze goldbraun sind. Mit dem Essig ablöschen und 5 Min. köcheln, mit Salz und

Pfeffer abschmecken und abkühlen lassen, bis sie lauwarm sind kam. Gewaschene und abgetropfte Radicchioblätter auf Tellern verteilen, Champignons darauf anrichten. Mit warmem Ciabatta oder frischem Bruschetta servieren.

*

Bruschetta
Geröstetes Knoblauchbrot
Vorspeise (schmeckt zum Salat, zur Suppe und auch einfach so zwischendurch)

Zutaten für 4 Personen
4 Scheiben Brot (Weißbrot oder Bauernbrot),
4 Knoblauchzehen,
8 EL natives Olivenöl,
Salz,
Pfeffer

Zubereitung
4 Brotscheiben halbieren und toasten (evtl. auch im Backofen). Danach mit den geschälten und halbierten Knoblauchzehen einreiben, pro Scheibe einen EL Öl darüber träufeln. Salzen und pfeffern.

Variation:
Pro Scheibe 1 Tomate abbrühen und enthäuten, würfeln und auf das Brot streichen und erst danach salzen und pfeffern.

Prugne valligiane
Speckpflaumen
Vorspeise (sehr beliebt auch als Fingerfood auf Partys)

Zutaten für 4 Personen

16 Dörrpflaumen,
1 großes Glas trockener Weißwein,
16 geschälte Mandeln,
16 Scheiben Bacon

Zubereitung

Pflaumen waschen und in Weißwein und etwas Wasser einweichen. Danach abtropfen, entkernen und je eine Mandel hineinstecken. Mit je einer Scheibe Bacon umwickeln, mit Zahnstochern den Bacon feststecken. Die Pflaumen in eine Auflaufform geben und mit einigen EL Weißwein übergießen.
Bei 220° (Umluft 200°) im vorgeheizten Backofen 15 Min. backen, nach der Hälfte der Garzeit einmal wenden. Heiß oder kalt servieren.

*

Spaghetti mit Basilikum-Pesto
Vorspeise
(schlicht und klassisch)

Zutaten für 4 Personen

500 g Spaghetti,
1 Bund frisches Basilikum,
4 Knoblauchzehen,
1 Prise Salz,
2 EL Pinienkerne,

6 EL geriebener Parmesan,
125 ml natives Olivenöl

Zubereitung
Für das Pesto das Basilikum waschen, die Blättchen abzupfen. Knoblauch schälen und pressen, beides zusammen mit den Pinienkernen zerdrücken, Parmesan und Öl hinzugeben und so lange unterrühren, bis ein dickflüssiges Pesto entsteht. In der Zwischenzeit die Spaghetti in reichlich Salzwasser *al dente* kochen, auf Teller verteilen, das Pesto darüber geben und heiß servieren.

Tipp
Das Pesto lässt sich gut in größeren Mengen zubereiten, da es in einem Schraubglas im Kühlschrank eine Weile haltbar ist. Statt im Mörser kann man es bei größeren Mengen auch mit der Küchenmaschine (Mixer, Pürierstab) zubereiten.

*

Penne all'arrabiata
Penne mit Leidenschaft
Vorspeise oder Hauptgericht
(Achtung, scharf!)

Zutaten für 4 Personen
500 g Penne (wahlweise auch Spaghetti),
100 g frisch geriebener Pecorino,
1 Zwiebel,
3 Knoblauchzehen,
2 kleine rote Chilischoten,

2 EL Butter,
400 g geschälte Tomaten (aus der Dose),
etwas Salz,
etwas schwarzer Pfeffer,
1 Tk-Päckchen italienische Kräuter,
1 EL natives Olivenöl

Zubereitung
Zwiebel und Knoblauch schälen und fein würfeln. Die Chilischoten waschen, trocken tupfen, der Länge nach halbieren, entkernen und fein würfeln. Die Butter in einem Topf heiß schäumend erhitzen, Zwiebel-, Knoblauch- und Chilischotenwürfel dazugeben und unter ständigem Rühren anbraten. Die Tomaten abtropfen lassen, zerdrücken (evtl. vorher Strünke herausschneiden) und zur Zwiebelmischung geben. Alles verrühren und aufkochen lassen. Auf mittlerer Temperatur ca. 10 Minuten köcheln lassen, salzen und pfeffern.

In der Zwischenzeit die Nudeln in reichlich kochendem Salzwasser nach Packungsanleitung in etwa 10 Minuten *al dente* garen. Den Pecorino fein reiben. Die gegarten Nudeln in einem Sieb abtropfen lassen und mit dem Öl vermengen. Die Nudeln in einer Schüssel locker mit der Sauce vermengen, auf 4 Teller verteilen und mit dem Pecorino bestreuen.

Tipp
Zum leckeren, zünftigen Hauptgericht werden die Penne all'arrabiata, wenn man alle Mengen um ein Drittel erhöht und einen halben Ring Aoste-Salami (klein gewürfelt) 2 Min. in der Zwiebelmischung mitdünsten lässt, bevor die Tomaten hinzukommen. An-

schließend alles wie angegeben 10 Min. köcheln. Als Beilage schmeckt gemischter Salat.

Anstelle der frischen Chilischoten können auch gut getrocknete verwendet werden. Hier reichen jedoch winzige Mengen – ein daumennagelgroßes Stückchen macht das Ganze schon schön scharf! Wichtig: Nach dem Zerkleinern sofort die Hände gründlich waschen, auf keinen Fall die Augen berühren. Noch besser: Chili mit Einmalhandschuhen verarbeiten.

*

Costolette d'agnello alla calabrese
Lammkoteletts auf kalabrische Art
Hauptgericht (einfach, aber klassisch gut)

Zutaten für 4 Personen

750 g Lammkoteletts,
1 Zwiebel,
2 Paprikaschoten,
1 Bund krause Petersilie,
Olivenöl,
500 g reife Tomaten,
100 g grüne Oliven,
Salz,
Pfeffer

Zubereitung

Die Koteletts in heißem Öl anbraten. In einer zweiten Pfanne in etwas Öl die gehackte Zwiebel, die gehäuteten und in Scheiben geschnittenen Tomaten, die geputzten und in Streifchen geschnittenen Papri-

kaschoten, die ganzen Oliven, die Petersilie andünsten, salzen und ca. 10 Min. köcheln lassen.
Über die heißen Koteletts geben. Mit Salz und Pfeffer abschmecken. Mit Ciabattabrot servieren.

*

Brasato alla milanese
Schmorbraten in Rotwein
Hauptgericht (deftiges, leckeres Sonntagsessen für Familienfeste)

Zutaten für 6 Personen
1 kg Rindfleisch vom Bug,
1 Stange Staudensellerie,
1 kleiner Kohlrabi,
1 Karotte,
1 mittelgroße Dose stückige Tomaten,
3/8 l Rotwein,
etwa 1/4 l Fleischbrühe (evtl. aus Brühwürfeln),
3 EL Öl,
50 g Butter,
1 Zwiebel,
2 Knoblauchzehen,
2 Gewürznelken,
Salz,
Pfeffer,
Muskatnuss

Zubereitung
Sellerie, Kohlrabi, Karotte klein schneiden, Zwiebel würfeln, Knoblauchzehen in dünne Scheibchen schneiden.

Das Fleisch in gleichmäßigen Abständen einschneiden, mit den Knoblauchscheibchen spicken.
In einer Pfanne das Öl erhitzen, die Butter darin schmelzen lassen. Fleisch von allen Seiten kross anbraten.
Das klein geschnittene Gemüse dazugeben und anbraten. Salzen und pfeffern, Gewürznelken dazugeben.
Rotwein angießen und etwas einkochen lassen. Tomaten dazugeben.
Fleischbrühe nach und nach hinzugeben, den Braten zugedeckt ca. 2,5 Std. bei kleiner bis mittlerer Temperatur schmoren.
Zum Servieren die Sauce durch ein Sieb streichen, mit Salz, Pfeffer und etwas Muskatnuss abschmecken.
Dazu passen Gnocchi (gibt es im Kühlregal).

*

Scaloppine al limone
Kalbsschnitzel mit Zitronensauce
Hauptgericht (raffiniert für ein feines Dinner)

Zutaten für 4 Personen
4 dünne Kalbsschnitzel,
2 ungespritzte Zitronen,
6 EL Olivenöl,
1 EL kalte Butter,
Salz,
weißer Pfeffer

Zubereitung
Jedes Schnitzel in zwei gleich große Stücke teilen, 1 Zitrone abreiben und auspressen, die Schale und den Saft mit 4 EL von dem Öl verrühren, pfeffern.
Diese Marinade über die Schnitzel geben und diese abgedeckt im Kühlschrank 1 Std. durchziehen lassen. Zwischendurch einmal wenden.
In einer Pfanne 2 EL Olivenöl erhitzen. Schnitzel aus der Marinade nehmen, gut abtropfen lassen. (Die Marinade aufheben!)
Schnitzel in dem heißen Öl von beiden Seiten jeweils etwa 2 Min. braten. Herausnehmen und zugedeckt beiseite stellen.
Marinade in die Pfanne geben. Die andere Zitrone auspressen, den Saft dazugeben und kurz aufkochen lassen. 1 EL kalte Butter in die Sauce rühren und schmelzen lassen, mit Salz und Pfeffer würzen.
Schnitzel in die Sauce legen und kurz erhitzen.
Auf vorgewärmten Tellern anrichten, mit der Sauce umgießen, nach Belieben mit dünnen Zitronenscheiben und etwas Zitronenmelisse oder Rucola garnieren. Mit warmem Ciabatta oder Fladenbrot servieren.

*

Brutti ma buoni
»Hässlich, aber gut!«
(Leckere Makronen zum Espresso)

Zutaten
250 g gehackte Haselnüsse,
200 g gemahlene Mandeln,
200 g gehackte Mandeln,

500 g Puderzucker,
2 Pk. Vanillinzucker,
4 Tropfen Bittermandelöl,
1 TL Zimt,
1 EL Kakaopulver,
Eiweiß von 7 Eiern.

Zubereitung
Eiweiß steif schlagen, nach und nach gemahlene und gehackte Mandeln, Puderzucker, Vanillinzucker, Bittermandelöl, Zimt, Kakaopulver unterheben, alles in eine Metallschüssel geben und mit einem Holzlöffel gut durchrühren. Im Wasserbad bei niedriger Temperatur unter ständigem Rühren 10–15 Minuten erwärmen. Die Schüssel aus dem Wasserbad nehmen, die Masse mit dem Holzlöffel so lange rühren, bis sie erkaltet ist. Gehackte Nüsse unterrühren.
Backblech mit Backpapier belegen, mit 2 Teelöffeln Häufchen von der Masse abstechen und auf dem Papier verteilen. Im vorgeheizten Backofen bei 170° (Umluft 150°) 20 Minuten backen.

*

Zabaione auf Vanilleeis
Dessert
(heiß-kalte Köstlichkeit)

Zutaten für 4 Personen
4 Eigelb,
50 g Zucker,
100 ml Marsala,
4 Kugeln Bourbon-Vanilleeis

Zubereitung
In vier Dessertschälchen je eine Kugel Vanilleeis geben.
Eigelb und Zucker im heißen Wasserbad schaumig schlagen, Marsala unterschlagen, geduldig weiterrühren, bis eine cremig dickliche Masse entsteht. Diese über den Eiskugeln verteilen, sofort servieren.

Tipp
Das Wasser muss immer knapp unter dem Siedepunkt gehalten werden, sonst stockt die Masse. Das Rühren geht am schnellsten mit dem Elektromixer. Statt Marsala kann auch ein süßer Likör genommen werden, z. B. Cointreau.
Es empfiehlt sich, ruhig gleich die doppelte Menge von allem zu nehmen, weil meist vehement ein Nachschlag geordert wird.

Eine turbulente Komödie mit viel Herz!

Eva Völler
HÄNDE WEG
ODER WIR HEIRATEN
Roman
336 Seiten
ISBN 978-3-404-15327-7

Ausgerechnet auf der von Britta perfekt organisierten Hochzeitsfeier ihrer besten Freundin wird der Bräutigam mit einer Porno-Queen erwischt! Als wäre das noch nicht genug, droht wenig später Brittas eigene Hochzeit zu platzen. Da hilft nur Hexerei! Bei einem nächtlichen Weiber-Umtrunk beschwören Britta und ihre Freun-dinnen einen Zauberer herbei, der erstens die arme Annabel für die erlittene Schmach entschädigen und zweitens dafür sorgen soll, dass Brittas Traumhochzeit doch noch stattfindet. Dann passiert das Unerwartete: Die Hexensprüche wirken, besagter Zauberer taucht tatsächlich auf. Allerdings hat Britta nicht damit gerechnet, dass sein Lächeln eine derartig verheerende Wirkung hat – und zwar auf sie selbst …

Bastei Lübbe Taschenbuch